允许爱情消失

杜素娟 著

陕西新华出版
太白文艺出版社·西安

果麦文化 出品

我爱你，但我的人生可以没有你

人们给了爱情很大的信任，相信爱情是人生中最温暖浪漫的事。人们也给了爱情最诗意的期待，用风花雪月来冠名它，用海枯石烂来信仰它。

可现实中的爱情，总是伤人。

为什么自从爱上一个人，岁月就不再静好？相比于那瞬间的浪漫心动，更为真实的是内心的不安、焦虑，甚至卑微和惶恐：我是奔着幸福而来的，却遍体鳞伤地离去。以为相爱是一路繁花，没想到竟是一地鸡毛。忠诚，竟会摇摇欲坠；厮守，沦为冷漠以对。付出了那么多努力，还是变成了陌路人。往往在浅尝了三分甜之后，不得不吞下那剪不断、理还乱的七分苦。曾经热腾腾的感情不知不觉就变成了一杯放凉的苦茶、一盘无法下咽的过期甜点，成了食之无味、弃之可惜的鸡肋。

现代社会的爱情，到底怎么了？

很多人寒了心，认定爱情不值得倾情投入。就算一份爱情摆在面前，大家也会踟蹰不前。

但我们真的不需要爱情吗？

人间那么苦，一定是心软的神怜悯人类，才会赐予我们爱情这份最好的礼物，让平淡的人生可以被照亮，让犹疑的自我变得坚定，让弱小的个体充满力量。

所以，我们害怕爱情，又期待爱情，关于爱情的故事和话题还是忍不住要倾听，要谈论。

其实，不是爱情伤人，而是享用爱情也需要一些本领。就像抱着一个沉甸甸的椰子，如果没有打开它的工具和本领，那么它不仅不能成为生命的滋养，反而成为人生的负担。抱在怀里并非拥有，能够滋养彼此，爱情才是真正发生。但这个本领并不能天然获得，更不可能依靠本能，拥有它需要用心学习和领悟。

比如，我们真的理解爱情的价值吗？

长久以来，人们对于爱情价值的理解，还是基于婚姻本位做出的。爱情理想的结果就是走进婚姻殿堂，终成眷属。如果一段爱情不能通向婚姻，似乎就是一种沉没成本，被视为失败，令人备受打击。

即便到了今天，因为这种思维惯性而产生的恋爱观还是十分常见：相恋就应该一生一世，分手就是失败……在重视婚姻的文化规训之下，爱情从未能与婚姻做适度的分离，导致把能否结婚视为恋爱是否成功的标准：能走进婚姻就是成功的恋爱，结局圆满；不能走进婚姻就是失败的恋爱，结局凄惨。

这种带有鲜明结果论的爱情观，会让我们在爱上一个人的那一刻，不顾一切追求结果的达成。追求完美的结果，当然是一种良好的愿望，但是过分夸大结果的价值，一定会把人带入全程恐慌和焦虑之中，唯恐失去，担心被抛弃，从而在行为上表现为努力想控制、想抓住、想讨好，不惜一切要达成。

我们会因此陷入荒诞的"分手回避"，即便感觉到这段感情已经不舒适、不满意，但还是发自内心想保持、想维护，下不了分手的决心。原因很简单，人的天性讨厌失败，讨厌成本沉没；当我们认为爱情进行不下去就是失败，就是成本沉没时，自然会抗拒分手。哪怕这段感情已经令人痛楚，但也会用"放大微小的甜，掩盖持续的苦"这种自欺欺人的方式，求得关系的继续。

长久以来，人们都认定爱情中的执着和痴情是优秀的品质，但忽略了一个基本问题：执着和痴情的前提是双向奔赴。假若没有这一前提，所有单向的执着和痴情，都可能是一种自我伤害，是一种变相的不肯放手，是对于结果达成的执念。

归根结底，是我们并不了解爱情的真正意义。

爱情的真正意义，是用爱的方式展开的一种彼此印证：当我们爱一个人，是因为认同了对方身上具备的某种美好和价值；同样，我们被一个人爱，也一定是因为对方发现了我们身上具备的某种美好和价值。

如果理解爱的发生规律，我们就懂得爱情的意义到底在哪里。爱情的发生，是为了让我们借着爱与被爱的力量，发现彼此的美好和价值，从而看到一个曾被忽视的全新自己。于是，我们会因为这份爱情的发生感受到自信和力量，即便面对不尽如人意、艰难困苦的现实，也能更加坚定和充满希望。

爱情真正的意义，就是激活我们身上最好的部分。

所以，真正好的爱情，会让人变得更自信、更笃定，就算生而普通也能闪闪发光，原因就在这里。

遇到一份爱情，它会走向哪里并不重要，重要的是我们是否得到了它的滋养——相比两人相爱以前，向内，我们变得更喜欢自己、更相信自己了吗？向外，我们变得更有同理心、更有善意了吗？关于未来，我们变得更为坚定、更加充满希望了吗？

如果答案是肯定的，那么我们已经得到了爱情所赐予的最好的一切。就算这份爱情因为种种原因没能走向所谓圆满的结局，可是只要我们懂得守住这份爱情的赋予，这份爱情就不会白白发生。因为它，我们已经进阶为更好的自己。

它怎么可能是一种失败，又怎么可能是一无所获的成本沉没呢？

但是，假如一段关系带给我们的体验只有沮丧、自卑、焦虑、痛苦和疑问，那么，这份感情大概率并不是真正的爱情，即便曾经爱过，也一定是哪里出现了严重的问题，从而不再是健康的关系。

面对体验糟糕的爱情，有且只有一种正确的选择，那就是放手。

经营一段好的关系，是一种能力；放手一段糟糕的关系，同样是一种能力，甚至是更为重要和强大的能力。如果在恋爱中已经感到各种不确定、不顺心、不舒服，但受制于"走进婚姻才是爱情的完满结局"的陈旧观念，或是受制于对分手的本能恐惧，于是凑合、将就地走进婚姻，那才是拉开了悲剧的帷幕。等待我们的，才是真正的无法承担的沉没成本。

即便是从婚姻本位的角度而言，所谓成功的恋爱有且只有两种：让不合适的人分开，让合适的人走下去。

只要一段关系不再能够维持，或是给人带来痛楚，分手本身就是最好的结局。

可是，开始一段关系是简单的，结束一段关系却考验人的真正理性。

很多时候，我们无法结束一段关系，甚至对方已经走远，自己还单方面地沉浸其中，这不过是因为我们缺少分手的能力罢了。"爱你是我的事，与你无关。"这句话很美，但其背后是对自己的残忍。

我们相信人生而平等，并没有谁的生命、情感和人生无足轻重。单向持有执念，是对自己人身权益的无视，是在这短暂的单程生命旅程中，把人生价值和生命价值依附在一个未必值得的对象身上，做单方面的殉己和殉情。这种"痴"在大多数情况下，都有可能走向偏执的自虐和可悲的自我感动。

真正健康而美好的爱情，最大的美感根本不在于"痴"，而在于双向奔赴，在于"我爱你，但我的人生可以没有你"。当爱情不再是双向奔赴，允许爱情消失，才是爱自己的能力，也是向真正的爱情致敬的态度。

允许爱情消失，还是难以放手，有可能就是我们命运的那道分水岭。

那就让我们用这本小书，看一看那些分水岭两侧的故事吧。虽然我们手中持有的都是人生的单程票，但经典文学的故事里从来都是已然发生的人生。看懂这些人生故事，也许就可以在我们自己的人生隧道里点一盏灯，照一照脚下的路，避一避那些不该重蹈的坑，把自己的人生和情感，做一点更好的调整。

这就是我用这本小书谈论这一话题的初衷。

目录

不允许爱情消失 会失去什么

3　　爱玛的故事：
　　　世上有那么多种快乐，她都擦肩而过

20　　希斯克利夫的故事：
　　　有些爱不放手，只能一起死

44　　繁漪的故事：
　　　变成绳索，捆住的绝对不是爱

67　　艾丝美拉达的故事：
　　　低到尘埃里，开出的花是什么花

86　　特蕾莎的故事：
　　　菟丝花的缠绕是双向的消耗

99　　盖茨比的故事：
　　　蜡炬成灰就能带来光和暖吗

119　陌生女人的故事：
　　　单恋到登峰造极，也注定是虚空

允许爱情消失 会留住什么

135　伊丽莎白的故事：

不将就，才是对自己的呵护

151　简·爱的故事：

可以没有爱，不能没尊严

165　斯嘉丽的故事：

转身那一刻，她终于破解了逐爱的办法

185　法国女孩的故事：

分离时，他给予的力量开始生长

201　娇蕊的故事：

她斩断的不是情丝，是爱情的迷障

222　曼桢的故事：

离而不伤，是从容的力量

239　凯蒂的故事：

放弃一段关系，是重生的起点

不允许爱情消失
会失去去什么

如果我们把文学作品里的人物集合起来，展开一场恋爱脑比赛，那场面还是挺壮观的。在这一篇章的人物，大多具备恋爱脑，其中的一些因为恋爱脑而送了命，其余的虽然没有送命，但也好不到哪里去：要么白白付出了一生，比如《一个陌生女人的来信》中的陌生女人；要么被坏情绪浸泡了一生，最终接近发疯和彻底发疯，比如希斯克利夫和繁漪；要么就是迷茫一生，比如特蕾莎。

他们有一个共同的特点，那就是不允许爱情在生活和人生中消失，拼命挽留一份爱情，哪怕这份爱情只有别扭和痛苦。可是，他们真正留住了什么吗？还是，在那看似"拥有"的表层之下，有着更为惨重的"失去"？

让我们把他们的故事徐徐道来，一起寻找答案。

爱玛的故事：

世上有那么多种快乐，她都擦肩而过

[法]福楼拜《包法利夫人》

她坚信爱情就是言情小说里的浪漫和激情，她执着地追求激情浪漫的体验，这份执念会给她的命运带来什么？

一个人为何会陷入恋爱脑？有恋爱才觉得活得有意思，没有恋爱就觉得寂寞难耐；一旦恋爱，生活中的其他人和事都不再重要，而一旦失恋，似乎自己的人生就失去了所有的希望和乐趣。

不难看出，恋爱脑会对人造成伤害，因为它的底层逻辑是：只有恋爱才是人生最有价值和最有意义的事。一旦这个逻辑成立，有个宿命就会在心理层面和生理层面同时产生，那就是，只有恋爱才能让他体验到幸福和快乐的感觉，而其他任何事情都不能给予类似的刺激，达到类似的快乐阈值。假如这份恋爱带来了痛苦，人们甚至会对这种在痛苦的夹缝里感受快乐的体验产生"上瘾"征候，因为痛苦体验提升了这段关系给予的刺激度，对快乐的单一理解和对痛苦的刺激性体验，就更加让人沉沦其中，如"毒瘾"般难以自拔。

爱玛是最好的例子。

爱玛拿到的那副人生牌并不差。她出生在一个农场主家庭，她的父亲不是贵族，但也不是赤贫的穷人，所以把十三岁的她送到修道院去读书识字；十五岁回到家里代替母亲成了家里的女主人。后来，有个名叫夏尔·包法利的乡间医生来给她父亲看病，两人互生好感，因为夏尔已婚才没有发展；再后来，夏尔的太太去世，爱玛的父亲向夏尔表达"女儿常在念叨您"，于是两人重又见了面。

夏尔这个人，是爱玛自己想要的，既不是包办，更不是被迫。所以两人独处时，爱玛的表现颇为魅惑：到壁橱里取出一瓶陈皮酒，取下两只小玻璃杯，把一只斟满，另一只稍稍倒了一点儿，碰过杯，把一杯凑到自己嘴边。但她杯里几乎是空的，就只得仰起脖子来喝；她头朝后，嘴唇往前，头颈伸得长长的，可还是喝不着，于是便笑着从两排细洁的牙齿中间伸出舌尖，轻轻去舔杯底。这段描写颇有意思，写出了爱玛刻意的顽皮和娇嗔，还带着十分明显的诱惑。她对夏尔是真正动了情的，所以跟夏尔独处一室时，两人默不作声，夏尔的心"怦怦在跳"，爱玛呢，"不时伸起手掌贴在脸颊上，让脸颊凉快一些，过后再去握住柴架的铁球饰让手心冷一冷"。

爱玛跟夏尔的婚姻是你情我愿、自愿缔结的，对那个时代的女性而言，这样的婚姻基础不算差。婚后的夏尔·包法利对爱玛也是百依百顺，勤勤恳恳地出诊养家。乡间行医条件很差，他冒着风雪跑来跑去，用简陋的农家饭食果腹，给病人放血治疗时会溅自己一脸。但他爱自己的妻子，心里想着她和温暖的家，四处奔波劳累也不觉得苦。爱玛的生活不是大富大贵，但也算小康。闲暇时画画弹琴看书，铺新地毯，买别致的用具，用自己的小情调布置屋子；订各种杂志，穿漂亮的睡衣，无所事事地畅想巴黎。

可是，这样的生活她越来越觉得过不下去，特别是对夏尔，这个婚前曾经在她眼里发着光、让她动心过的人，也越来越面目可憎，让她看见就厌倦了。

其实，在现实生活中，很多人都会有爱玛这样的困境，不知道婚前那个看上去很可爱，也曾让自己心跳加速的人，为什么在婚后变得让人厌烦、难以忍受？

一个共性的误区，在于恋爱期间的几种"镜子"。

一种是"聚焦镜"，也就是在对方身上发现了某种契合自己需求，能够让自己认同的特质，于是这个特质会被聚焦，成为对方身上最具吸引力的地方，其他的不足则被忽略，正所谓"情人眼里出西施"。这种"聚焦镜"因为是专注于对方身上切实存在的某种特质，因此它不是错觉。

另一种是"放大镜"。

所谓"放大镜"，是指人为地夸大了对方身上的某种特质，从而有了脱离实际的期待。夏尔其实是个天资平常的人，从业后也只是个庸医，但是他第一次去给爱玛的父亲罗奥老爹接断骨时，运气很好，非常顺利地医好了他的腿，结果整个农庄都在传说他是个神医。他的医术在爱玛的眼中就被"放大"了，爱玛对他展开的想象很大程度上就是透过这种不真实的"放大镜"产生的。因此，当婚后爱玛发现自己的丈夫只是个庸医时，对他产生了深深的失望："真是窝囊废！真是窝囊废！"这就是"放大镜"破碎的后果。

这种"放大镜"只要存在，就算不破碎，也会造成双方之间的隔膜和互不了解。比如夏尔看爱玛也是有"放大镜"的。他第一次到爱玛家，看到了爱玛管理家政的成果，在她的指挥下，整个农庄一切都干干净净、井井有条：人们各司其职，厨房干干净净，马厩也干干净净；家禽家畜被喂养得妥妥帖帖，院子里还走着几只孔雀；炉灶上面热腾腾地煮着早餐，厅堂里也被布置得干净整洁，到处都是丰衣足食的红火景象。而一个擅长持家的女人，正是夏尔内心潜在的渴望，对爱玛的喜欢，就是基于这一点延展开来的。

爱玛擅于持家吗？答案是肯定的。但这只是爱玛的一个侧面，且是爱玛自己最不在意的一个侧面。爱玛也给夏尔展现了其他更重要的侧面，比如对不切实际的浪漫情感、浪漫生活方式的热爱，但夏尔看不见，看见了也像没看见，因为他看见的始终是他想看见的。

这就是人性。

夏尔固执地放大了爱玛"持家女人"这一点特质。爱玛在家里布置了各种情调，她传达的信息是"浪漫"，夏尔接收到的信息是"舒适"，他们的不合拍就产生了。以至于爱玛心生恨意：她恨他的"神完气足的麻木，这种无动于衷的迟钝"，她甚至讨厌自己带给他的幸福。

比"放大镜"危害性更大的是"滤镜"。

如果说"放大镜"是人为放大了对方的某个特质，以至于造成了误解和错误的期待，那么"滤镜"则是在对方身上看到对方并不具备但产生于自己的想象和幻觉的东西，就是给对方加上他并不具备的光环。

就像爱玛结婚后感到越来越深重的失望，她恨夏尔，感觉夏尔在婚后变了。其实，夏尔一直是那个夏尔，只是婚前的夏尔被她加了"滤镜"而已。这个"滤镜"跟夏尔没什么关系，它是独属爱玛的，是爱玛对于理想男性的想象。

这个"滤镜"受到她少女时代阅读的那些言情小说的影响。言情小说里塑造的那些男性，古今中外其实都差不多。在爱玛所处的时代，那些言情小说里的男性大多是富有的贵族，受过完整的贵族教育，衣着考究，用品华丽，举止言谈符合高雅的礼仪；他们也是拥有戏剧化传奇能力的勇士，会游泳、击剑、使枪，勇敢如狮子；他们更是温柔的绅士，细腻多情、善解人意、情话绵绵。他们不是从现实中长出来的，而是从脱离现实的臆想中长出来的，所以对生活在现实中的女人最具魅惑力。

从现实层面而言，言情小说创造出的男性形象，本身就是贵族崇拜和仰慕的狭隘产物；从商业层面而言，这些男性形象也是为迎合女性逃避不理想现实的需要，人为塑造的虚拟幻想空间和精神寄托。

面对这种虚幻产物，最考验人们的理性：理性强大的，不会受它魅惑；理性弱一点的，虽然被吸引，但懂得让虚幻的归于虚幻；可悲的是这类人，他们会把虚幻带进现实，把虚幻人为变成自己的现实，在现实中套用自己的想象。就像爱玛，她把自己代入那些言情小说中的女主人公，想象自己生活在古老高贵的城堡里，凭栏远眺，而她的情人——一位英俊的黑马骑士正从远方而来。

但现实中并没有这种黑马骑士的对应人物，于是"滤镜"就会出现。这种"滤镜"会被她的潜意识加给那些能够跟想象产生联结的现实人物。虽然夏尔跟黑马骑士毫无关系，但是在那个除了农夫还是农夫的庄园里，夏尔是唯一一个穿着崭新背心、锃亮皮靴、骑着马来到她生活里的男人，还"神奇"地治好了父亲的腿，被大家传说是一位"神医"。于是，那个联结就在爱玛的潜意识中发生了，"滤镜"开始发生作用，夏尔在爱玛的眼睛里闪闪发光了。那种跟想象中的理想男性来往才会发生的心动体验，在爱玛这里发生了："她总把他送到门口的台阶上，仆人还没把马牵来，她就留在那。两人已经说过再见，都不再开口。风儿吹乱她颈后的细发，或者拂动翻卷的围裙系带，让它们飘来飘去。有一次碰上了融雪天气，院子里的树往外渗水，屋顶的积雪在融化，她到了门口，回去拿来一把伞，撑了开来。阳光透过闪光波纹绸的小伞，把摇曳不定的亮斑映在她白皙的脸蛋上。她在暖融融的光影中笑意盈盈的，只听着水滴一滴一滴落在波纹绸的伞面上。"这是爱玛和夏尔最浪漫和诗意的时刻。爱玛感觉她遇到了爱情："像只粉红翅膀的大鸟，在充满诗意的天空中翱翔的神奇的爱情，终于被她攫住了。"

可是婚后，她看到了夏尔平庸的医术，也看到了夏尔邋遢的着装、一点也不贵族的吃相，更了解了他木讷无趣的性情。她开始恨他了，恨他"谈话就像人行道那样平板"，恨他"什么也不知道，什么也不指望"。她有种上当的感觉，但这对夏尔而言绝对是一种冤枉。因为他既没有刻意隐瞒，也没有刻意欺骗，他本来就是这样。让爱玛上当的,不过是她自己制造的"滤镜"罢了。

爱玛也曾疑惑:"莫非自己搞错了?她一心想弄明白,'欢愉、激情、陶醉'这些字眼,在生活中究竟指的是什么,当初在书上看到它们时,她觉得它们是多么美啊。"她的确是搞错了,把"滤镜"下的所见,当成了现实;把对异性幻想的错觉,当成了真实。

悲剧就这样发生了。

夏尔停滞于自己的"放大镜"所见,无力解读婚后爱玛的表现,只看到爱玛的持家,却看不到她持家方式背后对于情感交流、生活情调的追求,他对于爱玛的幽怨、苦闷和呼求,全都一无所知;在爱玛的眼里,这就是他无法被原谅的麻木、迟钝和无趣。

爱玛同样执着于自己的"放大镜",在知道丈夫是个庸医之后,还做着不切实际的梦,怂恿他去做高难度手术,从而让他变成自己心目中真正的名医;结果手术失败,丈夫的职业生涯几乎被毁。而爱玛毫无愧意,只是加重了对丈夫无能的愤恨。

爱玛为夏尔设置的"滤镜"彻底粉碎了。

其实,在现实生活中,"放大镜"和"滤镜"现象都是很普遍的,并不只有爱玛会遇到。甚至,在爱情关系的缔结中完全杜绝"放大镜"和"滤镜",是根本不可能的,因为完全没有"放大镜"和"滤镜"的情感关系,就会缺失激情,从而很难发生。"放大镜"和"滤镜"虽然盲目,但会给彼此一个美好的起点。

但在关系缔结和建立之后,去"滤镜"和去"放大镜"又是必须的，因为稳固的关系必须建立在真实、深刻的彼此了解之上。真正美好的爱情，不是让对方永远停留在自己的"滤镜"和"放大镜"之下，而是一个在磨合中"读你"的过程：所谓磨合，就是学习接受对方身上那些婚前没有被看到的缺点；所谓"读你"，就是发现对方身上那些婚前没有被看到的优点。这种双轨的彼此认知非常重要：磨合虽然痛苦，但的确是彼此送给对方的一份良好愿望；但如果只有磨合的痛苦，而没有"读你"的喜悦，就算关系维持，也是以一方甚至双方的隐忍和无奈为代价，不会走向健康的方向。

但是这一切都没有在爱玛身上发生。她既不能接受夏尔的缺点，也从未认真去发现他的优点。夏尔身上的确有很多缺点，但他的优点也很多，而爱玛既不能磨合，也从未开启"读你"的程序。

爱玛代表着的是那种悲剧性的类型：他们加在爱人身上的"滤镜"破碎了，但加在爱情身上的"滤镜"纹丝不动。

这才是最致命的。

她从未怀疑自己爱情观念的合理性，愤恨的只是夏尔未能成为自己爱情观念的佐证。她要的依然是那个带着浓厚"滤镜"的爱情：爱情要一直发生在情调满满的浪漫环境；爱人要一直高贵华丽、受人崇敬；两人都要穿着体面的华服，说着说不完的情话，血液永远保持沸腾。这种爱情观看似浪漫，实则浑浊：夹杂着贵族的物质生活标准、骑士传说里的人格想象、脱离人性规律的超高温情感体验——典型的言情小说的产物。

她在婚后做的一切都不是为了如何更好地了解和接受夏尔，而是维持住自己的爱情"滤镜"：她在家里布置情调，按自己的意愿改造夏尔，甚至对着夏尔念诗……这不是她对家庭建设和情感建设的努力，而是为了实现自己那不切实际的爱情观念的努力。夏尔不过是她的工具，但这个工具根本没办法改造，她不想再美化这个家了，也不想再打扮夏尔了，甚至不想打扮自己了。她感到绝望、痛苦和愤怒，但这并非夏尔做错了什么，而是在夏尔这里，她没办法维持她所持有的关于爱情"滤镜"的想象了。

第一次透过这"滤镜"，给她带来短暂快乐的是婚前的夏尔，第二次是当地的子爵。

婚前的夏尔满足的是爱玛爱情"滤镜"中对于传奇人格的需求，而子爵满足的是爱玛"滤镜"中的贵族身份的设定。子爵为了答谢夏尔的医治，邀请他们夫妇参加了自己城堡里的豪华宴会。豪华的城堡、美酒佳肴、服饰华丽的权贵、彻夜的舞蹈，爱玛像进入了自己的爱情幻梦一般。虽然她对子爵一无所知，但从此，子爵就成了她梦中的情人。

但残酷的事实是，出身平民的她，一个乡间医生的妻子，连成为子爵情人的机会都没有。那个豪华贵族宴会跟他们夫妻的唯一关系，就是夏尔捡到的一个似乎是子爵扔掉的雪茄盒。当夏尔享受地抽着捡来的雪茄时，爱玛愤怒又鄙夷。可是当夏尔不在家时，她又忍不住拿出那个雪茄盒细细摩挲。贵族扔掉的雪茄盒，是他们唯一可以触摸到的真实。

这残酷的事实，本该是爱玛从那不切实际的幻梦中觉醒的最好契机。但爱玛对这幻梦的执念是如此强大，她不但没有觉醒，反而沉浸得更深了。她开始仇恨自己的生活。甚至，"她想死"。

这就是爱玛不可救药的悲剧。

当一个人把这种来自言情小说的、不切实际的爱情幻想当作快乐的唯一源泉，她的快乐阈值就会被限定在这唯一的模式。生活中可以追逐和营造的快乐那么多，爱玛全无感觉。让她有感觉的，除了轰轰烈烈的幻梦模式的恋爱，再无其他。

所以，要么实现自己梦想的爱情模式，要么就去死；假如不能死，那就继续追求这种遥不可及的快乐。

这就是爱玛生活的两极。

所以，爱玛追求的从来不是某个具体的男人，而是自己执着不放的幻想爱情模式。对爱玛这样的人而言，她以为自己是跟某个男人谈恋爱，但她忠实的永远都只是那份"滤镜"下的爱情幻梦，她要的也不是某个男人，而是那"滤镜"才能带来的极致快乐体验罢了。

能够看穿她这一点的，是她的第一个实质性情人——罗多尔夫。作为一个情场老手，他第一次见到爱玛的时候就看穿了她的这个特点，他说了一句非常轻浮的话："可怜的小娘们，她渴望爱情就像案板上的鲤鱼渴望水，我敢断定三句献殷勤的话一说，她就会爱你爱得要命。"罗多尔夫带着轻蔑的语气指出了爱玛的幼稚。

就是这样一个轻薄狡猾的男人，爱玛的爱情"滤镜"竟然毫无发现，反而在内心狂喜不已："我有情人了！我有情人了！""这个念头使她欣喜异常，就好比她又回到了情窦初开的年岁。""她进了一个神奇的境界,这儿的一切都充满激情,都令人心醉神迷、如痴如狂;周围笼罩着浩瀚无边的蓝蒙蒙的氛围,情感的顶峰在脑海里闪闪发光。"

很典型,这就是爱玛式恋爱脑的生理反应和心理反应,只有这种癫狂式的情感体验,才能让她从"想死"的极端,一步走向快乐巅峰的另一端。

在恋爱中活,没有恋爱就死。在爱玛的人生公式中,没有真正的生活,更谈不上发现和拥有现实生活中的其他快乐方式。

爱玛把一个情场老手当成挚爱,是她愚蠢吗?不是,是她被自己的爱情模式遮蔽了双眼。爱玛用一切浪漫的方式对待罗多尔夫,给他写情意绵绵的情书,说浪漫诗意的情话,剪下头发交换肖像画;爱玛在她认定的虚假爱情里重新活过来了——她重新焕发了热情:精心打扮自己、购买服饰、修剪指甲、给手帕洒香水。

可是,在罗多尔夫那里,爱玛的这一切表现简直像是笑话:"他心想,这些夸大其词的话背后,只是些平庸至极的情感而已,所以对这些动听的话是当不得真的。"

罗多尔夫有一种情场老手的清醒,用福楼拜的话说,是先退后几步,拉开一点距离,所以他能够看透爱玛沉醉的并非他,而是借他搭建出来的梦幻王国。罗多尔夫贪恋她的美貌和肉体,但是精神上却渐趋冷漠,"她的打扮让他觉得挺做作,那种暗送秋波的眼神更是俗不可耐"。在给爱玛写分手信时,他都没有一滴眼泪,而是拿杯子盛了水,把水滴滴在纸面上,制造了一个虚假的泪痕。最后,当爱玛借债筹备了行装，准备跟他私奔时，他远远地逃走了。他毫不留情地抛弃了她。

换个角度来看，人生又给爱玛提供了一次觉醒的契机：如果子爵的出现能够唤醒她贵族式浪漫爱情的不可能，罗多尔夫的离去也可以唤醒她情话绵绵的不可靠。罗多尔夫对她的爱，从来只存在于语言里，从未体现在行动上，但是因为这契合爱玛不切实际的浪漫爱情设定，爱玛对此毫无发现。甚至当她被罗多尔夫无情抛弃，她竟然恨不起来，还会继续思念他，因为他那封虚假的分手信，也给了她伤心爱情想象和体验的空间。

这就是极致恋爱脑的内在悲剧。

罗多尔夫抛弃她之后，她再次进入恋爱的空窗期，空窗期的爱玛是不能活的，于是她又病了。病得空前重，甚至到了请神父来做弥留仪式的地步。

经历了多次幻梦的破灭，她依然要在幻想里求活。在找不到现实寄托的时候，她甚至会对一个舞台上的陌生演员想入非非，把自己设想成他的情人，跟着他四处演出，"分享他的劳顿和豪情，捡起人群扔给他的花束，亲自为他刺绣戏装"。在这种幻想中，她真的感觉舞台上的演员在看着她，而且只看着她，"他正在望着她，千真万确！她一心想奔上去扑入他的怀抱"，"对他大声说：'把我带走，把我掳走吧，走吧！我的满腔激情，我的全部梦想，都是冲着你，属于你的！'"。

真是不疯魔不成活，爱玛所执着的是她的幻梦体验，而并非她能拥有谁，更不是谁值得拥有。这虽然可悲，但恋爱脑的症状就是只能在恋爱中体会到活着的价值、快乐和激情，这一切就仿佛是命中注定的。

于是，当一个名叫莱昂的青年男子再次出现在爱玛的生活里时，我们已经猜到会发生什么了。

在爱玛所有的情人里，莱昂算得上是最好的造梦合作者了。因为莱昂年轻，还有跟爱玛类似的爱情幻梦。他是个书记员，跟爱玛非常相像，都带着一股浅薄的伪文艺青年气息。他们不谈文学艺术、风花雪月，只能聊一些俗套的言情小说，但他们以为这就是情调。

爱玛认识莱昂早于罗多尔夫，但当时她还有对道德的畏惧。为了逃避这种道德危机，她当时躲开了莱昂，甚至努力做一个贤妻良母，就在那个时节，她做了母亲。但她无法安于所谓贤妻良母的身份，孩子也没能让她得到救赎。相反，失去罗多尔夫的痛苦，让她决心不再犯傻，要拼命抓住任何一份抓得住的激情。更何况，在跟罗多尔夫相处期间，罗多尔夫对道德的蔑视，也对她产生了深刻的影响。罗多尔夫帮她搬走了绊脚石，搬走了让她感到负罪的那个道德的障碍，于是，当莱昂再一次出现时，道德感对她的影响就完全瓦解了。

爱玛跟莱昂第一次幽会是在奔跑的马车上，马车在大街上狂奔，她跟莱昂在车内苟且，这是完全没有道德感的一个体现。爱玛一点道德顾忌都没有了，为了让自己得到那种幻梦爱情的体验，她要订最豪华浪漫的酒店房间，穿漂亮的衣服，过诗意的二人世界。莱昂没有钱，爱玛就盘剥自己的丈夫夏尔。她肆无忌惮地用丈夫的钱养情人，给自己的出轨活动买单；毫无底线地挥霍着夏尔那微薄的钱财，谎话连篇地欺骗着自己的丈夫，不惜借高利贷来应付自己那些浪漫约会的开销，甚至最后完全不考虑丈夫和女儿的利益，偷偷变卖家产来满足自己奢侈的偷情消费。

但是，她养的真是莱昂吗？不是，她用这种可怜可鄙的方式，来养她自己的爱情幻梦，以及那可悲的快乐体验。

所以，连莱昂都渐渐感到不对了，他觉得爱玛对待他，表现出"日渐扩张的个性吞并"。莱昂也是工具，要服从她脑海中想要的爱情戏码和爱情体验。莱昂感觉到一种被操控的痛苦和反感。

但是爱玛从头到尾不知道自己悲剧的根源在哪里。当莱昂也开始躲避她，她依然没有觉醒，反而质问命运：为什么我的爱情都留不住？她从未想过，她要的那种幻梦般的爱情，只能出现在言情小说中，根本不可能在人间发生和延续。

爱玛一头扎进那份靠不住的爱情幻梦，从无反思的能力。

这也让她最终走上绝路。她借的债越来越多，最终债台高筑。当她陷入经济绝境时，她眼中深情的情人们却没有谁愿意帮助她，无论是罗多尔夫还是莱昂，都冷漠地袖手旁观。

在经济危机和精神破灭的双重打击之下，绝望的爱玛服毒自杀了。

爱玛的悲剧令人唏嘘，但其背后的根源值得深思，因为这悲剧并未在今天的世界里绝迹。

爱情需要激情，但激情是一种狂热的体验，是一种情绪高度燃烧的体验。在爱情刚刚产生的阶段，激情是爱情发生和发展的动力。但爱情是不可以停留在这个阶段的，因为这个阶段是情感的爆炸状态，一定要泪眼盈盈、情话绵绵，一定要海誓山盟、热烈拥抱，彼此感动得痛哭流涕。这种瞬间的爆炸，光亮很强，温度很高，但很快就会熄灭。

爱情要存活，需要转变到我们前面所说的磨合和"读你"的状态，促进彼此的体验更新、情绪给予和力量互促，让爱情在爆炸期过后，源源不断产生新的价值和体验。可以存活的爱情，都必须实现从两团爆炸的焰火到两棵共同生长的树的转变。但爱玛狭隘的爱情观念让她以为，只有爆炸状态的体验才是爱情，其他都不算。

所以，爱玛不但丧失了寻找其他生活快乐的能力，即使在恋爱中，她也不懂得寻找其他方式的快乐。她只要互相爆炸的快乐，除了情人，这世间没有任何其他身份能够带给她快乐。她把全部能量都耗费给一个又一个不珍惜她的人，而对于人间那么多样的快乐和情感，她都不屑一顾地错过。

其实，她的身边不乏真正爱她的人。她的丈夫夏尔终生都在爱她，包容她所有的任性，满足她所有的要求。就算被她搞得家破人亡，也不怨恨她。就算面对她的情人，夏尔也只是说："这是命运的错。"这样一个男人，在爱玛死后不久，静静地坐在凉棚的长凳上，带着对她的怀念忧伤地死去。爱玛甚至还有个暗恋者，药店的小伙计，在她死后也会去她墓上哭泣。

可是，爱玛没有能力发现和感受这一切。她得到了一个超级绚丽的爱情幻梦，但也被这个幻梦剥夺了现实中她本可以拥有和体验的所有快乐。

为了这份她到死不肯放手的爱情幻梦，她的人生到底还是被她自己辜负了。

在爱玛的一生中，也曾有过其他的快乐想象，比如"去巴黎"。"去巴黎"是爱玛仅有的可以跟"谈恋爱"相提并论的梦想。虽然她对巴黎的想象里也夹杂着各种软绵绵情调的艳遇美梦，但那是唯一一个不是关于异性的想象。

假如时代允许，"去巴黎"可以提供一个更广阔的世界，把一个女人从狭小的恋爱脑里拯救出来，看到人生更多的可能。但在爱玛所处的时代，这的确很难实现。在"爱玛式"恋爱脑的背后，隐藏着漫长的两性规训。

在爱玛所生活的 19 世纪，男性可以有改天换地的激情，可以有驰骋沙场的激情，还可以有一叶孤舟走天涯的激情，对于激情和诗意的体验空间非常广泛，但女性却被限定，只有在两性关系当中才能够得到激情和诗意的体验。社会规训女性，只有得到一个丈夫，才是最大的事业；只有得到一个男人的爱，才是最大的价值和意义。这种潜移默化的规训，让女性认为爱情是女性生命的最高价值，是女性能够得到激情和诗意的唯一方法和途径。

在漫长的历史时期里，一种观念在女性的潜意识中根深蒂固：只有爱情才是生命的全部意义。得到一个男人的爱，是最大的骄傲；而得不到男人的爱,就是最不堪的羞耻……

这个错误的认知会带来一个严重的后果,那就是如果人们没有遇到爱情,就会感到很焦虑、很挫败,甚至会觉得自己是倒霉的,是被命运抛弃的,人生是不完整的。在爱玛的恋爱脑背后,这种古老规训带来的伤害难辞其咎。

的确,人类的本性都渴望爱与被爱,但爱情并非人生的必需品,它只是人生的珍稀品。当我们把爱情当作必需品,当作自己的空气和水,我们就会像爱玛一样,没有爱情就活不下去;我们还会下意识地放大接纳度,导致选择面的狭窄和辨认力的下降,以至于遭遇爱情的赝品。更要命的是,如果我们像爱玛那样,认为只有拥有爱情才能感到活着的快乐,那就看不到生命中本应存在的其他快乐了,最终,就像爱玛一样,世上有那么多种快乐,她都擦肩而过。

希斯克利夫的故事：

有些爱不放手，只能一起死

[英]艾米莉·勃朗特《呼啸山庄》

他和她的确是真爱，但残酷的现实中真爱也走进了死胡同，他该何去何从？——不能放手的人生，带来怎样的剧痛？

《呼啸山庄》是英国作家艾米莉·勃朗特出版于1847年的小说，距今178年了。虽然那个时代已然过去，但那份悲伤对今天的我们而言并不陌生。

呼啸山庄是一座贵族的庄园，他的老主人是老恩萧先生，老恩萧先生有一个名叫辛德雷的儿子，还有一个名叫凯瑟琳的女儿。这个故事的起点发生在辛德雷十四岁、凯瑟琳不到六岁的那个夏天，老恩萧先生从利物浦的大街上捡回来一个流浪儿。这个流浪儿一头黑发，看上去也像出自那些居无定所的流浪族群。家人都反对老恩萧先生收留这样一个被当时的人们认为出身卑微的孩子，但老恩萧先生执意留下了他，给他起名希斯克利夫，并将他视为己出。

可是，在这个家里，希斯克利夫的处境并不好，除了爱他的老恩萧先生以及跟他差不多同龄的凯瑟琳接受了他，家里的其他人都对他不友好：恩萧太太本来就不同意收养他；儿子辛德雷更是厌恶他，嫉妒他夺走了父亲对自己的爱，嘲笑他是个吉卜赛人，背着父亲肆无忌惮地欺负他。女佣丁耐莉这样回忆："辛德雷恨他，说实话，我也恨他。于是我们就折磨他，可耻地欺负他……而女主人看见他受委屈时也从来没有替他说过一句话。"

在这样不友好的环境下，希斯克利夫表现出超人的忍耐力："他看上去是一个忧郁的、能忍耐的孩子，也许是由于受尽虐待而变得顽强了。他能忍受辛德雷的拳头，眼都不眨一下，也不掉一滴眼泪。"丁耐莉偷偷掐他，"他也只是吸一口气，张大双眼，好像他偶然伤害了自己，谁也不能怪似的"。就连他生了重病，几乎奄奄一息，似乎也觉得自己没有呻吟哭闹的权利，只是默默地、安静地忍耐着病痛。以至于丁耐莉都开始改变对他的看法和态度，因为在她做女佣的经历里，从未看到过这么安静的孩子。

其实，在这个家里，老恩萧先生对希斯克利夫这个养子有着特别的呵护，只要希斯克利夫愿意说，就可以让欺负自己的人在老恩萧先生那里得到惩罚。但是他从来没有这么做过，丁耐莉以为他没有报仇的欲望，也许他只是在内心深处始终不敢接受被宠爱的事实罢了。做了很久的卑微者，突然被尊重、被爱护反而是不安的，因为不相信自己能够长久地拥有这种被尊重和被爱护，所以才会表现出一种漠然，来掩饰内心的惶恐和胆怯。

事实上，希斯克利夫这样卑微惯了的孩子，对别人给予的爱虽然胆怯，但一旦确认就会对对方特别执着和忠诚，就会把这份爱置于自己人生和生命的最顶端。老恩萧先生过早离世，没有给希斯克利夫展示这一特点的机会，但在这个家里另一个爱他的人，将体验到这份超乎寻常的执着的爱，以及它带来的灾难。

那就是凯瑟琳。

在这个家里，除了老恩萧先生，最爱希斯克利夫的就是凯瑟琳小姐了。因为年龄相近，凯瑟琳在老恩萧先生在世时，就跟希斯克利夫关系亲密。他们常常双双依偎在老恩萧先生的膝边，接受那份共同的父爱。凯瑟琳跟希斯克利夫非常合得来，渐渐成了互相陪伴的玩伴，她对希斯克利夫的感情逐渐超越了自己的同胞兄弟辛德雷。

老恩萧先生去世以后，希斯克利夫和凯瑟琳相依为命。辛德雷和他新婚的妻子成了呼啸山庄的新主人。一直厌恶希斯克利夫的辛德雷，直接剥夺了希斯克利夫的养子身份，把他降为家奴，使他无人照料。他穿着脏兮兮的衣服，随时随地有被辛德雷鞭打和辱骂的危险，成为呼啸山庄中最卑微的存在。就连自己的妹妹凯瑟琳，辛德雷也并不放在心上，既疏于照料，更疏于教养。希斯克利夫和凯瑟琳就这样从衣着干净体面、被照顾得很好的孩子，变成了无人照看、衣衫肮脏、很难立足的孩子。辛德雷对待他们只有鞭打、挨饿等各种各样的惩罚，女佣丁耐莉称他们是"那两个举目无亲的孩子"。

幸好他们拥有彼此。对孩子们而言，只要拥有彼此，就算这个现实世界没有给他们提供任何快乐的资源，他们也能制造出属于自己的、不为人知的快乐。

凯瑟琳和希斯克利夫像穷人家无人照看的孩子一样成长起来,意外地拥有了穷人家孩子无拘无束的快乐——在荒野上尽情地奔跑、玩耍。在那样的一个时代,上层社会有着繁缛的贵族化行为规范和身份意识,但无人照看的处境反而让他们摆脱了这一切。虽然在上层社会的家庭规范和价值评判中,他们是"野孩子""异类",但他们失去了贵族阶层的教育和培养,反而获得了自然生长的童年时光。

两个孩子互相印证彼此的合理性,也互相印证彼此的珍贵性,在别人赋予的"野孩子"和"异类"的标签之下,坦然地享受这种童年快乐,没有负罪感,没有堕落感,他们理直气壮地游离于体面而冰冷的上层群体,构建出自己的快乐王国。这个快乐王国没有体面的客厅、舒适的卧房,也没有豪华的贵族儿童室。他们在荒原、丛林、风雨和阳光中,建构出一个属于他们的快乐乌托邦。在这个快乐乌托邦里,他们是自己的主人,既没有统治他们的暴君,他们也不是谁的奴隶。就连近在咫尺的真实世界,也并不能构成实质性的威胁,那不过是他们玩乐、嬉戏和探险的另一个场所而已。因为这种依存关系,即便是辛德雷也不能真正威胁到他们的世界的完整。他们彼此支撑,就有了对抗和忽略外在一切压迫的勇气和力量。

因为希斯克利夫这样的孩子的"不配得感",一个不认为自己有资格向这个世界宣泄、发怒甚至反抗的人,一个习惯了忍气吞声、委曲求全的人,拥有这样一个跟自己形影不离、爱自己胜过爱她哥哥的凯瑟琳,凯瑟琳注定是比他自己的生命更重要的存在。

更何况,对于出身卑贱、背负着巨大的身份非法性的希斯克利夫而言，凯瑟琳的意义不只是一个青梅竹马的玩伴、他童年快乐王国最为重要的支撑、他自身身份合理性的重要印证，更是他生存价值的重要组成部分——凯瑟琳和希斯克利夫是彼此的价值和意义。脱离了他们彼此构成的这个价值和意义体系，希斯克利夫的生命快乐和生存价值就失去了合理性的印证。可想而知，对于希斯克利夫而言，如果失去凯瑟琳，那将意味着什么。

但是这一切还是不可避免地发生了。虽然他们亲如骨肉，但在现实的世界里，他们并不属于同一阶层。

十二三岁那年，希斯克利夫和凯瑟琳跑到附近的另一处大宅，也就是林顿家的画眉山庄。出于淘气和好奇，他们爬过篱笆，跑到人家客厅的窗外去偷看，结果被林顿家的狗咬伤，双双被捉。但是林顿家的人认出他们之后，对他们进行了不同的对待。虽然他们都是一副脏兮兮的野孩子模样，凯瑟琳还把鞋子跑掉了，光着脚丫，但是林顿家的人毫不犹豫地赶走了希斯克利夫，把凯瑟琳当作贵宾留在了自家府上。他们嘲笑希斯克利夫曾经的流浪儿身份，说他是"一个东印度小水手，或是一个美洲人或西班牙人的弃儿"；林顿家的老太太更是一口断定他"反正是个坏孩子"。但是对待凯瑟琳，他们怜悯她没有得到很好的照顾，于是把她带进温暖干净的客厅，让她坐在软软的沙发上，"女仆端来一盆温水，给她洗脚，林顿先生调了一大杯混合糖酒"，他们家的女儿小伊莎贝拉也友好地把满满一盘饼干倒进她的怀里。

希斯克利夫意识到，"她是一个小姐，他们对待她和对待我就大有区别了"。这是社会阶层意识渗透到他们小小王国的第一步，但希斯克利夫还是用轻松的语调向丁耐莉讲述这一切。因为来自他人的怀疑、否定、委屈、欺凌，对他而言早已经是人生的底色，是他已经习惯性接受的东西。他对自己的尊严、价值的认识，都是建立在凯瑟琳对他的态度之上，而不是建立在其他任何人的认可之上。只要凯瑟琳还是那个凯瑟琳，他和凯瑟琳构成的二元乌托邦就是完整的。

可是，凯瑟琳变了。

凯瑟琳被留在画眉山庄整整五个星期。五个星期发生了什么呢？出于怜悯，画眉山庄的女主人对凯瑟琳进行了"改革计划"：对这个沦落为野孩子的上层社会的小姐，恢复她本该有的样貌，给她穿上世家小姐该穿的漂亮又累赘的衣裙，头发也被卷成了时髦的花样。

从这一刻开始，凯瑟琳的世界就被一分为二，她看到了一个被割裂的自己：一个是这个社会指令她必须成为的自己——那个符合上流社会女性身份的自己，画眉山庄已经给她演示出标准范式；还有一个是跟希斯克利夫在一起的那个没有任何先行标签、自然生成的自己。

社会的定义十分清晰，前者被定义为优雅、体面和斯文，后者被定义为粗鲁、无礼和野性。当然这两者在她和希斯克利夫的乌托邦视野里与在大众视野里并不一样，比如被人赞赏的林顿兄妹在他们的眼里始终是苍白、懦弱、无力的；而被定义为粗鲁、无礼和野性的那个自己，无论对于她还是对于希斯克利夫，都更像是真实的生命。

在这两个自我面前，凯瑟琳迷惑了。

作者说她呈现了一种"双重性格"。在那些体面人面前，她迎合他们的标准，极力扮演一个符合要求的上流淑女，到了十五岁，她已经足够成为当地上流淑女的典范了,但只要跟希斯克利夫在一起,她还是会释放"那放浪不羁的天性",感觉到童年野孩子的自由。

凯瑟琳在这两个自我之间摇摆,不知道该遵从哪一个。

这种摇摆带给她和希斯克利夫的影响,就是那个被两个孩子理直气壮建构起来的快乐乌托邦开始动摇了。他们曾经拥有的蔑视一切、无拘无束的快乐,突然变得不那么合情合理合法了。

因为在凯瑟琳身上多了来自画眉山庄的角度和眼光。就像她第一次从画眉山庄回来,热烈地拥抱希斯克利夫,这种思念是真实的;但是,希斯克利夫那双脏兮兮的手,也第一次变得刺眼,这好像是她第一次发现这一点。她感觉到他有点古怪,害怕他的手把自己漂亮的衣服弄脏,于是对他说:"要是你洗洗脸、刷刷头发,就会好的,可是你这么脏。"

来自画眉山庄的角度和眼光,不但驱动了凯瑟琳的自我审视,更是对希斯克利夫,以及他们关系合理性的再审判。

希斯克利夫始终是那个希斯克利夫,凯瑟琳对希斯克利夫的爱也从未改变,但是不知不觉间,他在她的眼睛里,就是有某种令人羞耻的地方,至少在那些上流人群面前,她知道他上不了台面。这就是画眉山庄的角度和眼光带给她的影响。

在本质上,这又不只是画眉山庄的角度和眼光,这是来自上流社会的主流价值标准和行为规范。

事实上,作为社会中的成员,"凯瑟琳困境"几乎是人人都可能遇到的,那就是社会人和自然人之间的冲突。作为社会人,我们会被赋予一种社会身份,并接受跟这种社会身份紧密相连的价值标准和行为规范，接受这一切对我们的自我意识和自我生活的塑造。就像凯瑟琳，她的这种先天社会身份就是上流贵族女性，因为她拥有这种身份，社会就用相应的价值标准和行为规范来影响她、塑造她，也制约她。我们可以把这种自我塑造的方式叫作"社会想让我们成为的自己"。

但是，就像凯瑟琳和希斯克利夫，我们又会有一个成长的"荒原"环境，即自然的环境，这里没有这些先入为主的身份意识、价值模板和行为规范，我们可以按照自己的天性生长，顺应天性，生长出独属的自我认知、价值认同和行为方式。我们可以把这种自我生长的方式叫作"我们想成为的自己"。

很多时候，"我们想成为的自己"跟"社会想让我们成为的自己"是矛盾和冲突的。当前者的力量胜过后者时，我们会表现出叛逆和个性；当后者的力量胜过前者时，我们会表现出服从和妥协。当二者势均力敌时，我们会出现自我的矛盾、冲突，甚至是凯瑟琳所表现出来的"双重性格"。

年少的凯瑟琳无法处理这种自我冲突矛盾，一边在理性上认为按照画眉山庄式的标准和要求做一个淑女才是对的；一边在自己的个性上又保持着跟淑女完全不搭边的狂暴和任性。最典型的一幕，就是凯瑟琳邀请了埃德加·林顿到家里来玩，她嫌弃希斯克利夫跟埃德加的绅士风度不合拍，把希斯克利夫赶出客厅，攻击他"什么都不知道，什么话也不说"。希斯克利夫不知道、不能说的是什么呢？无非就是上流社会的那些见识和言谈。希斯克利夫并非没有自己的见识和言谈方式，但是从上流社会的角度和标准来看，他就是一无是处。

即便是对同一个人，用的标准和立场不一样，就会有不一样的观感和结论。就像用上流社会的标准来看希斯克利夫和林顿，前者就是"荒凉的丘陵煤区"，后者就是"美丽的肥沃山谷"。可是，用丁耐莉的平民标准来看希斯克利夫和林顿结果却截然不同，希斯克利夫宽宽的肩膀，身材高大，充满了男性的力量感；埃德加·林顿苍白、虚弱，像个"洋娃娃"。

希斯克利夫并非没有自己的力量、价值和魅力，可是在上流社会的标准和尺度之下，那一切不过都是卑贱的体现罢了。

可是，年少的凯瑟琳显然被这种上流社会的标准和尺度控制住了。当她邀请林顿来家里，会觉得希斯克利夫不够体面，而不许他在场；可是当希斯克利夫真的愤怒离去，她又感到莫名的痛苦和压抑。她无法表达这种痛苦和压抑，把怒气发泄到丁耐莉甚至自己幼小的侄子身上。她狂怒、哭泣，但并不知道这股怒气从何而来。

其实，当我们下意识地违背自己的本性和内心的愿望，服从于外在标准和要求的绑架，就会有凯瑟琳感受到的这种无名的压抑、悲苦和愤怒。

可惜凯瑟琳太年轻了，对自己的痛苦根源一无所知，陷在自我冲突的矛盾地带不能自拔。

连希斯克利夫也被卷进了这种上流社会的标准之中，用这面镜子照自己，他感到自卑、绝望和沮丧。凯瑟琳要求希斯克利夫讲究卫生、改善装扮，变成一个符合标准的绅士；希斯克利夫自己也表示："耐莉，把我打扮得体面些，我要学好啦！"这句话很有意思，按照上流社会的要求来重新塑造自己，希斯克利夫也说这是"学好"。

但多么残酷,即便他认同上流社会的要求,愿意按照这个要求来改变自己,上流社会并不认为他拥有这个资格。辛德雷"一看见他又干净又愉快的样子就冒火了",骂他流氓,说他"打算做个花花公子"。

希斯克利夫试图跟凯瑟琳保持一种平等的地位,无论求学还是修养,哪怕是他并不喜欢的上流社会的穿着、举止和做派。可是他们宣布他没有追求这平等的资格。于是他完全舍弃了,变成了他们让他必须成为的下层人的模样,他自暴自弃,"学了一套萎靡不振的走路样子和一种不体面的神气;他天生的沉默寡言的性情扩大成为一种几乎是痴呆的、过分不通人情的坏脾气"。

自我价值的悲剧,演变成希斯克利夫和凯瑟琳的感情悲剧了。

如果"自己应该成为怎样的自己"这个问题不能得到解决,那么"自己该拥有什么样的感情"就一定会出问题,因为你会做出违背自我的选择。

当埃德加·林顿向凯瑟琳求婚时,她答应了。但是答应之后,她又泪流满面:"天啊,我非常不快乐!"可她又明确地知道:"在凡是灵魂存在的地方——在我的灵魂里,而且在我的心里,我感到我是错了!"

为何答应林顿呢?凯瑟琳劝说自己相信是因为爱,但丁耐莉一针见血地指出,她答应林顿的求婚,是因为知道这能让很多人高兴,而且是对她生活具有主宰权的那群人:"你的哥哥会高兴的,那位老太太和老先生也不会反对。"最重要的是:"你将从一个乱糟糟的、不舒服的家庭逃脱，走进一个富裕的体面人家。"这就是凯瑟琳以为的爱——你以为爱的是那个人，其实不过是在爱你要的某种生活，甚至要的是嫁给这个人以后可以得到的一切。

在凯瑟琳内心深处，她真正爱的是希斯克利夫："他永远不会知道我多么爱他；那并不是因为他漂亮，耐莉，而是因为他比我更像我自己。不论我们的灵魂是什么做成的，他的和我的是一模一样的。"

关于自己对希斯克利夫的爱，凯瑟琳有一段著名的表述："在我的生活中，他是我最强的思念。如果别的一切都毁灭了，而他还留下来，我就能继续活下去；如果别的一切都留下来，而他却消失了，这个世界对于我就将成为一个极陌生的地方。我不会像是它的一部分。我对林顿的爱像是树林中的叶子；我完全晓得，在冬天变化树木的时候，时光便会变化叶子。我对希斯克利夫的爱恰似下面的恒久不变的岩石。"

即便她对他的爱是如此强烈，但她还是不能嫁给希斯克利夫。她怕的是什么呢？是嫁给希斯克利夫就会降低她的身份。当然，凯瑟琳怕的并不是失去这身份，而是这身份在那个年代会跟生存资源绑在一起，没有这个上流社会的身份，她会跟希斯克利夫一起被哥哥赶出家门，变成乞丐，沦落到社会的最底层。但如果和埃德加·林顿在一起，她就可以得到呼啸山庄和画眉山庄的共同祝福，以及随之而来的生存资源和保障。

这就是凯瑟琳面对的残酷现实。

很不幸，当凯瑟琳答应了林顿的求婚，并且说出这一切的时候，希斯克利夫躲在一边听到了，他看到了这个残酷的现实。当天晚上，希斯克利夫就消失了。

凯瑟琳嫁给了埃德加·林顿，她跟希斯克利夫的故事似乎就在这里结束了。

作为读者，我们会忍不住猜想，如果凯瑟琳和希斯克利夫的故事就在这里结束，他们各自会拥有什么样的人生呢？

拥有一份真诚相爱但无法落脚现实的爱情，是人生的一种普遍哀伤；为了现实的生存不得不放弃爱情，也是常见的选择。其实，放弃并不是悲剧的根源，悲剧的根源往往是战胜不了这份放弃带来的痛苦和遗憾。

起初，凯瑟琳用自我劝说和自我麻痹的方式来平衡这一切，假装自己爱的是埃德加，假装自己选择埃德加、跟他结婚是既合理又正确的选择，但她远远低估了违背自己的情感带来的隐患。

人类有一个原始的本能，当我们感觉到危险，常常是指物质处境的不安全，但我们很少想到精神处境上的不安全可能是更大的危险。我们常常会夸大物质不安全给自己带来的伤害，小看精神不安全带来的伤害。凯瑟琳在希斯克利夫和林顿之间做选择时，选择希斯克利夫意味着物质的不安全，选择林顿意味着精神的不安全。但也许我们都会跟凯瑟琳一样做出一个判断——物质不安全才是致命的。

我们不能说这个判断是错的，但是精神不安全造成的伤害也注定会让我们付出巨大的代价。当凯瑟琳选择放弃自己的真实情感和意愿的那一刻，意味着她走向了自己的反面。她反复劝说自己，让自己相信她对埃德加的爱是真实存在的。因为只有让自己认可这一点，她才能假装没有违背自己的真实情感和意愿。但这种假装一定会被自己拆穿——因为她得不到幸福的体验。

在凯瑟琳身上出现了常见的困境。

她明明已经如愿嫁给林顿，得到了她所期待的一切：画眉山庄富足安稳，社会身份高贵体面；衣食无忧，奴仆侍身。她甚至得到了超过她预期的善待：埃德加以及他的家人，都给了她充分的爱，面对她的时不时就会出现的"阴郁和沉默"，埃德加"以同情的沉默，以表示尊重"；面对她像易燃火药一样的烦躁，埃德加兄妹像"忍冬拥抱荆棘"一样接纳并包容了凯瑟琳的一切。按照丁耐莉的说法，"这火药像沙土一样摆在那儿没有被引爆，因为没有火凑近来使它爆炸"。

可是就算这样，凯瑟琳依然没有办法阻止自己的"阴郁和沉默"，也没有办法不变成易爆的火药，因为当她放弃了希斯克利夫，她就做出了一个违背自己情感和意愿的选择。当人们做出这种选择时，那么无论在别人眼中你的生活是多么顺遂如意，你也不太可能得到快乐和幸福的体验，这就是我们所说的精神不安全。所谓精神不安全，就是让人陷入一个无法得到快乐和幸福体验的精神处境之中。

人们乐于讨论快乐和幸福的生成机制，也有比较清晰的生理学和心理学理论。我们找一个最通俗的解释，那就是"你最想得到的"得到了满足，就这么简单。如果一个人真正想得到的就是安逸的生活、丰盛的美食、漂亮的衣服、娱乐和放松……那么当他得到这一切的时候，就会感到实实在在的幸福。

为什么凯瑟琳得到了这一切却并不幸福呢？

在人类的生活中，有两个关键词，那就是"想得到的"和"所恐惧的"。我们一生都要应对这两个关键词。如何应对这两个关键词，也就形成了不一样的人生形态。

比如，一个人在原始森林中，他渴望得到一头鹿，这是他的"高位期待"；但他害怕草丛中隐藏着一只虎，这是他的"安全底线"。这时人们该怎么办呢？有些人勇敢追求鹿，但完全不考虑对于可能有老虎的应有防御，这当然是"蛮干派"；还有一种人完全相反，为了防御老虎，干脆放弃了对鹿的渴望，不能战胜恐惧就消灭自己的期待，这是"躺平派"；还有一种夹在二者之间，他们像第一类人一样进入了逐鹿的过程，但在过程中他们又像第二类人那样战胜不了恐惧，于是步步前行，步步担忧，他们要么设想美好结果带来的欢乐，要么设想失败结果带来的灾难，但就是不能让自己心无旁骛地专注正在进行的行动，容忍不了量变积累期的不确定，造成电量空耗严重，这是"内耗派"。

但凯瑟琳并不属于这些类型，她属于更悲惨的类型：她根本都没有搞清，什么是自己"想得到的"，什么是自己"所恐惧的"。她把"所恐惧的"当成了"想得到的"，这就是最大的悲剧。"躺平派"因为无法战胜恐惧，而放弃期待；"内耗派"不能战胜恐惧，但也不放弃期待。凯瑟琳把"恐惧"打扮成"期待"，她的自我注定是最为混乱的类型。

这是因为凯瑟琳狂傲不羁、任性暴躁，她本能地羞耻于承认和接受自己的恐惧。她害怕跟希斯克利夫受苦，害怕失去贵族身份，害怕沦为乞丐，害怕失去舒适的生活和物质保障。其实，她所有的恐惧都是正当且可以被理解的，问题是她狂傲不羁的荒原性格让她耻于面对自己的恐惧，于是她把这种恐惧装扮成期待：害怕跟希斯克利夫受苦，被转化为嫁到画眉山庄就可以拯救希斯克利夫；害怕失去贵族身份，被转化为埃德加斯文优雅让自己爱慕；害怕沦为乞丐，被转化为只有保持贵族淑女身份才是对的；害怕失去舒适的生活和物质保障，被转化为画眉山庄的生活才是真正值得过的生活。这就是希斯克利夫质问她的"你为什么要欺骗自己的心"。

答案很简单，这会让选择变得非常容易。如此我们才能理解，她一边倾诉自己对希斯克利夫的爱是多么坚如磐石、不可动摇，但另一边眼睛都没眨就答应了埃德加·林顿的求婚。因为她告诉自己，这些选择不是因为不能战胜恐惧，而是因为那就是自己的最高期待。

于是，她的悲剧就发生了。

出于回避"底线恐惧"而被设定的"最高期待"，就算得到了也无法让人获得满足体验；只有真正的"最高期待"，在得到时才能让人获得真正的满足体验。如果一个女性的"最高期待"就是拥有金钱，那么她得到金钱就会感到持续且稳定的满足，因为这是她的"最高期待"，没有什么东西会让她感到遗憾和不快。

所以，在合法合理范围内，人们做出什么选择并不重要，重要的是，能否做出符合自己"最高期待"的选择。因为只有这种选择才能通向快乐和幸福体验的获得。

因此，我们就可以理解凯瑟琳在选择嫁给埃德加时，明明觉得理由充足，可以充分地说服自己，可是在婚后得到了这一切，她的性情却陷入了"时不时的阴郁和沉默",让她变成了一个易燃的炸药包。

因为她的"最高期待"根本就没有被满足。被满足的是她对于"底线恐惧"的防御,她的"最高期待"是得到希斯克利夫。这就是她错位的自我选择。把"底线恐惧"当作"最高期待"是人生最悲惨的错误,于是我们理直气壮地做出错误的选择,并且在选择之后注定跟快乐和幸福无缘。

所以,无论她婚后在画眉山庄过得多么富足安稳,埃德加·林顿对她有多么忠诚、宽厚和温柔,但她的"最高期待"依然是一片寸草不生的荒原,她毫无快乐和幸福可言。

如此我们才能理解,画眉山庄所有的财富、温情、宽容和接纳,都给不了凯瑟琳真正的快乐。

当希斯克利夫在她结婚三年后现身的那一刻,凯瑟琳的快乐和幸福就像火山一样被点燃,"飞奔上楼,上气不接下气,心慌意乱,兴奋得不知道该怎么表现她的欢喜了。的确,只消看她的脸,你反而要猜疑将有大难临头似的"。只有极致的幸福和快乐,才会让人产生乐极生悲似的表现。

也许只有到这一刻,凯瑟琳才知道只有"最高期待"的满足才能带来这样快乐和幸福的体验;出于"底线恐惧"的防御,是无法给予自己这种快乐和幸福体验的。

但一切都晚了,等到凯瑟琳明白这一切,才敢说出心声:"但愿我在外面!但愿我重新是个女孩子,野蛮、顽强、自由,任何伤害只会使我们大笑,不会压得我发疯。"可是,她也只能是在精神错乱之后,才能说出这样的心声。

可是悲剧的齿轮早已转动。

当我们做出选择的时候,会认为是自己在做选择,但由于我们个人的命运并不是完全孤立存在的,我们做的选择会改变环境、条件,以及身边其他人命运的轨迹,即我们做的选择,已经改动了其他人的命运。就像在凯瑟琳做出选择的那一刻,她以为这是她个人的选择,但是,她已经触动了她身边所有人的命运线,希斯克利夫的命运线、埃德加·林顿的命运线、伊莎贝拉·林顿的命运线……画眉山庄和呼啸山庄全部人,包括他们下一代人的命运线。

但我们不能说凯瑟琳的选择是全部悲剧的根源。归根结底,造成这个悲剧的根源是当时的时代环境:森严的阶层壁垒、残酷的等级秩序、金钱的压迫、女性狭窄的生活出路,甚至种族歧视,以及人性的狭隘和自私等等。面对这些无法战胜的因素,凯瑟琳才被迫做出了违背自己意愿的选择。这个悲剧性的选择像导火索一样点燃了她身边所有人命运的连环失控,而凯瑟琳不过是这悲剧性失控链条当中的第一环。

希斯克利夫当然是这失控链条里的第二环。

就像我们的猜想,当他们分离后,假如希斯克利夫就此离开,虽然受了伤害,但毅然脱离这个已然失控的命运列车,他和凯瑟琳以及两个山庄的其他人的命运是否可以有另一种结局呢?至少,那些无辜的人,埃德加·林顿、伊莎贝拉·林顿,以及两个山庄的下一代也许可以拥有另一种命运,而不必遭受那么多痛苦的折磨和悲惨的经历。

可是，希斯克利夫不但没有从这列失控的列车上及时跳车，而是一步步把它推上全盘颠覆的边缘。在希斯克利夫到来之前，呼啸山庄和画眉山庄的这辆命运列车虽然已经失控，但尚未脱轨。特别是凯瑟琳，虽然生活在一种自设的平静和安稳之中，但丈夫埃德加和小姑子伊莎贝拉都用真诚的包容和爱，帮助她把这种平静和安稳维持在她的现实之中。

可是，希斯克利夫的到来，让这一切瞬间破碎。他是带着复仇的决心回来的。没有人知道他经历了什么，只有一件事情是确定的，他用三年筹备并且坚定了一份报复的决心，计划清晰又坚定。希斯克利夫的复仇跟《基度山伯爵》里埃德蒙的复仇很相似，那就是让伤害过自己的人，品尝同样被伤害的苦涩。

剥夺了他权利的，也要被他剥夺权利。凯瑟琳的哥哥，那个把他从养子降为奴仆的辛德雷·恩萧，他的妻子在生下儿子哈里顿以后就去世了，辛德雷从此一蹶不振。回归后的希斯克利夫利用辛德雷本来就已摇摇欲坠的薄弱意志，把他进一步拖入酗酒、赌博的泥沼。辛德雷输掉了自己的呼啸山庄，呼啸山庄的新主人变成了希斯克利夫。希斯克利夫把辛德雷变为奴仆，剥夺了他作为贵族的体面，最终让他在二十七岁那年就在潦倒、绝望和酩酊大醉中死去。

夺走了他爱的人，他也毁掉了他的爱。当年埃德加·林顿的出现，让希斯克利夫失去了爱人，他也要让他尝尽这种痛苦。他不断出入画眉山庄，激活凯瑟琳对他的爱和愧疚，动摇这对夫妻并不牢固的感情。他当着凯瑟琳的面把埃德加称为"羔羊""乳臭小儿""流口水的、哆嗦的东西"，还用讥讽的口气对她说"我为你的鉴赏力向你恭贺"，这些带着毒素的话侵蚀着凯瑟琳的心，一点点粉碎了凯瑟琳对埃德加那所剩不多的尊重。希斯克利夫变相地打开了一面镜子，让凯瑟琳看到她曾经极力自欺的那份对埃德加的欣赏是多么易碎。他把写着埃德加优雅斯文品质的那一面翻过去，刻意让埃德加孱弱、苍白、敏感、脆弱的另一面展示在凯瑟琳面前。于是，就连凯瑟琳也不再隐瞒自己以往刻意忽略的对埃德加缺点的轻蔑了。对一个男人而言，没有比失去妻子的尊重更加让他痛苦的了。

他甚至下意识地惩罚了凯瑟琳。他让凯瑟琳撕开了聊以自保蒙上的那层温和的面纱，变相地逼她实现了彻底的祛魅，看到埃德加身上那些跟凯瑟琳格格不入的品质，以及最让充满野性的凯瑟琳蔑视的那些懦弱和脆弱。一个女人如果失去了对于丈夫最后的敬畏，就会看到自己当初的选择是多么错误，看到自己那份聊以自慰的爱，根本就是一个自我欺骗的谎话。希斯克利夫更是利用埃德加妹妹伊莎贝拉对自己的爱慕，让凯瑟琳尝尽希斯克利夫曾经品尝过的情感上的嫉妒、无助和绝望。凯瑟琳眼看着希斯克利夫接纳伊莎贝拉，就算那不是爱，但是看到心爱的人跟别的女人在一起，那份撕心裂肺的痛苦——希斯克利夫曾经品尝过的痛苦，她也尝到了。只是面对这份撕心裂肺的痛苦，凯瑟琳并没有希斯克利夫那么坚强，于是她精神错乱了。不久，她早产下女儿小凯瑟琳之后，就去世了。

他还报复呼啸山庄和画眉山庄的财富。他们的财富让他在凯瑟琳的选择中变成了落败的选项，也让他受尽屈辱。他在征服人的同时，还要征服财富本身。为了把呼啸山庄收为己有，他毁掉了辛德雷；但要把画眉山庄收归己有，他要毁掉很多人。他不爱伊莎贝拉，对她只有厌恶,把她称为"让人恶心的蜡脸",但他毫不犹豫地带着她私奔,因为她是她哥哥财富的继承人。他虐待伊莎贝拉,导致伊莎贝拉离家出逃。他把伊莎贝拉为他生下的儿子小林顿带回身边,但那并不是因为爱,而是因为只有让凯瑟琳和埃德加的女儿小凯瑟琳嫁给自己的儿子,才能把画眉山庄也收归己有。

于是,希斯克利夫的报复开始蔓延到下一代身上。首当其冲的是辛德雷的儿子哈里顿,就像辛德雷当初剥夺了他受教育的权利一样,他也剥夺了辛德雷儿子哈里顿受教育的权利,让他变成了一个跟当初的自己一样,因为无法得到恰当的教育而举止粗鲁、言语不当、只会干体力活的年轻人。然后是自己的儿子和小凯瑟琳,他们根本就不相爱,但是在埃德加去世后,希斯克利夫就强迫小凯瑟琳嫁给身体孱弱的小林顿,导致小凯瑟琳年纪轻轻变成了寡妇。

就这样,希斯克利夫毁掉了他身边的所有人。希斯克利夫不是去触动影响别人的命运,而是去刻画塑造别人的命运。他像上帝一样掌控别人的命运,但他的掌控不是因为爱,而是因为恨。所以,他终于变成了上帝的对立面——恶魔。

可是希斯克利夫就算让自己变成恶魔,也无法从对他人的毁灭中得到快乐。

他质问凯瑟琳为何要欺骗自己的心,事实上他也在欺骗自己的心。他向那么多人复仇,其实他真正的敌人不是这些人,他真正的敌人只是他那久久无法消解的内心剧痛。

在这人世间,我们都会犯希斯克利夫犯的错误。当被爱情抛弃或是背叛，我们都会把那撕心裂肺的疼痛归咎于某个具体的人，很少意识到真正的敌人只是那份让我们手足无措的剧痛。

凯瑟琳的错误是不可原谅的吗？当他们再次相遇，时过境迁，凯瑟琳已经怀孕，在那个年代婚姻已无法改变，在希斯克利夫一边紧紧抱着她，一边指责这一切都是她的错的时候，他没有认真想过这个问题。虽然我们说凯瑟琳的选择是错误的，但若她选择希斯克利夫，那么代价也是巨大的，只是选择希斯克利夫是看得见的危险，选择埃德加是看不见的危险。凯瑟琳选择后者，是完全可以被理解的。真正的罪魁祸首是那个时代对于一个女子的约束，让她在爱情和身份面前只能做出单项选择；凯瑟琳手里并没有一个正常的选项。这并不怪她。

画眉山庄的埃德加是无辜的。虽然他对于出身低贱的希斯克利夫怀着偏见，但那不是因为他生性邪恶，那是源自他的时代局限和阶层局限。他对凯瑟琳做到了用一生去爱护，就算凯瑟琳羞辱他，为了希斯克利夫变成他的暴君，在凯瑟琳人生的最后阶段，像母亲守护孩童一样守护着凯瑟琳的，还是埃德加。至于他的妹妹伊莎贝拉就更无辜了，希斯克利夫没有任何理由去虐待这个爱他的女子。

事实上，就连呼啸山庄的辛德雷，他自身的冷酷在希斯克利夫到来之前，已经让他受到了惩罚，就算希斯克利夫不去设局伤害他，这个不善良的人也很难拥有温暖的人生。希斯克利夫对他的惩罚，不过是落在善良又无辜的孩子哈里顿·恩萧身上罢了。

希斯克利夫是不幸的，但他的复仇很难彰显正义，这是因为造成他悲剧的真正原因是不合理的社会制度、无形的社会权力结构和等级结构。但是，这些造成个体悲剧的因素往往是抽象的，人们很难看得见，就算看得见，也很难成为发泄怒火和悲愤的载体。人类的原始本能总是需要一个具体的人，成为怒火的宣泄口；也需要一个具体的人，变成自己反抗行为的靶子。

这就像《双城记》里的德伐日太太，造成她家庭和人生悲剧的是不合理的贵族社会制度，即使她看到这一点，但她急需复仇的行为，就会强烈需要一个具体的对象，一个承载自己愤怒的出口和靶子。于是，她才会不分青红皂白地死咬无辜的贵族，哪怕他们清白又善良。她在意的不是射中谁，她在意的是她复仇的子弹必须射出去。因为只有射出这些子弹，她痛苦无比的内心才能得到缓释和解救。

这是人性的弱点。

直到今天，我们仔细分析一些网暴现象，依然可以看到这个问题的普遍存在。当人们对于某种结构性的问题或是制度性的症结感到不满，无从发泄时，往往会把这种怒火集中到某个不小心被当成了靶子的人身上——因为某个人是具体可见的，是可以被瞄准并击打的，而且肉眼可见击打的直接效果。打倒一个具体的人，就能实现内心愤怒和剧痛的解脱；但是去击打一个抽象的结构问题或制度症结，很难看到这种直接又快速的结果。

这就是希斯克利夫复仇行为背后的内心机制。

希斯克利夫和德伐日太太的区别，只在于希斯克利夫并没有在理性层面知道自己悲剧的制度根源，所以盲目报复身边人；而德伐日太太知道其中的制度根源，但依然要抓住几个无辜的替罪羊来发泄怒火。

二者在本质上是不一样的：德伐日太太真正代表的是人性恶，希斯克利夫并不代表人性恶，他体现的是人性的茫然。

希斯克利夫面对自己的伤口，是没有自我治愈能力的，这是希斯克利夫的深层悲剧。希斯克利夫的不放手，既是热烈的爱，也是对于自己伤口的无奈。

自我治愈不是委屈地接纳，而是勇敢地重构：转过身，重构自己的生活，重构自己的未来，甚至重构一份快乐；放过过去，放过过去的人，也放过过去的自己。有能力建构没有"那个人"的生活，这就是自我治愈和自我重构的能力，可是希斯克利夫显然没有这种能力。在希斯克利夫强壮的外表之下，装着的始终是那个靠着忍耐把眼泪咽下去而一声不吭的孩子。

这样的孩子在艰难的成长中很难获得真正独立的自我篱墙和支撑，没有自己的光源，自己的世界是混沌而昏暗的，要靠外来的光才能得到光亮和温暖，凯瑟琳就是希斯克利夫的光源和生命力的来源。

这样的爱情注定最壮美也将最惨烈。说它最壮美，是因为这样的爱情让彼此成为对方生命的一部分，这种感情的忠诚度、真挚度和持久度，会打破人性的局限，演绎出最美丽而动人的激情。希斯克利夫和凯瑟琳的爱情就像星光一样足以照亮黯淡的灵魂，在现实的瓦砾中，绽放人间最绚烂的情感色彩。但这样的爱情也注定惨烈，因为生命如此重叠，失去对方意味着生命也注定残缺。当失去发生时，自己的生命是没有办法独立生长和延续的。如希斯克利夫所言，"失去她之后，生存将是地狱"。

全身心投入爱情的结果，一定是无法建构出一个自我的完整世界；如果爱人是唯一的光源，失去爱人，将陷入终生的黑暗；如果一个人的世界里只有情感，那么当情感逝去，世界就会坍塌，变成瓦砾一片。

希斯克利夫越是爱，越是陷入深渊；越是痴情，越是难逃绝望；越是想接近，越是在远离；越是想拥有，越是在毁灭……希斯克利夫试图用恨的方式去拥有爱，用毁灭的方式去证明存在，但这注定是一条死路。

所以，我们能理解希斯克利夫的不放手。这种不放手，不能带来双方的自由，只能带来共同的毁灭。希斯克利夫毁掉了凯瑟琳的生活，毁掉了他仇恨的一切，但他自己也未从中得到快乐。直到晚年，虽然他用孤独、暴躁、悲伤和阴戾的情绪来惩罚自己，但是他依然无法得到平静。

在那时，他才明白仇恨和破坏也是一种脆弱和无力。他带着狰狞而绝望的表情死去，终究也没能靠自己的力量去解救那个在黑暗中愤怒无助的孩子。

希斯克利夫死了。他和凯瑟琳的灵魂只有在死后才得到了安宁，也只有在死后才得以相聚。那些在深夜携手游荡的灵魂的影子，算是作者能够赋予他们的最好的结局了吧。可是我们还是会忍不住唏嘘，他们是否可以有另外的结局？

希斯克利夫和凯瑟琳的爱情，不肯放手，于是只能一起去死。这是最悲壮的爱情之美，但在现实层面，也许晚年希斯克利夫那仅存的善意才是真实的温暖。他成全了哈里顿和小凯瑟琳这对悲情爱侣，因为怀念自己恋情的美好，而释放出宽恕的力量，换一种方式救赎自己。假如可以这样来过，在爱情走不下去时，选择放手，保全凯瑟琳那并不完美但还算安稳的余生，是否也是一种爱的强大呢？

繁漪的故事：
变成绳索，捆住的绝对不是爱

曹禺《雷雨》

"她会爱你如一只饿了三天的狗咬着它最喜欢的骨头，她恨起你来也会像只恶狗狺狺地，不，多不声不响地恨恨地吃了你的。然而她的外形是沉静的，忧烦的，她会如秋天傍晚的树叶轻轻落在你的身旁，她觉得自己的夏天已经过去，西天的晚霞早暗下来了。"

在曹禺所写的这个剧作里，繁漪甚至没有一个完整的人生故事。她有很多个身份，但只有一种热情，那就是——爱。

这大约跟她荒寂的青春有关。繁漪读过书，有对诗文的爱好，有一定的自我意识，这可以解释她在婚姻中的不驯服。但到底是什么让她在十七岁时懵懵懂懂嫁给三十七岁的周朴园，做了填房，文中没有交代。繁漪自己的表达是，"把我骗到你们家来，我逃不开，生了冲儿"。一个"骗"字和一句"逃不开"，说出了繁漪走进这段婚姻的茫然和被动。"骗"的描述也符合繁漪的特点，这样的新式女子是不会像祥林嫂一样被捆绑着押进洞房的。然而，就像很多十七岁的女孩子一样，她们看似在主动选择，但问题是她们并不知道自己在选择什么。当时三十七岁的周朴园也算是正当年，相貌不错，颇有气质风采，出身无锡的大户人家，在北方的一个城市里创业成功，也算小有成就。这样家世好、成熟又有产业的男性，对于十七岁的女孩子而言还是有很大吸引力的。"骗"是一种主观的描述，就是指在不明真相的情况下做出的盲目选择。繁漪并非被强迫，但她认为初相识时的周朴园"骗"了自己，在跟周萍对话时，她甚至用了"引诱"这个词。无论是"骗"还是"引诱"，都说明了一个让繁漪痛心的事实：恋爱期间看到的、听到的和以为的，在婚后发现并非如此。这个男人的确是她选的，但是她又必须承认她的确选错了。

那么，她错在哪里呢？周朴园的客观条件，无论家世还是物质条件，在这方面是无须欺骗她的。但是像繁漪这样的十七岁女孩，怀着一个幻梦嫁给一个当初以为可以终身依靠的人，她所期待的不只是家世和物质的丰厚，她期待被人爱。相识期间周朴园对她应该是温柔的，所以她才说自己是"被引诱"，但婚后并非如此——周朴园是开矿的资本家，天天忙于工作，无暇顾及她。对于这个年轻的妻子，周朴园没有给予她所期待的感情。

繁漪应该经历过一个从争取到失望的过程。一个女人向冷漠的丈夫索爱，能有什么方式呢？大约是表达过痛苦、不满和愤怒，有过很多反抗的行为，但也许正是因为她的反抗和闹腾，才让周朴园对她变得更加强横。也许在这样的对抗中，周朴园仅剩的温存也消失殆尽，把压迫控制当作对待繁漪的唯一方式。

如此我们才能理解《雷雨》里最重要的一场戏是"周朴园逼繁漪喝药",很多读者看不懂这段戏要表达什么,其实这就是周朴园和繁漪夫妻关系的写照:作为丈夫的周朴园并不在意繁漪是不是需要喝药、是不是愿意喝药,他在意的是他要她喝,她就该喝。喝药和不喝药的对峙,是周朴园和繁漪的家庭权力战争,当然繁漪是赢不了的。繁漪说:"什么事自然要依着他,他是什么都不肯将就的。"在这个家里,强势的丈夫周朴园就是绝对真理。面对他,人人都需要妥协,繁漪更是如此。

正如繁漪对周朴园的抱怨:"十几年来像刚才一样的凶横,把我渐渐地磨成了石头样的死人。""凶横"变成了周朴园对待繁漪的唯一方式,而在这种对待里,繁漪才会被"渐渐地磨成了石头样的死人"。从有所期待到无所期待、从向往爱到彻底绝望,"磨成了石头样的死人"说出了繁漪从对婚姻怀着憧憬到渐渐心如死灰的过程。

可悲的是繁漪被困在这婚姻里,"逃不开"。

让繁漪"逃不开"的原因是什么呢?确切而言,她并不是像很多女性那样,因为生了孩子而"逃不开",她是"逃不开,生了冲儿"。在生育之前,她就发现了自己婚姻的错误,感到了深深的失望,但是她逃不开,以至于生了孩子。但正是这一点让我们看到了繁漪更大更严重的问题,当然也是那个年代女性的普遍问题——没有独立的生存能力。

所以,作者说她是个"中国旧式女人",什么是旧式女人呢?就是没有属于自己的社会身份,就算家庭身份也总是依托在别人的身上：女儿、妻子、母亲。她们只能在父母的家和丈夫的家里才能存活，走出家门，她们是没有办法在这个社会上立足和独立生存的。她们虽然受了教育，但没有职业，这个社会没有为她们提供职业空间，她们自然也无法通过职业渠道获得满足生存的收入，她们的每一分钱都要别人给予，或是父亲，或是丈夫。蘩漪甚至比不上家里的女佣，无论是四凤还是四凤的母亲鲁妈，这些底层女性倒是可以靠自己的劳动来挣取收入，虽然她们的劳动本身会被认定是低贱身份的证明。在本质上，蘩漪"逃不开"的悲剧，跟《包法利夫人》中的爱玛、《呼啸山庄》中的凯瑟琳没有什么不同——没有独立经济能力的女性，在糟糕的婚姻里，除了"逃不开"不太可能得到其他的结局。

跟爱玛、凯瑟琳一样，蘩漪"也有更原始的一点野性：在她的心，她的胆量，她的狂热的思想，在她莫名其妙的决断时忽然来的力量"。这点野性让她在"逃不开"中，又有着那么一份无法消除的"不甘"。但被困在四面高墙之内的女人，没有能力走出那扇大门，这点"不甘"也没有任何可以落脚的地方。

蘩漪十八岁时生了儿子周冲，生活却变得更加没有指望。丈夫还是那个冷漠的丈夫，家还是那个空荡荡的家，蘩漪守着幼子，一天天熬着日子，"我已经预备好棺材，安安静静地等死"。

没想到等来了一个周萍。

对于周萍的身世，蘩漪知道得不多。她做的是填房，接的是周朴园第一任太太的班。但这位前任太太并无所出，周萍不但不是她亲生的，而且出生在她进门之前。蘩漪和周朴园新婚不久，那算是他们最亲密的时候吧，周朴园喝醉了酒，难得向蘩漪吐露痛苦，他告诉蘩漪自己曾经跟一个姑娘生了孩子，但那姑娘被赶出周家，投河而死。这个孩子被留在了周家，就是他的长子周萍。

所以，在蘩漪的观念里，周萍是个可怜的私生子。

周萍一直被养在无锡的老家，直到蘩漪所生的次子也渐渐长大，才被周朴园接到家中居住。那时周朴园依然是天天在矿上忙着自己的事务，偌大的家里除了用人，就只有蘩漪、周萍和年幼的周冲。蘩漪和周萍的年龄相差不大，这位从天而降的继子只比她小六七岁。那时蘩漪应该三十岁出头，周萍也只是二十三四岁。

他们并不是轻浮淫荡之徒，初相识的日子里，他们应该也恪守过身份的界限，但是在那样寂寥的家里，蘩漪对这位自小失去母亲的私生子多少怀着怜悯，而周萍对这位古典文艺范儿的继母也应该没有恶感。在这样的年纪、这样的环境，两个人走到一起，变成可以倾吐心事的伙伴，应该不是难事。

蘩漪在死水一样的生活中的痛苦，有人倾听了。对于她的痛苦，周萍不像他的父亲那样漠然以对，而是给予了很多的叹息，叹息就是同情和怜悯。周萍常常安慰她、开解她。被关注、被同情、被安慰，在蘩漪的人生中，这是第一次得到这种对待。

人类跌入爱河的方式有很多种，蘩漪的这一种源自痛苦。她跟周萍的爱情里总是夹杂着叹息、哭泣和眼泪。在不能亮灯的黑夜，他们守着半灭不灭的洋蜡烛，偷偷依偎着哭泣，偷偷依偎着笑，以至于家里的用人们传说那屋子"闹鬼"。借着鲁贵的视角——他以酒壮胆凑到窗户缝前，看到"女鬼像是靠着男鬼的身边哭，那个男鬼低着头直叹气"。鲁贵看到了让他无比震惊的秘密,而那也许正是**繁漪**和**周萍**的热恋期。但即便是热恋,也充满了罪孽的黑暗和情绪的苦涩,是只能在暗夜里哭、暗夜里笑的感情。

这份源自痛苦的爱情,一开始就是基于同一种感受:被忽略和被控制的痛苦。

繁漪体验到的被忽略和被控制,来自她的丈夫周朴园。

婚姻里的寂寞最是伤人,这是因为婚姻里的寂寞不是因为无人陪伴,而是直接被人忽略。没人陪伴只是寂寞,被人忽略却是否定。这传递的是一种无形的评价信息:你不重要、不珍贵、不值得被关注。特别是在亲密关系中,被人忽略,意味着一种价值感和存在感同时被否定的体验。所以,它极其痛苦。被人忽略一方面触动一个人的自卑、寂寞和脆弱,另一方面也激活人的愤怒、不满和绝望。但无论是你的悲伤还是你的愤怒,对方都看不见,也不在意,等待你的永远是没有回应的冷漠。这就是繁漪在婚姻里遭受的凌迟之刑。

可繁漪又不是一个愿意被驯服的人,她有自我意识,虽然不多,但足够让她不再忍耐一个强势的丈夫。就如她自己所言:"人家说一句,我就要听一句,那是违背我的本性的。"她不断地试探反抗的底线,不断地用执拗跟她的丈夫做着权力的制衡,但这不过是徒增了她的痛苦而已。

她的这份痛苦无人能懂,除了周萍。虽然周萍懂的不是她的寂寞,而是自己的寂寞。

周萍体验到的被忽略和被控制,来自他的父亲周朴园。

周萍一岁就失去了母亲。他的生母梅侍萍当年也只有十八岁，是无锡周公馆的女佣的女儿；那时周朴园还只有二十五六岁，从德国留学归来。两人是相爱过的，周朴园的绸衬衫烧了个洞，梅侍萍就在那洞上补绣了一朵梅花；还有件衬衫袖口上也绣上了梅花，旁边还绣个"萍"字。不是相爱过，一个女人哪有这样甜蜜的勇气，在男主人的袖口上标记自己的姓名呢？她给周朴园接连生了两个儿子，可是第二个儿子刚生下来，周家要给周朴园娶一位门当户对的小姐。梅侍萍的存在应该是妨碍了这桩婚姻的达成，所以才会在生下第二个儿子，而不是在生下第一个儿子的时候被赶出了周公馆。第二个儿子刚出生看上去不太能成活，周家就让梅侍萍带着这个孩子离开了。一个被抛弃的女子走投无路，就在年三十的晚上跳了河。

一岁的周萍就这样失去了母亲。没多久，他也变相地失去了父亲。在周萍的整个童年和少年的成长时期，周朴园大概率不在他身边——他离开无锡北上创业了。周萍被留在了无锡，我们也可以大胆猜测，那位门当户对的第一任妻子很可能也被留在了无锡。这个妻子跟周朴园有十年左右的婚姻，这段婚姻发生了什么从剧中不得而知，但是这任妻子的确没有子嗣，而且是一个被周朴园从记忆里彻底抹去的女人。相比之下，梅侍萍给他绣了花的衬衫，周朴园保留了三十年，三十年后还要人翻出来看看；娶了填房，喝醉了酒，他倾诉的痛苦也与第一任妻子无关，而是与对梅侍萍的负罪有关。虽然他对梅侍萍的思念，更像是对一个美丽遗憾的留恋，但在这个看似始乱终弃的故事里，也许把周朴园理解为迫于家庭的压力、为了利益联姻而懦弱放弃心爱女人的负心汉，要更为妥帖。他无奈地放弃了梅侍萍，但跟第一任妻子也没有什么感情——这可以解释他的离家北上。

无论周朴园的第一段婚姻状况如何,有一点是确定的,失去母亲,父亲也在成长中缺席的周萍孤零零地长大,直到二十岁以后才得以进入父亲和他第二任妻子繁漪的家。

周萍跟自己的父亲是生疏且有隔膜的,而且对他怀着一份近乎天然的惧怕。对于这个长子,周朴园的教育方式就是控制和打压。他说:"我的家庭是我认为最圆满、最有秩序的家庭,我的儿子我也认为都还是健全的子弟,我教育出来的孩子,我绝对不愿叫任何人说他们一点闲话的。"可他的教育和管理,不过是蛮横的控制而已。他忘记了自己也曾经是个在家族高压之下懦弱无能、放弃爱人和孩子的人,正是因为无法接受当初的自己,他成为家长后就变本加厉地成了一个蛮横、霸道、控制欲满满的人。总之,在他高压式维持家庭秩序的行为之下,他的孩子都怕他、疏远他,周萍如此,周冲也如此。更要命的是,父亲强势付出的最大代价,就是儿子的苍白、脆弱和怯懦。

周萍正是如此:"在他灰暗的眼神里,你看见了不定、犹疑、怯弱同冲突。当他的眼神暗下来,瞳仁微微地在闪烁的时候,你知道他在审阅自己的内心过误,而又怕人窥探出他是这样无能,只讨生活于自己的内心的小圈子里。"这是典型的强势家长制下必然产生的人格特点,周朴园对于周萍,要么是长久的忽略,要么就是高压的控制——都是最能粉碎人的自我价值感、自我信任感和自我行动力的做法。在周萍的感受里,他的父亲是"倔强冷酷"的,他说:"他的话,向来是不能改的。他的意见就是法律。"父亲是他的审判者也是他命运的决策者,他人生的一切都要听从父亲的安排,他学的是"矿学",显然这是开矿的父亲的指令。他人生中的各种选择更是要听从他的父亲,就连他想离开家去矿上工作,他父亲说的依然是"做哪一类事情,到了矿上我再打电报给你"。在父亲面前,他是没有选择权的,这就是他体验到的父亲的"冷酷和倔强"。强势的父亲,怎么能培养出自信的儿子呢?面对这个父亲,周萍感受到自己永远都是被动的、无力的、没用的。他性格中的怯懦、脆弱和犹疑几乎是注定的。

在周萍的潜意识里,他恨他的父亲,但这恨违背人伦所以又是秘而不宣的。直到他遇到了年轻的继母蘩漪。他从蘩漪的寂寞里看到了自己的寂寞,从蘩漪的不满里看到了自己的愤怨。周萍对父亲的不满和恨意,跟蘩漪对丈夫的不满和恨意,是相通的,他们拥有同一个给予他们痛苦的施害者,他们也是同一个暴君脚下的受害者。他们的共同语言不过是那份被忽略的寂寞、被控制的愤怨,但对于深宅大院中孤独的二人来说,这点共同语言也就足以让他们互相取暖了。与其说他们是因为互相欣赏而相爱,不如说他们因为有共同的敌人而相爱。

蘩漪的眼泪和哭诉,能够让周萍获得"仇父"的勇气和坦诚,所以他对蘩漪说,他恨他的父亲,他"愿他死,就是犯了灭伦的罪也干"。把他们连接在一起的,不是爱,而是共同的恨,对于周朴园的恨。是周朴园的专制、冷漠和霸道,把他们赶到了一起。

也正是这份惺惺相惜,让周萍成了能够聆听蘩漪,也能够给她安慰的人。在那个冷清清的家里,他陪着她,听她哭泣,听她说话,安慰她、开解她,跟她站在同一立场。这是蘩漪的人生里第一次拥有这样一个人，于是她觉得自己"被救活了"——她觉得那就是"被爱"的感觉。

　　繁漪和周萍不顾一切地相爱了，共同的不满和愤怨让他们放纵了自己的感情。周萍如此大胆，敢于开启禁忌之恋；繁漪更是在爱中鼓起了胆量，像勇士去爱这个她根本不能爱的年轻人，喊出了自己的宣言："我把我的性命，名誉，交给你，我什么都不顾了。""我不是他（周冲）的母亲……也不是周朴园的妻子。"她一心一意，只要做周萍的爱人。这世间有很多不该发生的爱情，而繁漪的这份爱情，不但不该发生，而且是一份穿过地狱才能拥抱的爱情。那地狱不但是世间的道德鞭挞，也是他们自己心中的罪孽重压。繁漪要赤着脚走过炼狱的罪与罚，才能走向那个是她继子的男人。她在这个爱情地狱中走过的每一步，都要付出沉重的代价。

　　持有这样一份乱伦的恋情，繁漪是决绝的，感到负罪的是周萍不是她。她对爱的信奉是那样虔诚，道德竟然做不了她的审判者。她豪迈地宣布："我做的事，我自己负责任。"也许为了维护自己那份爱的勇气和坦然，她一直在跟无形的道德审判作战，这样我们才能理解身处这爱情中的她，为何变成了一个"果敢阴鸷的女人"："她的脸色苍白，只有嘴唇微红，她的大而灰暗的眼睛同高鼻梁令人觉得有些可怕。但是眉目间看出来她是忧郁的。"这是一份需要跟自己的道德感作战的爱情，在这场战争中，繁漪从来不让自己的"爱"变成"罪"，也从不肯接受跟这份"爱"对应的那份灵魂的"罚"，她爱得理直气壮。她的底气，是她在这绝望人生和无爱婚姻中所受的苦。为了那份无法忍受的精神磨难，她觉得这份爱是值得的。对于这一点，她从来没有迟疑过。

周萍是繁漪干枯生命里唯一的水源、黑暗世界里唯一的光亮，是她从棺材里探出身来抓住的最后一根稻草。所以，就算生命在罪孽的烈焰中煎熬，她依然要热烈地、不顾一切地去爱。

可就是这样用付出生命的代价也要维护的爱情，她最终还是握不住了。因为她能坚持住，周萍却坚持不住了。

如果说繁漪就算走在罪孽的地狱里，也要高高地昂起头，用她赋予爱情的正义来对抗道德烈焰对于不伦关系的炙烤，周萍却没有这份正义感和合理感的自持。他一直生活在地狱的审判之中。

周萍身上有很矛盾的冲突，作为在强势父亲的羽翼下生存的儿子，他懦弱、卑微而又胆怯；作为周家在长达十年多的时间里唯一的长子长孙，养在无锡老家祖辈的膝下，他又是极其任性和冲动的："他不能克制自己，也不能有规律地终身做一件事。""当着一个新的冲动来时，他的热情，他的欲望，整个如潮水似的冲上来，淹没了他。他一星星的理智，只是一段枯枝卷在旋涡里，他昏迷似的做出自己认为不应该做的事。""会贸然地做出自己终身诅咒的事，而他的生活是不会有计划的。"

冲动、任性又蛮干，是他的一面；怯懦、脆弱、犹疑和自卑，是他的另一面。前者让他很容易发泄情绪，释放自己的不满和愤怒，后者又让他立刻开始感到叛逆的恐惧、后悔和自责。于是，"永远地在悔恨自己过去由直觉铸成的错误"就成了周萍的宿命。他不停地冲动和蛮干，但也不停地自责、自我否定和自我审判。

在和蘩漪的关系上，也是如此。他不能像蘩漪那样在爱情中得到正义感和合理性，相反，他一边沉溺其中，一边感到深深的负罪感、恐惧感和污浊感。但他又没有能力摆脱这份欲念，在他内心的激战中，欲念的他和负罪的他，哪个都没有能力赢。这样的自我冲突让他痛苦不堪："我的心都死了，我恨极了我自己。""我恨我自己，我恨，我恨我为什么要活着。"

自恨和自我负罪是一种苦难的煎熬，但是周萍没有办法走出这个处境，对于这段关系的厌倦就慢慢膨胀，他承认这是他"生平做错一件大事"。可他归根结底是个懦弱的人，为了缓解痛苦，他不自觉地把这份"不自然的关系"的成因归结于蘩漪的诱惑，从恨自己开始走向恨蘩漪。他不认为自己对蘩漪负有责任，但认为自己对父亲负有责任。他对不起的是父亲，而不是这位把自己拖入罪孽的继母。

蘩漪渐渐感到这份爱情的摇摇欲坠了。他们纠缠着，不是因为周萍留恋这份感情，而是周萍没有拯救自己的力量。面对自己的生活，他永远需要借助一点外力。他需要借一点外力才敢恨父亲，于是他借了蘩漪的力；现在他又需要借一点外力才能摆脱蘩漪，"他要把自己拯救起来，他需要新的力，无论是什么，只要能帮助他，把他由冲突的苦海中救出来，他愿意找"。

于是，他找到了四凤。

四凤是周家用人鲁贵的女儿，她的母亲鲁妈坚决禁止自己的女儿到有钱人家里做女佣。但是当鲁妈为了养家南下到济南的女校去做工,鲁贵就把才十七八岁的四凤带进了周家做女佣。四凤是个不谙世事的女孩子,她脸色红润,健康快乐,长着一对可爱的笑窝,也很爱笑,"她知道自己是好看的"。四凤整个的颜色就是清白、坦荡、阳光,这也是她第一次到家庭以外的地方做工。

对于周萍而言,四凤这个女佣家的女儿有什么吸引力呢?周萍用了一个字,那就是"活",是"新鲜的力"。爱四凤不会走向罪孽,不会带来那种生不如死的负罪和自我审判,所以四凤是周萍感受到的一种新鲜的力量,他期盼通过这个清白的女孩子,获得一份没有罪孽、能够带来力量的爱。爱了四凤,他似乎才有力量摆脱来自繁漪的浑浊的、引他走向地狱的欲念。

他要的不是四凤,他要的是没有罪孽的爱。

可惜,繁漪不懂这一点,她以为自己败给了一个丫鬟。

她在茫然地跟四凤的比较中,去理解自己爱情的前路和可能。她以为破坏自己爱情的是另一个女人——四凤,而不认为她和周萍的爱本身的就是扭曲的。于是,三十五岁的繁漪嫉妒且仇恨着一个十七岁的姑娘。

糟糕的爱情就是会这样激发人性里所有糟糕的东西。好的爱情会像光一样照亮生活的暗角,让一切坦然而洁净,因为好的爱情给人的全是安全的信号,在安全的环境里人性才会生长出花朵;但糟糕的爱情就会把人拖入泥沼,因为糟糕的爱情里全是不安全的信号,逼着人陷入时时刻刻的防御、敌对和灾难状态,人性就只能生长荆棘、阴鸷和尖角。

为了保护这份已然崩塌的感情，繁漪失去了一个女人的体面。人到中年的她，跟一个十七岁的女孩争风吃醋。繁漪不是一个恶毒的人，她本性善良，为人也不苛刻。她也想保持一份体面的姿态，但是爱情的不安全，让她风声鹤唳，敌意满满。她遏制不了自己内心的嫉妒和敌意，忍不住地要"斜着看四凤"，要阴阳怪气地旁敲侧击，要攻击她只是个"底下人"。一个上层社会的太太，这样跟一个底层社会的女孩争宠、抢男人，她究竟还是失去了不想失去的身份和品格。

为了把周萍留在自己的人生里，她甚至放弃了所有的尊严。她把周萍当成了自己的上帝，告诉他，离开他，她不能活："把我救活了又不理我，撇得我枯死，慢慢地渴死。让你说，我该怎么办？"她甚至不断对他诉苦，告诉他："没有你在我面前，这样，我已经很苦了。"她请他可怜自己，盼望他想起三年前说的那些承诺，念在曾经有过的甜蜜时光，请他不要离开自己。可是，一个人假如不再爱另一个人，是连怜悯也不可能有的，因为就算怜悯也是离开的障碍。

于是，曾经在繁漪和周朴园之间发生的战争，又在繁漪和周萍之间发生了。

周萍像他的父亲一样，要做他和繁漪之间关系的重新设定者，他的身份里不再有"繁漪的恋人"，只有"继母的继子"。所以，基于这个身份，他认为自己真正对不起的是弟弟，是父亲；在他愧疚的清单里，没有繁漪。而繁漪拒绝接受这个设定，她不是周冲的母亲，不是周朴园的妻子。她对周萍说，我只是"真正明白你、爱你的人"。基于爱人的身份，她要求周萍对她负责："你欠了我一笔债，你对我负着责任；你不能看见了新的世界，就一个人跑。"可是周萍基于继子的身份，对她说，她提这个要求是"不体面的"，因为这不是一个继母该说的话。周萍用这样的方式，彻底否定了他们之间的关系性质。周萍单方面把自己跟蘩漪的关系撇清了。

可是蘩漪绝不能接受这份撇清，因为她早已经失去了继母的身份："是你把我引到一条母亲不像母亲，情妇不像情妇的路上去。是你引诱的我！"当初是周萍打破了他们之间继母子的关系设定，现在他又想打破他们之间恋人的关系设定，而周萍能够给予她的不过是一句轻飘飘的"年青人一时糊涂"。

蘩漪愤怒了，愤怒自己受了他们两代人的欺负。她威胁他："一个女子，你记着，不能受两代的欺侮。"她也表达她的轻蔑："你到底是你父亲的儿子。""哼，都是些没有用，胆小怕事，不值得人为他牺牲的东西！我恨着我早没有知道你！"她愤怒到诅咒他的整个家族："你们的祖父、叔祖，同你们的好父亲，偷偷做出许多可怕的事情，祸移在人身上，外面还是一副道德面孔，慈善家，社会上的好人物。"

蘩漪能够看透一切，看透这个家族，看透这些个男人，但她还是无法放手，依然怀着幻想，试图替周萍寻找一个合理的理由：也许他对四凤的迷恋只是一时糊涂，也许他只是害怕自己的父亲。

她的命运虽然从来没有好过，但走到这一步是彻彻底底的无可救药了：只要你还在为对方寻找理由，做着"脑补"，你就永远都会怀有虽然缥缈但难以割舍的希冀。这样的幻想脱离现实越来越远，不过是单方面的臆想。可是它像注入病躯的麻药一样，让人在虚幻的执念里体验到并不存在的安慰和希望。

繁漪不是不知道这份感情已经走向末路的事实。她只是不能接受这样的事实，没有爱她不能活，即便是破破烂烂的爱，哪怕是单方面的爱。她要留住的不是一个人，她要留住的是有个人可以爱。在这个家里，繁漪没有控制周萍、把他留下的权力，但作为女主人她有控制四凤、把四凤赶走的权力。赶走四凤，是她留住周萍的又一次努力。

赶走四凤十分轻松，几乎没有费力气。

繁漪的儿子周冲，刚刚十六岁，竟也懵懵懂懂地喜欢上了四凤，并向母亲吐露了心声。周冲的暗恋，繁漪当然并不放在心上，这不过是十六岁男孩的胡闹而已；但这件事给了她一个机会，她趁机约见四凤的母亲鲁妈，委婉地告诉她自己的儿子喜欢四凤的事情。这当然不是为自己的儿子求情，这是对四凤的变相驱赶。

如她所料，四凤的母亲鲁妈本来就不同意自己的女儿到有钱人家里做女佣，害怕的就是自己的女儿跟有钱人家的少爷发生牵扯。没等繁漪把话说完，鲁妈立刻表态会把四凤带回家。繁漪不依不饶，进一步说："我的孩子有点傻气，他还是会找到你家里见四凤的。"

在这样的逼迫下，鲁妈也迅速下定了决心，准备第二天就带四凤离开："我会远远地带她走，不会见着周家的人。太太，我想现在带着我的女儿走。"

鲁妈说的绝对不是虚话。事实上，就算繁漪不提出这个要求，鲁妈也没打算让自己的女儿在这个家里继续做下去。四凤的母亲鲁妈，原是三十多年前在无锡投河的梅侍萍。当年梅侍萍抱着第二个儿子投河，被人救起，为了生存辗转嫁过两次，现在的丈夫就是鲁贵。她带走的儿子就跟着鲁贵的姓氏叫了鲁大海，后来她跟鲁贵又生了一个女儿，就是四凤。

走进周家的门，梅侍萍很快就确认了这是周朴园的家。她甚至跟周朴园相认了。当然，面对真实的梅侍萍，周朴园就像他的儿子周萍一样怯懦，三十年来他在家中摆放侍萍的照片，是对一些遗憾的留恋，是对青春情感的祭奠，也是对长子体面的保全……理由这么多，还是不足以让他有勇气正视还活着的梅侍萍。

至于侍萍，她愿意主动跟周朴园相认，不是有什么情感的留恋，更没有被周朴园对自己的纪念迷惑。她只为了完成最后一个心愿，她还有一个亲生的孩子要见——周萍。

就这样，周朴园跟梅侍萍达成了约定，周朴园让梅侍萍看一眼周萍，梅侍萍许诺从此鲁家的人都再不上门，"希望这一生不至于再见你"。

梅侍萍就这样带走了四凤，并准备第二天就带着四凤远走他乡。

可是繁漪依然留不住她要留的周萍。她拿出了最后的挣扎，先是贬低："你受过这样高等教育的人现在同这么一个底下人的女儿，这是一个下等女人——"但她遭到的是周萍的激烈反驳："你胡说！你不配说她下等，你不配！"

她又试图用威胁留住他："小心，小心！你不要把一个失望的女人逼得太狠了，她是什么事都做得出来的。"可周萍依然不为所动："我已经打算好了。"

那天晚上雷雨交加，繁漪尾随周萍来到了鲁家所在的街巷。她目睹周萍爬进了四凤的窗户，看到他们手拉手，又看到周萍关上了窗户；被风吹开的窗户里，他们紧紧拥抱在一起。那一刻，蘩漪的世界终于粉碎了。她趴在窗台偷窥，露出"惨白发死青的脸""她像个死尸，任着一条一条的雨水向散乱的头发上淋她。痉挛地不出声地苦笑，泪水流到眼角下，望着里面只顾拥抱的人们"。

后来四凤的哥哥回家，要进妹妹的房间里拿东西，周萍慌忙要从窗户里逃出来。蘩漪从外面死死地把窗户关上了，把周萍和四凤封死在了那间屋子里。让四凤和周萍的私情，在鲁家人面前彻底暴露。

蘩漪以为暴露了他们的私情，鲁家就会彻底把四凤给关起来，周萍想带也带不走。带着这最后的一线希望，她回到家里，看到同样回到家的周萍，再做一次争取："如果今天你不走，你父亲那儿我可以替你想法子。""你知道你走了以后，我会怎么样？""萍，你想一想，你就一点——就一点无动于衷么？"

可她得到的是更强烈的厌弃和更恶毒的讽刺，周萍已经不能掩饰对她的憎恶了。这是多么可悲，即便如此，蘩漪还是对着他哭泣，低声下气地哀求他："这一次我求你，最后一次求你。我从来不肯对人这样低声下气说话，现在我求你可怜可怜我……"她哀求周萍可怜她，不要走，要走也要带上她。她甚至卑微地提出，只要他愿意带着她走，以后她愿意他把四凤也接来一块儿住，她都可以，只要他不离开她。

一个人卑微到这个程度，自轻自贱到这个地步，也就难怪连周萍都惊惧不已，连连退后："我怕你真疯了！"她以为她在争取爱，可是这样卑微地、毫无底线地、不择手段地争取，除了让自己在对方的眼里变成疯子和怪物，还能有什么可期望的结局呢？

周萍让她滚开，对她说了最绝情的话语："我要你死！再见吧！"蘩漪最后的希望破灭了。

在这个雷雨之夜，经历了很多的波折，周萍终于跟四凤聚在了一起，两人决定连夜出逃。

周萍用真诚的忏悔争取到了四凤的哥哥鲁大海的支持，当四凤说出已经怀了周萍的孩子，就连激烈反对他们在一起的梅侍萍也妥协了。梅侍萍知道，这是一桩新的罪孽，只有她知道，四凤跟周萍是不可以在一起的。他们都是她生的孩子。梅侍萍掩面大哭，但这个秘密不能说，说了谁都不能活。

因为一份深沉的母爱，侍萍选择了将错就错："他们都是可怜的孩子，不知道自己做的是什么。天哪，如果要罚，也罚在我一个人身上；我一个人有罪，我先走错了一步。"善良的母亲把这一切罪孽都归于自己，至于孩子们，"他们是我的干净孩子，他们应当好好地活着，享着福。冤孽是在我心里头，苦也应当我一个人尝"。

侍萍要放他们一条生路。自由就在眼前，就算是新的罪孽，不知情的人尚能存活。

但是就在周萍带着四凤即将离去时，蘩漪再次堵住了他们。看到要奔向远方的两人，她嫉妒又愤怒，似乎是真的发疯了。她把自己的儿子周冲叫过来，怂恿周冲去跟周萍抢四凤。当周冲表示"只要四凤愿意，我没有一句话可说"，蘩漪竟然对自己的儿子破口大骂："你不是我的儿子，你不像我，你——你简直是条死猪！"

看到周冲不能用自己期待的方式去破坏周萍和四凤的关系，更没有去打四凤、杀四凤，沮丧之余繁漪索性在众人面前揭开了自己跟周萍的不伦关系。既然周冲做不到，她就自己杀上阵去，什么脸面身份，她都不要了，她只要毁灭，毁灭她想毁灭的一切！

她指着周萍："就只有他才要了我整个的人，可是他现在不要我，又不要我了。"她对着众人疯狂地叫喊："我没有孩子，我没有丈夫，我没有家，我什么都没有，我只要你说：我——我是你的。"

自揭丑闻的繁漪还不过瘾，更是派人把楼上的周朴园也叫了下来。她知道周朴园绝对不会允许自己的长子跟一个出身低贱的丫鬟结婚，她要借他的手拆散他们。她讥讽地拉着四凤对周朴园说："这是你的媳妇，你见见。"她又指着周朴园对四凤说："叫他爸爸！"

不辜负她期望的果然还是周朴园。

周朴园临危不乱，瞬间搞清形势的他不慌不忙地行动了——他向众人揭开了鲁妈的真实身份。虽然当众跟侍萍相认，是他不愿意的。但是事已至此，为了阻止这跨越阶层的恋爱，还是同母异父的不伦之恋，也只有揭开他们彼此的身份了。

当然，周朴园错过了最致命的那段情节和信息——他不知道四凤已经跟周萍有了孩子，罪孽已经发生。这段错过的情节和信息，让周朴园做出了足以毁灭所有人的选择：他说出了真相。

在这晴天霹雳般的真相之下，周萍和四凤都瞬间石化。

四凤终于大叫一声冲出门去，她触到了花园里被风吹断的电线；周冲冲出去拉她，也发出惨叫。只是一瞬间，两个年轻的生命没了。

周萍默默地走进了书房,陷入罪孽轮回的他,还能选择什么呢?他拿出了手枪,枪声响起,他终于解脱了。

这是一个彻头彻尾的悲剧。

雷雨夜,三条命,剩下的人也活不成。

多年以后,周家变成了一家精神病医院。楼上的疯女人是曾经的繁漪,楼下的疯女人是曾经的侍萍。繁漪疯到连楼都下不来。侍萍不但疯癫,眼睛也瞎了,唯一还算理智的行为,是在窗前站下。她还在等,等那个幸存下来却永久消失的鲁大海。至于头发花白、走路踟躅的周朴园,他虽然没有疯,但这宅子里发生的一切,都已经深入他的骨髓,变成他宿命的惩罚。

在这个悲惨的故事里,每个人都是命运中的一环,每一环都有属于自己的罪孽和惨烈。繁漪并不是这个悲剧的唯一推手,但她不肯放手的执念的确让所有人都落入深渊。最重要的是,其实对于她执念的对象周萍,繁漪并非没有清醒的认知,正如她自己所说,她知道周萍是懦弱的,是不负责任的,是只懂得因为自己的痛苦而加罪于她的,在本质上是不值得牺牲的。繁漪从来没有掩饰过对他的失望和不满,但是依然没有办法做到对这段感情放手,对周萍这个人放手。

那么,到底是什么样的执念,让繁漪就算跌入地狱也难以放手呢?

繁漪既不是爱玛那样透过"滤镜"看爱人的恋爱脑,也不是希斯克利夫那样"向死而爱",繁漪的执念其实在于对无法掌控自己命运的愤怒。

悲剧的原因在于她的内在冲突。所谓内在冲突，就是在她强悍的主体意识和她脆弱的生存寄生及精神寄生之间存在着不可调和的矛盾。

繁漪并不是那种服从的女性，就像作者用"果敢阴鸷"来形容她的性格，在那个年代的女性群体中，她的主体意识是一个奇迹，正如她自己的那句表白，"人家说一句，我就要听一句，那是违背我的本性的"。她从来不缺乏我行我素的勇气，她能跟家里的暴君周朴园对峙，抢夺属于自己的自主权利；她也敢冒犯道德的禁忌，无视身份的制约，去追求一份她想要的爱情。在本质上，她跟周朴园一样拥有强大的控制欲；不同的是，周朴园的控制欲在于维护家庭的秩序以及自己在家庭中说一不二的权威，繁漪的控制欲只是面向自己的命运和生活，她要建立属于自己的情感秩序、人生轨迹，想让自己成为自己命运和生活的唯一主宰者。她所表现出来的卑微、妥协和低声下气不过是她展开控制的手段，所以她可以在忍气吞声和暴跳如雷之间自由切换。

繁漪这样的性格原本可以让自己成为命运和人生的强者，可惜时代的局限决定了她是一个生存寄生者，而个人的局限也导致她是一位精神寄生者。所谓生存寄生，就是没有独立经济能力。就像鲁迅先生在《娜拉走后怎样》这篇文章中警示的，如果女性没有独立的经济收入，那么她们走出家门是没有出路的。所谓精神寄生，就是无法在自己身上找到精神寄托，即不能在自己身上找到安全感、价值感和归属感，而是通过依附别人才能得到安全感体验，通过别人给予的爱才能得到价值感，把别人当作归属。

一方面有着强悍的个性，另一方面又无法独立生存，无法实现独立的精神完整，这就必然导致蘩漪那种试图控制自己命运和人生的渴望无处落脚，最终导致把控制一段感情的走向视为对命运的控制。蘩漪不想面对命运逆来顺受，这是可贵的，但她把控制他人的感情和选择，视为控制自己命运和生活的方式，这就走入了歧途。在这条歧途上，她的命运和生活注定失控。如果不能自己为自己营造生存的安全感、价值感，不能自己为自己建立精神归宿，而是把他人当作安全感、价值感的来源，甚至当作精神的寄托和归宿，蘩漪那种不可思议的执念的发生就不足为奇了。

艾丝美拉达的故事：
低到尘埃里，开出的花是什么花

> ［法］雨果《巴黎圣母院》
>
> 她以为的一见钟情，其实只是起点处单方面的震撼和沉迷，她以为的爱情也不过是单方面的想象。但她沉迷在起点处，靠想象上演着自己的爱情大戏，不肯闭幕；在这出没有男主角的大戏里，她低到尘埃里，这尘埃里开出的花朵，终究渗透她生命的血滴。

起初，人们并不知道她的名字。因为她总是在脖子上挂一个小小的绸布口袋，口袋上有一块假翡翠，人们就把她叫作艾丝美拉达，意为"翡翠姑娘"。

但是人们不知道她的绸布口袋里有一只婴儿的小鞋子，那是关于她凄苦又未知身世的线索：她出生在兰斯，但是在婴儿时期被吉卜赛人从她母亲身边偷走了。长大以后，抚养她的吉卜赛人给了她一只婴儿的小红鞋，鞋子上缝着一张羊皮纸，上面写道："当你把另一只鞋找到，你就投入母亲的怀抱。"女孩长大后开始四处流浪，寻找亲生母亲。就这样，十六岁的她流浪到了巴黎，但是寻亲仿佛大海捞针一般。为了生存，她带着一只小山羊，在巴黎卖艺为生。

巴黎有一个地下王国，类似于我们武侠小说中的丐帮，流浪汉们在此聚居，相依为命。艾丝美拉达白天卖艺，晚上寄身在地下王国里，那是这城市最泥泞和最破败处的一个下等酒店，却是一切残疾人和流浪者唯一的温暖和光亮所在，他们把它叫作"奇迹宫殿"。

毫无疑问，艾丝美拉达行走在巴黎这座中世纪古城的最底层，衣食没有着落，生活没有保障；可是，这个身世凄凉的姑娘向人们传导的全是快乐，以至于大家觉得"她的歌声的主要情调是欢乐。她好似一只小鸟，歌唱是因为宁静安适，是因为无忧无虑"，让人听后"忘却了痛苦"。她是一位受尽了人间苦难，却只给穷人善意和甘霖的天使。

当流浪诗人格兰古瓦不小心闯进了"奇迹宫殿"，按照地下王国的律条，除非有丐帮里的女流浪者愿意跟他结婚，否则他就会被吊死。眼看连老太太都不想要他，意味着他马上要被处死时，外出归来的艾丝美拉达并不认识他，却宣布愿意嫁给他，只是为了救下这个陌生人。

巴黎圣母院高贵的副主教弗罗洛看上了艾丝美拉达，指示丑陋又古怪的敲钟人卡西莫多和他一起去绑架艾丝美拉达。正在巡逻的侍卫长孚比斯救下了艾丝美拉达，逮住了卡西莫多。后来，卡西莫多因此被判刑，这个怪物一样的人被绑在河滩的耻辱柱上示众，并接受鞭笞，"备受虐待、受人奚落，苦恼不尽，简直快被人用石头砸死"。他渴望有人给他一口水喝，但是他得到的全是诅咒。谁也想不到，正是曾经被卡西莫多袭击过的艾丝美拉达，"从腰带上解下一个水壶，轻轻地把它送到不幸人的焦渴的嘴唇边"。这天使一样的举动，让此前从未有过人类感情体验的卡西莫多，流下了人生中的第一滴眼泪。

就连作者都忍不住发出直接的感慨："这样美丽的姑娘，鲜艳、纯洁、妩媚，同时又是这样纤弱，却这样虔诚地跑去救助如此不幸、如此畸形、如此邪恶的怪物。这样的景象在任何地方见了，都是令人感动的。"

艾丝美拉达，宛若坠落人间的受难天使。她受到了底层穷人们的喜欢，他们喜欢她、庇护她，"奇迹宫殿"的人们更是把她视为最珍贵的姐妹。

但是十六岁的艾丝美拉达还是爱上了一个不该爱的男人。

首先我们需要知道一个规律，在这世上，无论过程和结局再不堪的爱情，也都有一个能够让人感到温暖、美好且诗意的起点。因为如果不是这样，一段关系绝对不会发生。

艾丝美拉达的爱情也是如此。在狂欢夜，她带着小山羊走在回"奇迹宫殿"的路上，被弗罗洛和卡西莫多袭击了。夜色中两个男人捂住她的嘴，被指使的卡西莫多像抱着一条纱巾那样把她劫走，在怪物般的卡西莫多有力的臂膀里，她徒劳地挣扎，恐慌而绝望到极点，看不到被拯救的希望。这时孚比斯带着巡逻队出现——他全副武装骑在马上，手执一把大剑，伸手从卡西莫多的臂膀里把她夺过来，横放在自己的坐鞍上。

这被搭救的瞬间，是刻骨铭心的吧。她"翩翩然在军官马鞍上坐起身来，两手钩住年轻人的双肩，对他凝目注视了一会儿"，月光下的年轻军官英俊洒脱，被士兵簇拥着。他威风凛凛，她安全感满满。

的确，没有比这更美好、更温暖，也更甜美的起点了。

因为一个体验近乎完美的起点，爱上一个人，这很正常。因为这样的起点本身，就会给我们一个大大的"滤镜"，让一段亲密关系经由想象发生在最完美的状态里。美好的起点，之所以会激发人们彼此靠近的欲望，就是因为会激发彼此对对方的美好想象。这种想象会成为相互的吸引力，从而促进亲密关系的缔结和达成。

但爱情的危险也在这里，如果随着爱情的展开，我们对对方的了解一直停留在这种起点附近的想象里，那么有一件事情就不会发生，那就是对于对方的探索，还有对于这段关系的探索。而没有这种探索，所谓爱情就会变成一个人的想象游戏，而不是两个人关系的真正建立和发展。

艾丝美拉达犯的错误就在这里。

在爱情的起点处，孚比斯的出场无可挑剔。他英俊、勇敢、正义，像骑士一样搭救一个处在危险中的姑娘。这样的孚比斯很难让人不爱慕。艾丝美拉达爱上他，再正常不过。但是所谓对爱情的探索，就是要从这里出发，去发现对方更多，如此我们对一个人的了解才能展开。可惜，艾丝美拉达就停留在了这里，寸步不前。

所谓在起点处寸步不前，指的是在关系的展开和推进中，试图保持最初的感觉和体验，而下意识忽略甚至拒绝看到跟最初的感觉和体验有不符的东西。

随着作者的叙述，我们会发现孚比斯这个"英雄"出场之后的另一面。在"英雄救美"之外的方面，孚比斯并不光鲜，他出身高贵，但是由于过早地混迹社会和加入贵族子弟的兵营，导致他的个人修养几乎为零。跟他高贵的出身十分不相称的是，他没有教养良好的贵族应有的自律和检点，而是染上了一身坏习惯。他放纵自己，放纵到对这个世界毫无敬畏：他不敬畏神灵，满嘴脏话，随意亵渎；他也不敬畏人，特别是女人，他寻花问柳，到处浪掷爱情，女人们爱他，可他总是连她们的名字都记不住，记不住名字是因为不在意；他也不敬畏人生，酗酒鬼混，肆意玩乐。他有个名叫百合花的未婚妻，但还没有结婚就已经对她感到腻味；他恐惧婚姻，因为婚姻跟他肆意放纵的生活相悖，"他唯一感到惬意的，只是说下流话，军人式的吊膀子，把美人轻易搞到手，不费工夫就情场得意"。孚比斯是一个只爱自己的享乐之人，除了享乐，什么都不爱。

显然，爱上这样的男人，结局注定只能是一个悲剧。那么，对于孚比斯的这一面，艾丝美拉达有机会发现吗？

艾丝美拉达第二次见到孚比斯时，已经是两个月后。那时，孚比斯在未婚妻的家里陪着一群贵族小姐说笑，贵族小姐们聚集在阳台上做针线，看到了在广场上跳舞的吉卜赛女郎。出于好奇，孚比斯的未婚妻就怂恿他把这个姑娘叫上来供大家取乐。他照办了。于是，他从阳台栏杆处探身，对着楼下广场上的艾丝美拉达随意地摇动了一只手指，叫道："小姑娘！"

事实上，在孚比斯再次出现的那一刻，与那夜美好的传奇相遇不相配的信息已经开始出现了：真正有教养的、尊重女性的人，是不会像孚比斯这样居高临下对人摇动一根手指的,那是非常不礼貌的手势。这个手势透露出的信息,就是孚比斯并未把她视为一个值得绅士以礼相待的女性。

但是,艾丝美拉达完全忽略了这一点。她不但没有感到任何不适,对于这个突然降临的召唤,她激动到难以自持,"忽然脸红了,好像有团火燃烧着她的脸颊,接着,把手鼓往胁下一夹,穿过惊愕不止的观众,缓缓地,跟跟跄跄地,走向孚比斯叫她的那栋房屋的大门,目光迷乱,像是一只抵挡不住蟒蛇魅力的小鸟"。

等艾丝美拉达进入这座贵族府邸,跟孚比斯面对面时,她依然有机会看到孚比斯的另一面。那就是当孚比斯提起那个劫掠她的怪人卡西莫多,艾丝美拉达忍不住说了一句:"可怜的人!"结果她对卡西莫多的怜悯,孚比斯不但完全不能理解,甚至感到无比好笑。他粗鲁地大笑起来,用了一连串粗俗的字眼来评价她的怜悯:"牛的角!瞧这个怜悯劲儿,真恰当,就跟羽毛插在猪屁股上似的!"这是严重的三观不合。

但对于孚比斯这不堪的种种表现,艾丝美拉达的"雷达"依然捕捉不到。而且正是在这次见面后,孚比斯提出开房的要求,艾丝美拉达竟然同意了。

孚比斯对于感情的轻薄是令人发指的。跟艾丝美拉达幽会,对他而言就像是诸多游戏中的一个小节目,完全不放在心上。所以明知道晚上跟艾丝美拉达约会,却先去跟人喝酒,喝得醉醺醺才顺便赴约,而且去开房都忘记带足够的钱。在半路上,他遇到了远比他更为重视艾丝美拉达的弗罗洛,虽然那是另外一个恶魔。弗罗洛试图阻拦孚比斯赴约未果，于是提出了一个不堪的交易条件——弗罗洛为孚比斯出房钱，但弗罗洛要求孚比斯允许他一起跟着过去观看。如此肮脏暧昧的要求孚比斯竟然一口答应了，他告诉弗罗洛房间旁边有个小黑屋，"您可以躲在里面随便看"。

虽然艾丝美拉达无从得知这两个男人之间的肮脏交易，但是呈现在她眼前的孚比斯是一贯的真实，想要看透他并不难。他醉醺醺，扬扬得意，就算说情话也要夹杂着粗鲁的脏话。孚比斯根本叫不对艾丝美拉达的名字，一会儿把她叫"席米拉"，一会儿又叫作"爱斯麦纳达"，图省事干脆就叫"美人儿"。面对一个连自己的名字都叫不对的男人，他嘴里说出来的哪句情话是真诚的呢？他连她的名字都没弄清，就开始对她动手动脚。只要艾丝美拉达抗拒他的轻薄，他就会脸色大变，冷冷地说："小姐，我看您并不爱我！"

满足他的肉欲要求，就是爱他；不满足他的肉欲要求，就是不爱他。这样的男人几乎是把自私、粗鄙、轻率、浅薄和放荡写在了脸上，无遮无拦，肉眼可见。可是这一切，艾丝美拉达都看不见。她仿佛被蒙住了眼睛一般，对这个男人身上破败的品质视而不见，她能够看到的，始终都是一尊高高在上发着光的神。

是什么蒙住了一个女人的双眼，让她对一个男人的自私、粗鄙、轻率、浅薄和放荡视而不见，仿佛患上失明症呢？

其一是归因偏差。

当一个人处于不利、危机或者困难之中，凭借自己的能力很难解决，这时假如有个异性帮助你缓解甚至克服了这些不利、危机或者困难，突然得到的安全感会被投射到对方身上，变成一种强烈的情感体验。其实我们能够认可的，只是对方在此刻救助我们的那份能力，但会因为感恩、崇拜和仰慕，变成对对方整体的认可。这就是心理学概念上的归因偏差。

在跟孚比斯开房幽会之前，艾丝美拉达跟孚比斯仅有两次近身接触。在这两次接触里，艾丝美拉达都处在不利、危机和困难的处境中。第一次自然是在夜色中被弗罗洛和卡西莫多劫持，这是非常危险的处境，她被孚比斯解救了。第二次是前面所说被孚比斯召唤到贵族小姐们聚集的府邸里，这次艾丝美拉达同样处于尴尬不利的境地，因为那些贵族小姐们围观她，既鄙视她的出身，又嫉妒她的美貌，于是纷纷对她施加各种嘲讽、攻击的语言暴力；孚比斯似乎又站在了她这一边，对她说："让她们说去吧，小姑娘！您这身装束也许有点荒唐粗野！不过，您这样标致的姑娘，这又算得了什么呢？"这种"被偏爱"的感觉，让艾丝美拉达抬起一直注视着地面的脸："眼睛里欣喜而又自豪的火光闪耀起来，她抬起头来，又凝视着孚比斯。此刻她更是艳丽惊人。"

两次遇到孚比斯，两次都得到了他的救助，一次是肉身安全的救助，一次是精神尊严的救助。在这两个时刻，孚比斯一次是出于职责，一次是出于新鲜感，的确都对艾丝美拉达施与了帮助，但这并不代表孚比斯这个人的全部。所谓归因偏差，就是人们对在不利、危机或者困难中得到的救助，会产生一种强大的心理惯性，把一个人在特定情境下的表现视为他的全部。

艾丝美拉达就这样几乎无可避免地陷入归因偏差，认定孚比斯这个人就是正义、慈悲、英雄的化身，从而在潜意识里忽略甚至主动屏蔽孚比斯已经表现出来的那些自私、冷漠、轻薄、放荡和无情。

其二是起点沉迷。

起点沉迷，大多发生在一见钟情式的情感中。一见钟情式的情感，起点处就是最高峰，高甜、高温，会用最强烈的方式，激活狂暴的热情。但这种起点处的高甜、高温，在大多数情况下都是因为彼此之间不够熟悉和了解，因为距离感、神秘感、新鲜感产生强烈的磁吸效应及征服欲望。就像孚比斯如此卑劣，把艾丝美拉达完全视为肉体之欢的对象，在跟艾丝美拉达相遇的初期，也能够不顾一切地在众多贵族女性的面前偏袒艾丝美拉达，以得到她的好感。

人们常常歌颂"初遇"体验的美好，正是因为起点处给人带来的意醉情迷。但是在"初遇"的美好背后，风险也是显而易见的。所谓"人生若只如初见，何事秋风悲画扇。等闲变却故人心，却道故人心易变"。"初遇"之所以美好，就是来自距离造成的神秘感和吸引力，但是"变"是必然的，因为距离会变，接触度和熟悉度都会变，我们对于对方的了解也应该是在变的。但是由于起点太美好了，体验太深刻了，我们会天然地希望就这样保持住起点处的感觉，我们害怕看到后面的变化，也害怕体验发生改变。

当这种起点沉迷出现时，艾丝美拉达式的问题就会发生。她停留在初见处，因为害怕，而在潜意识中拒绝去对对方做更多的探索、更多的发现。起点沉迷引发艾丝美拉达潜意识中的抵御措施：由于起点体验过于美好，即便她看到了孚比斯的真面目，但因为这种真面目会破坏起点体验带来的美好感觉，所以她就下意识地选择忽略，在潜意识当中防卫高温、高甜的起点体验的消失和变异。

严格意义上而言，艾丝美拉达所爱的并不是孚比斯，而是"初遇"情境中的孚比斯，是令人沉迷的起点体验。这就是艾丝美拉达为何会看不见孚比斯并未遮掩的自私、冷漠、猥琐和放荡。

面对一个糟糕的男人，却迟迟不能看到他的真面目，而是人为地给他蒙上一道神一般的光环，这样高危的做法一定会带来更大的灾难，那就是幻象爱恋。在艾丝美拉达与孚比斯初遇时，孚比斯骑着马拯救艾丝美拉达的那个瞬间，孚比斯的确是个英雄式的人物。但瞬间不等于全程，侧面也不是全部。艾丝美拉达执着地把那个瞬间、侧面当成全部的孚比斯，其实这就是艾丝美拉达为自己制造了一个幻象。

艾丝美拉达所有的执着、忠诚、崇拜和献身，都是朝向这个幻象的，而不是朝向真实的孚比斯的。她对真实的孚比斯不但没有探索和发现的意识，甚至在本能中拒绝看到真实的孚比斯，因为真实的孚比斯会破坏幻象的孚比斯。这就是幻象爱恋。但艾丝美拉达对于幻象的爱恋又注定会寄托在真实的孚比斯身上，那么更大的悲剧就会发生。

当艾丝美拉达和孚比斯幽会时，在旁观看的弗罗洛难以忍受嫉妒和仇恨的冲击，于是从后面袭击了孚比斯，拔出刀来捅进孚比斯的脊背。弗罗洛逃走了，艾丝美拉达被误认为是杀人嫌犯而入狱，艾丝美拉达被拷打、被虐待，最后被判处绞刑。面对艾丝美拉达的冤案，最有力的证明人就是孚比斯，孚比斯完全可以证明艾丝美拉达不是凶手，因为凶手弗罗洛从他背后捅刀时，艾丝美拉达在他的怀抱里，他完全知道艾丝美拉达是被冤枉的。

哪怕是出于怜悯，他也应当证明艾丝美拉达是无辜的，可当孚比斯躺在外科医生的病床上，法庭调查官来盘问他时，他没有为艾丝美拉达洗刷冤屈。他只是"厌烦得要死"。他一点也不在意艾丝美拉达的死活，他在意的是如果出庭受审讯，那么他跟一个吉卜赛女郎幽会被捅了一刀的事情就会被人们知道。他觉得那很丢脸，"他希望丑事不要张扬出去"。为了自己所谓的名声，他才不管那个法庭如何给艾丝美拉达定刑。"孚比斯很快也就心安理得了，什么女巫艾丝美拉达，什么吉卜赛姑娘或莽和尚（管他是谁！）的那一刀，什么审讯结果如何，统统不放在心上了"，于是，他眼睁睁地看着艾丝美拉达被冤枉，自己却冷酷地逃到乡下避难去了。

甚至，两个月之后当他回到巴黎，站在未婚妻家的阳台上，目睹艾丝美拉达被押赴刑场，他心里所想的也不过是害怕身边的未婚妻知道自己跟那吉卜赛姑娘幽会的"糗事"。

可就是这么一个冷酷无情的男人，却被艾丝美拉达奉为自己的主人、神灵。她在刑车里，即将走上绞刑架，依然念叨着孚比斯的名字。她甚至向弗罗洛发问："你把我的孚比斯怎样了？"

她原以为孚比斯被杀死了，可是就在刑场上，她抬头看到了阳台上跟贵族小姐并肩而立的孚比斯，发现孚比斯还好好地活着。

任何一个人在此时都会想到一个问题：孚比斯是唯一能够证明她不是凶手的人，既然他活着，为什么不去向法庭说明呢？既然他活着，"艾丝美拉达杀死孚比斯"的罪名根本就不成立啊！

可是，艾丝美拉达的反应竟然只是狂喜："他在那里，活着，还是那样英俊,穿着他那色彩鲜艳的军服,头戴羽冠,腰佩长剑!"在她的眼里,他的形象竟然丝毫未损,还是那个完美的男人。她甚至叫了起来:"孚比斯!我的孚比斯!""她的两臂因爱情、狂喜而战栗。"

近在咫尺的孚比斯呢?只是面无表情地看着被五花大绑的她。当她对着他呼喊,他"皱起了眉头",然后跟伏在肩头的未婚妻窃窃私语,转身就走进房间,把玻璃窗门都关上了。

孚比斯的无情还不够明显吗?

可是艾丝美拉达能想到的依然是,也许他不爱自己了。因为这个念头,她竟然晕倒了。

幸运的是卡西莫多打倒了刽子手,把艾丝美拉达从绞刑架上救下来,把她带进了巴黎圣母院,让她得以在世俗法律不能涉足的巴黎圣母院里活下来。

在卡西莫多的保护下,得以存活的艾丝美拉达,心里想的却只有那个对她冷漠的孚比斯。她对他根本没有丝毫怀疑和不满,想到的是,"孚比斯还活着,这就是一切";"她觉得有一样还屹立着,有一个感情还生存着,那就是她对卫队长的爱情,因为爱情就像树木,它自己生长,深深扎根于我们整个的生命,常常,尽管心已枯竭,爱情却继续在心上郁郁葱葱"。

虽然她亲眼看到孚比斯跟一个姑娘依偎在一起,搂着姑娘看她上绞刑架,她却在脑子里为他开脱:"当然是他的妹妹啰!"虽然她自己也觉得这个解释很牵强,但是"她自己却很满意,因为她需要相信孚比斯仍然爱她,只爱她"。

她指使卡西莫多帮助自己把孚比斯找来，卡西莫多当然叫不来那个冷酷的浪荡子。艾丝美拉达想到的不是孚比斯的无情，而是大发脾气，斥责那个救了她性命、像天使一样守护着她的卡西莫多，甚至对卡西莫多大声吼叫："你滚！"

她对自己伤害卡西莫多毫不在意，满心里只想着"她的英俊队长"，天天从巴黎圣母院的高墙上盯着孚比斯未婚妻家的大门，不停地念叨着他的名字。

这真算是最强恋爱脑了。就连作者都忍不住感叹，艾丝美拉达的这种激情"越是盲目，越是顽强"。

这样罔顾现实的结果，最终导致了艾丝美拉达的丧命。

副主教弗罗洛一心要占有艾丝美拉达，但苦于卡西莫多的守候无法下手。弗罗洛就设下计策，利用艾丝美拉达曾经救过的那位流浪诗人格兰古瓦，让"奇迹宫殿"的人攻打巴黎圣母院，导致夜色之下攻打巴黎圣母院的"丐帮"竟然跟守卫巴黎圣母院的卡西莫多打起仗来；同时，又让格兰古瓦把艾丝美拉达带出了巴黎圣母院。没有了卡西莫多的保护，艾丝美拉达最终落入弗罗洛的手中。

由于艾丝美拉达誓死不从，再次激活了弗罗洛的残忍逻辑："要么爱我，要么去死！"

他把艾丝美拉达塞给了在老鼠洞一样的苦修洞里的苦修女，让她看管艾丝美拉达，而他去叫军队来抓捕艾丝美拉达。苦修女最恨吉卜赛人，因为她的女儿十六年前不到一岁时就被吉卜赛人拐走了。此刻我们不难猜到答案，其实苦修女正是艾丝美拉达找了很久没有找到的亲生母亲。

命运给了艾丝美拉达最大的眷顾和幸运——在跟苦修女的厮打中，她看到了苦修女手中的粉红小鞋子，也慌忙拿出了自己脖子上绸布口袋里的小鞋子，这对苦命的母女竟然相认了。她的母亲迸发出超人的力量，砸下窗栅，把女儿拖进自己的苦修洞里。母亲告诉艾丝美拉达，她真正的名字是安妮丝，也告诉艾丝美拉达在兰斯她们还有一块田地、一栋房子，足够母女俩隐姓埋名、幸福安稳地度过余生。

她的母亲兴奋地拍起手来："我们要过幸福的日子啰！"

母亲把艾丝美拉达藏在苦修洞的角落里，用水罐和石板挡住她。当士兵过来盘问时，母亲艰难地跟抓捕队周旋，好不容易才把他们骗过去。眼看她们就要渡过难关，母亲忍不住低声对她说："得救了！"

就在这即将得救的关口，艾丝美拉达听到了队伍里传来孚比斯的说话声，竟然愚蠢无比地爬起来，冲到窗口。连她的母亲都来不及阻挡，她就大声喊道："孚比斯！救救我，我的孚比斯！"

孚比斯早已策马远走，而她就这样暴露了，被抓捕队再次送上了绞刑架。她的母亲跟刽子手厮打，被狠狠推倒在地，当场死亡。

艾丝美拉达再次被送上了绞刑架，这一次没有卡西莫多来救她，她就这样被吊死了。

综上所述，由于归因偏差、起点沉迷、幻象爱恋，导致艾丝美拉达花一般的生命停留在了十六岁。

在艾丝美拉达的悲剧里，很多人难辞其咎。人格扭曲、"要么爱我，要么去死"的弗罗洛自然是主要根源，始乱终弃、放荡又冷漠的孚比斯也是重要原因，甚至被艾丝美拉达救过的格兰古瓦，也因他的忘恩负义、懦弱自私成为艾丝美拉达悲剧的助力。但令人感慨的是，在艾丝美拉达走向死亡的悲剧里，她自己也有着不可推卸的责任。

艾丝美拉达对自己的生命同样犯下了罪孽——她将自己视为尘土，视为贱奴，从未给予自己应有的公正。她何尝不是背叛自己的暴君？只是她毫不自知而已。正是她所犯下的归因偏差、起点沉迷、幻象爱恋这些错误，造成了她对自己的背叛和伤害。

那问题是，十六岁的艾丝美拉达为何会陷入归因偏差、起点沉迷、幻象爱恋呢？仅仅是因为过于年轻吗？

艾丝美拉达最大的问题是不配得感。所谓不配得感，就是自我评价很低，认为自己不配得到爱、认可、尊重、平等、庇护等。

一个人之所以会产生这种不配得感，原因就是在成长过程中没有得到充分的爱、认可、尊重、平等和庇护。正如艾丝美拉达，不到一岁就被吉卜赛人拐卖，后来作为一个吉卜赛人长大。在那个年代，这是一个备受歧视、被视为低劣族群的种族，在现实社会中是很难得到尊重的，更不要说社会上那些上流阶层、尊贵身份人群了。她十六岁就孤身一人流浪，没有得到过庇护；因为她吉卜赛女郎的低贱身份，遭受歧视、凌辱和唾骂都是十分常见的事情。

在学习自我评价的过程中，我们的本性总是通过别人递给的镜子看自己，这是我们的社会属性决定的。可是，别人递过来的镜子也就是别人所持有的标准，对于我们很多时候都是一种无法估计个体特殊性的刻板标尺，并不代表着公平。比如，在艾丝美拉达所处的时代，吉卜赛人就是小偷、强盗和女巫。这个结论具有一定的事实依据，比如艾丝美拉达本身就曾被吉卜赛人偷走，但这绝对不是真正公平的结论。艾丝美拉达既不是小偷、强盗，也不是女巫，因此，对吉卜赛人的普遍评价并不符合艾丝美拉达的个人情况。但"别人的镜子"往往就是社会刻板印象和刻板标尺的反映，比如副主教弗罗洛"你是邪恶的巫女"的呵斥，贵族小姐们的嘲笑，甚至苦修女的误解，这些都是携带着社会刻板印象和刻板标尺的镜子。在这样的镜子里，艾丝美拉达是低微、卑贱和不值得尊重的。

如果接受这种不公平的镜子里映照的自己，就很容易接受"自己是低微、卑贱和不值得尊敬"的不公正评价。所以，当艾丝美拉达面对孚比斯时，她对自己的评价低得令人发指："我算得上什么，我？辗转沟壑的不幸的姑娘……我生来就只是这样！受侮辱，遭轻视，被玷污，那又算什么？只要被你爱！那我将是最自豪、最欢乐的女人。我老了丑了以后，孚比斯，等我配不上再爱您的时候，大人，请您还允许我伺候您！"在艾丝美拉达这里，被孚比斯爱，是莫大的荣幸，而自己能够拥有爱孚比斯的资格，就是命运的恩赐。

一旦对自己的评价低到这种程度，"不配得感"就会产生，也就是认为人世间一切美好的东西，自己似乎都不配得到。

这种不配得感，造成艾丝美拉达面对孚比斯时，一方面自视甚低，低到尘埃里；另一方面对对方的要求也会很低，低到无所求。这就是无论孚比斯对她多么自私、冷漠，以及如何玩弄她，她都能怀着感恩的心无条件包容的原因。如果自己根本就不配得到孚比斯的爱，那么只是一次搭救，就足以报答生命；如果自己根本就不配去爱孚比斯，那么孚比斯无论怎么对待自己，都是合理的。

这就是艾丝美拉达面对孚比斯时出现那种不可思议的沉迷的内在逻辑。

这种"不配得感",不仅造成了艾丝美拉达面对孚比斯无法建立一种平等的关系意识,呈现出无比卑微的态度,也造成了艾丝美拉达无法坦然接受别人的善待。

其实,在艾丝美拉达的人生中,并非没有公平温暖的"别人的镜子",比如那些来自身边同类的镜子,那些穷苦的、跟她一样流离失所的人们的镜子。这些人大多温暖地给予了她认可和偏爱,给她喝彩,给她保护。比如,巴黎的穷人和流浪汉们都喜欢艾丝美拉达,她的充满生命力的美丽舞蹈成为他们生活中的唯一的光,每当她跳完舞,"观众满心是爱,热烈鼓掌"。为了拯救她,"奇迹宫殿"的乞丐和流浪汉们愿意在他们的首领屠纳王的带领下攻打巴黎圣母院,屠纳王更是大声宣布:"我不准把那美丽的姑娘吊死!"为了这个信念,他们冲向巴黎圣母院。

可是即使面对这些来自同类的认可的镜子,艾丝美拉达的不配得感也让她很难坦然接受这一切,于是她表现出过于泛滥的良善。就像在日常生活中,我们不难看到一些人,别人对他们一分好,他们会热情洋溢地回报十分。我们常常把这个视为一种单纯的良善,而忽略背后可能隐藏着的不配得感。其实,在这种良善举动的背后,依然是对于缔结不平等关系的习惯。

因为如果认定自己不值得被爱和被尊重,一旦得到别人的爱和尊重,也很难平静地坦然接受,而是会感激涕零,急于厚置几倍的回报。如果"滴水之恩，涌泉相报"，变成了一种缔结人际关系的常态，那么这就是一种单纯的美德，在其背后隐藏着的是其无力缔结平等关系的自我认知缺陷。

在艾丝美拉达身上体现的正是这一点，她的善良常常表现得过于泛滥：她能够同情劫掠自己的卡西莫多，给他喂水；为了拯救素不相识的格兰古瓦，也不惜与他结为名义夫妻……但事实证明，并不是所有人都值得给予良善的对待，卡西莫多因为她的善行，而从半兽状态有了人的情感，在她危难时不惜一切要给她回报，她对于卡西莫多的善，也引发了卡西莫多对她的善；但是，她对于格兰古瓦的拯救，就没有出现这样的效果，恰好相反，正是她所拯救的格兰古瓦在关键的时候把她带出巴黎圣母院，将她出卖给了弗罗洛。她拯救了一个不值得拯救的人，就给自己的人生埋下了隐患。不区分对象地滥施良善，这背后往往隐藏着不配得感的自我认知逻辑。

从艾丝美拉达的故事里，我们看到了至今也没有消除的有关自我认知的常见问题。正如艾丝美拉达的遭遇，其实就算在当下，我们在展开自我认知时，也依然会受到各种各样外在的刻板标尺和僵化镜像的影响。我们是否接受这些刻板标尺对自己的审判，是否认同那些僵化镜像里的自己就是自己，决定着我们如何认识自己。假如不能辩证地分析这些刻板标尺和僵化镜像，我们就有可能像艾丝美拉达一样丧失公正看待自己和评价自己的能力，盲目地按照那些不公平的标尺来评价自己，导致过低的自我认知。

一个自我评价偏低的人，一定会产生不配得感，从而无力与他人缔结平等关系，或是主动地在爱情和友情中自居低位，以委曲求全、卑微讨好来换取关系的达成和维持，甚至像艾丝美拉达那样，面对别人的玩弄和离弃，也会无底线接受，卑微挽留，或是长久地沉浸在单方面的臆想和迷恋之中。

张爱玲说："见了他，她变得很低很低，低到尘埃里，但她心里是欢喜的，从尘埃里开出花来。"这句话似乎很美，但读了艾丝美拉达的故事，我们就能知道，在尘埃里开出来的花，那是付出了生命的代价，凄楚而悲凉，谈不上任何诗意。

特蕾莎的故事：
菟丝花的缠绕是双向的消耗

[捷克] 米兰·昆德拉《不能承受的生命之轻》

特蕾莎对托马斯说："我被活埋了，埋了很长时间了。你每个星期来看我一次。你敲一敲墓穴，我就出来。我满眼是土。"

特蕾莎是生活在距今约六十年前的捷克斯洛伐克的一个年轻女性。她的人生故事不是个例：她嫁给了一个男人，深深地爱他，可是他出轨成瘾，不断背叛她，爬到一个又一个女人的床上去。她既没有能力阻止丈夫出轨，也没有能力离开他。她觉得自己就像是被活埋了。好像活着，但又好像不能呼吸；她想看清一切，但一切又都是那样混沌不明。她就这样被卡在了痛苦之中。

特蕾莎的故事，至今仍在发生。虽然一个人陷入这样的困境，原因各不相同，但总还是存在一些共性。我们不妨就从特蕾莎这里来探索一下，是什么原因最能造成这种困境。

特蕾莎的问题可以追溯到她的原生家庭，她的噩梦来自她的母亲。

特蕾莎的母亲年轻时很漂亮，曾经拥有被九个男人同时追求的骄傲过往，但这并没有给她带来幸福——她因为怀孕而盲目嫁给一个男人，又因为对婚姻的失望不满，怄气一般跟了另一个男人私奔，折腾到中年，美貌不再，生活也越来越糟糕。曾经拥有的女性骄傲，对她母亲来说简直像是嘲讽，于是她母亲走向了女性骄傲的对立面：放弃漂亮女人曾经维持的优雅美丽，当众说粗俗的话，做粗俗的事。特蕾莎的母亲毫无廉耻地光着身子在房间里走来走去，当众嘲笑自己的女儿洗澡时竟然会从里面拴上门。她母亲讽刺她："你认为你的肉体和别人有什么不同吗？你以为你是谁？你以为自己怎么样？"

她母亲"坚持要女儿和她都活在一个没有羞耻的世界里。在这个世界里，青春和美貌毫无意义，世界只不过是一个巨大的肉体集中营，一具具肉体彼此相像，而灵魂是根本看不见的"，不停地给她灌输：所谓人，就是一具具彼此没有差异的卑贱肉体，除此以外什么都不是，什么矜持文雅都是毫无意义的矫情。

她母亲为了显示自己的正确，把女儿对于矜持和文雅的追求，嘲笑得体无完肤。特蕾莎就生活在这样的一个母亲的统治之下，这就是年轻的特蕾莎的原生点。

母亲赋予特蕾莎的最大伤害和困惑，就是强加给她对肉体本身的厌恶。原生点之所以对人伤害最大，是因为在不知不觉间侵蚀你的认知，就算你不愿意接受那些观点，那些观点也趁着你年幼无知，深深影响了你。比如，对于特蕾莎来说，虽然她拒绝接受母亲那寡廉鲜耻的肉体观，但还是受到了其深刻影响：她以肉体为耻，没有办法像其他女孩那样坦然地跟自己的肉体和平相处,她感到羞耻、悲伤、惶恐、愤怒,但无计可施。

可是她偏偏长得很像她的母亲,这就让她对自己身体的厌恶更加强烈,"她在自己的脸上发现了母亲的轮廓。于是她更加固执地看着自己,调动自己的意志力,以虚化母亲的影子,然后将之彻底抹去,让完全属于她自己的东西留在脸上",她以为的"完全属于她自己的东西",就是她与别人不一样的"灵魂"。

特蕾莎努力呈现自己的"灵魂",用以跟母亲的肉体划清界限。比如,她总是抱着一本书在大街上行走。在她所生活的粗糙小城里,没有多少人会抱着书走路,这就成了特蕾莎的自我灵魂的标志:"那些从镇上图书馆借来的书,也是她反抗那个围困着她的粗俗世界的唯一武器。"

命运的齿轮就这样转动,如果不是书籍对她拥有特殊的意义,也许她跟托马斯就不会相识。那时候,特蕾莎在酒吧里当女招待。酒吧里人头攒动,托马斯一出现,就在特蕾莎的眼睛里闪闪发光,只因为这个人把一本书摊放在面前的桌子上,"在这个酒吧里,还从来没有人在桌子上打开过书"。

对特蕾莎来说,这就是致命的吸引力。她跟托马斯就这样结识了。后来,她提着箱子来到了托马斯所在的布拉格,按响他的门铃时,腋下夹着一本托尔斯泰的《安娜·卡列尼娜》,"她一直没有放下那本书,仿佛那就是她迈进托马斯世界的门票"。

人生仿佛连环扣,特蕾莎要到很久以后才能模糊地感觉到,如果不是因为有那样一个母亲，也许她并没有那么渴求托马斯。

走向托马斯，最大的意义是可以脱离母亲。

那是真正的脱离，从现实到精神，彻底地远离那位令人窒息的母亲。托马斯是她实现这种远离的唯一抓手。因为托马斯，她远离了那个小镇，来到布拉格，住进了托马斯的房子，最终成了他的妻子。这是她能够远离母亲、远离原生小镇的唯一渠道。没有托马斯，她这样的小镇姑娘是没有办法留在布拉格的，只是因为拥有了托马斯，她可以不回到那个令她窒息和痛苦的原生环境。但就算她跟托马斯结了婚，还是常常会下意识地感到恐惧，总是害怕有一天人们会对她说："这里不属于你！回到你原来的地方去！"

托马斯的爱，不但把她拯救出了那个粗俗的小镇，更是把她拯救出了母亲的地狱。托马斯来到这个小镇，小镇上的姑娘并不只有特蕾莎一个，但他唯独爱上她，这本身就证明了她所坚持的灵魂的重要性。因为她跟其他女性在肉体上并没有区别，能够区别的只是灵魂。托马斯的爱，本身似乎就是对特蕾莎母亲的反击，是特蕾莎重塑自我尊严的开始。

这似乎是她命运的转机，但她没想到的是，这会带来命运的另一个陷阱——特蕾莎把托马斯视为自己的拯救者，也视为自己生命的意义。

当一个人把另一个人视为自己的拯救者和唯一生命意义的时候，另一种悲剧就上场了。

托马斯是一个出轨成瘾的男人。

当然，托马斯有自己的故事：他曾经有过一段维持了两年的婚姻，也有一个儿子，但婚姻给予他的似乎只剩下束缚和折磨，离婚对他而言是值得庆祝的解脱。他从未想到婚姻的衍生约束力是那么强大，就算离婚之后他还是得不到自由，因为他的前妻控制着孩子的探视权，并利用探视权继续盘剥和折磨他。每次托马斯去探视孩子都变成一场令人窒息的战争，他不断满足前妻的各种无理要求，但还是常常不能见孩子一面。

托马斯从这场婚姻中得到的体验太糟糕、太麻烦，也太惨烈了，让他发现世上最可怕的东西就是婚姻，最让人恐惧的就是那些想跟他结婚的女人。从那以后，他认定只有单身的状态，才能保障他想要的自由自在。他费尽心机为自己设定了"三"的原则："可以在短期内约会同一个女人，但不要超过三次；假如要常年约会同一个女人，那么两次约会之间至少要间隔三周。"他这个"三"的原则，无非就是控制自己和女人的亲密度。他要的理想状态是彼此不断线，但又不至于过于亲密，他要的只是露水情人。

特蕾莎是他的意外，是那种跟他的前妻和露水情人们都毫无可比性的女性，因为从来没有一个女性对他的选择是如此坚定。特蕾莎第一次留宿托马斯身边，整夜都抓着他的手，而且从那以后的每一夜，特蕾莎即便在熟睡中也会死死地抓着他的手。有一次，托马斯试图摆脱她起床，可是在他站起的那一刻，睡梦中的特蕾莎也跟着站了起来。就算还在睡梦中，她也毫不犹豫地跟着他。

这是托马斯没有经历过的被爱的感觉。

人总是贪心的。即使拥有了那些露水情人们带来的随心所欲，他还是难以拒绝特蕾莎忠诚厮守的诱惑；得到了特蕾莎的陪伴，但也舍不得放弃那些让他感到自由自在的露水情缘。放弃特蕾莎，或是放弃那些露水情缘，都会"使他撕心裂肺"。于是，他决定同时拥有，他觉得"这些艳遇对特蕾莎没有任何威胁……他为什么要断掉呢？这无异于放弃看一场足球赛，这样做让他觉得十分荒唐可笑"。

托马斯让特蕾莎住进了自己的家，变成了自己的同居女友，但依然隔三岔五地去跟情人们幽会。在托马斯看来，特蕾莎跟他的露水情人们从不矛盾，甚至密不可分：因为特蕾莎的存在，露水情人们带来的自由和乐趣更加突出；因为露水情人们的存在，特蕾莎的忠诚和厮守也才不会意味着单调乏味的约束。他似乎在露水情人和特蕾莎之间得到了一种完美的平衡。

只是托马斯没想到这种局面给特蕾莎带来的是什么样的痛苦。她发现他不忠之后，就开始做噩梦，在梦中她往自己的指甲缝里扎针，以缓解托马斯出轨给她带来的剧痛；她拿着安定剂往喉咙里灌，内心的刺痛让她两手发抖，牙齿磕得玻璃瓶嗒嗒作响。

她的痛苦给托马斯带来了负罪感，但即便有负罪感，他也依然不能断绝跟露水情人们的来往。为了安慰特蕾莎，他跟她结婚了。他以为跟特蕾莎结婚就能缓解她的痛苦，却不知道这就好像把特蕾莎彻底关进了痛苦的牢笼。

婚姻并不能保证忠诚，婚后的特蕾莎要面对的依然是托马斯无法断绝的不忠。她做不到托马斯以为她能够做到的"无痛"，也没有能力阻止他的不忠，她能做的，依然是折磨自己。

可是，她从来没有想过要去惩罚他。她不能去惩罚他，因为在他们的关系里，她本来就是被施恩的那一个。

这就是我们前面所说的命运的连环扣的问题。因为原生的苦难，特蕾莎把托马斯视为自己的拯救者，也视为自己生命的意义。如果一个人是自己的拯救者和生命的意义者，你如何去惩罚他呢？而且托马斯也是爱她的。特蕾莎这样自我评价很低的女子，与艾丝美拉达一样，一旦有人爱自己，就觉得获得了莫大的恩情。更何况托马斯给了她一份工作，把她带到了大城市，重新塑造了她的人生。

特蕾莎根本就没有跟托马斯建立一种平等的关系，她也像艾丝美拉达一样隐忍、卑微，以此来达成和维护她们想要的亲密关系。其中有个令人心酸的细节：托马斯带着特蕾莎去跟一群人跳舞，其中有个男人跟特蕾莎跳得很开心，结果托马斯嫉妒了。当特蕾莎发现托马斯嫉妒了，竟然像过节一样开心。因为在这段关系里，从来都是她在嫉妒托马斯的那些露水情人，现在托马斯也会嫉妒别的男人，她感到前所未有的开心。

这清晰地映照出特蕾莎和托马斯关系中的不对等。两性关系中也有权力问题，在特蕾莎跟托马斯的关系中，托马斯是握有权力者，特蕾莎则是失权的那一方。所以，特蕾莎总是做同一个梦，梦里她跟很多女人一起裸体围着一个游泳池转圈儿，托马斯拿着一把枪进来，把她们都打死了。在她的梦中，托马斯对她是有控制权和主宰权的，而她只能是被控制、被主宰的那一方。她清楚地知道这一切，但是她不知道该怎么办。

特蕾莎采取的方式，就是折磨自己。

白天她用理性控制自己的情绪，但是所有被压抑的痛苦、窒息、嫉妒和绝望，都会在晚上的噩梦中被释放出来。被处决、被羞辱，成了她噩梦的主题，那些噩梦连绵不断地折磨着她，让她看到夜色就害怕。她在梦中自虐，也在梦中尖叫，但是她的痛苦只给了托马斯一点点负罪感，并不足以阻止托马斯的不忠。

为了从痛苦中挣扎出来，特蕾莎甚至试着让自己去接纳托马斯不忠的事实，幻想通过接纳他的不忠来缓解自己的痛苦。于是，她尝试抛弃自己的角度和立场，学习从托马斯的角度和立场看问题，也就是让自己变成另一个托马斯。比如，她知道萨宾娜是自己丈夫的情人，所以跟萨宾娜在一起的时候，感受到一种压迫和冲击；但是她劝说自己，自己此刻不是特蕾莎，而是托马斯的分身，用托马斯的眼光去看萨宾娜，当看到萨宾娜的美的时候，作为托马斯的分身，似乎她就不再感觉那么刺痛了。假如托马斯征服了萨宾娜，就好像她也征服了萨宾娜一样。

这种解痛的方式，是对托马斯立场的完全归顺，这当然是可悲的。

特蕾莎甚至努力去理解托马斯不忠行为的合理性。

托马斯说爱和欲是可以分开的，灵和肉也是可以分开的，于是特蕾莎就去做了一件跟自己的愿望相悖的事情。既然爱和欲是可以分开的，那她也试试看自己是不是能够只凭欲望跟一个男人在一起。她怀疑自己如此痛苦，只是因为自己太狭隘了、太愚蠢了，其实只要灵魂属于自己，可以把自己的身体赶得远远的，随便它如何放荡，也是不必为它的放荡负责任的。

这是她所理解的托马斯的逻辑。按照这种逻辑，她跟一个陌生男人发生了肉体关系。可是，她吐了。她做不到事不关己，她的爱和欲并不能分离。她要么仇恨这个陌生人，要么就会跟他陷入爱情。

特蕾莎只出轨了一次，恐惧就压倒了她。她担心一旦托马斯知道了，他们之间就完了。他们之间的关系只是靠她单方面的忠贞支撑着，如果这根柱子也倒了，他们爱情的大厦也就倒了。

她感到绝望。她想死。

她总是不敢正视这样的问题：为什么他们的关系要靠她单方面的忠贞支撑？为什么她不能要求托马斯的忠贞加入其中？

特蕾莎的故事，包含着太多女性的悲情道路。在亲密关系中处于委曲求全和卑微求爱地位的人，不但没有能力去要求对方的忠贞，其实就连自己的忠贞，也是一种可悲的筹码。

赤手空拳的特蕾莎，面对那些看不见但的确存在的众多情敌不知所措。于是，就像今天很多女性也会选择的那样，她要用忠贞来战胜"她们"——我要比她们任何一个人对这个男人更忠心、更服从、更体贴、更温柔，这样才能够战胜那些无形的对手，用自己的忠贞来感化男人。

特蕾莎超人的忠贞真能感化托马斯吗？在小说的结尾，托马斯似乎收了心，回到特蕾莎的身边，跟她一起去了乡下。但特蕾莎依然在怀疑他出轨，每当他收到一封信，特蕾莎的心里就会受到巨大的刺激,疑心到了乡下他还在跟很多情人保持联系。

特蕾莎依然生活在严重的不安全感中。托马斯会消除她的疑心,给予她安全感吗?其实就连作者都存疑。于是,作者安排他们出车祸去世了——因为这是诚实的作者也写不下去的故事。

因为只要像特蕾莎那样,期盼着在婚姻中由对方给予自己安全感,那这个故事多半就会讲不下去。

我们如何在婚姻中获得安全感?

很多人以为一方的忠贞能给予另一方安全感,通过特蕾莎的故事我们看到事实并不是这样的。虽然一方的忠贞的确可以给另一方带来安全感,但是根本性的安全感必须来自自身。

只有一个人获得了由自我价值带来的安全感,那才是根本性的安全:我有我自己的价值,不是依附在另一个人身上的菟丝花;我是一只独立的船,可以跟你肩并肩共建一个船坞,但也可以随时随地起锚独行。等我们拥有了这种态度和力量,才能在亲密关系中得到真正的安全。

特蕾莎的悲剧恰好是因为她没有做到这一点。

其实,她本来是拥有这个机会的。当俄国人入侵布拉格的时候,特蕾莎怀着愤怒,加入反抗的阵营,用手中的照相机作为武器,拍下异族入侵的画面。那时她冒着风险穿梭在敌人的军队前,像个勇士。当她忙着这些的时候,忽然发现内心已经很久没有痛过了——那时忙着在大街上拍照的她,顾不上托马斯了,于是托马斯也就不再是她的痛苦之源了。其实那段时间,她就活成了自己,拥有了一个独立于托马斯世界之外的世界。

很多时候,安全感就发生在这里。

当一个人拥有独立的生活,有一个独立的目标去奋斗的时候,他对对方的关注度就会急剧降低。他关注的是自己的问题。而这个时候反而会让双方的相处变得容易,即便是托马斯对特蕾莎的伤害也会变得更小。其实这就是我们应该从中领悟到的东西,很多女性说"我要保卫我的婚姻",于是一刻不停地盯着对方,追踪他,查他手机,但越是这样做,越会耗费自己,且这本身就把自己拖入一种负面情绪带来的苦难之中。就好像想把一把沙握在手里,然而握得越紧,沙子漏得越多。当我们把所有的精力用在密切关注和琢磨另一个人时,一方面是浪费自己的生命,另一方面也会让这段关系变得越发不舒适,对方逃脱的欲望会更高,而自己的痛感也会更强烈。

这就陷入了恶性循环。

如果特蕾莎愿意用她在布拉格被入侵那段时间的状态去生活,去开始建设自己独立的人生、独立的世界,也许她的人生会有其他可能。当时,也有一个女摄影师看到她的作品,鼓励她走出去,对她说,哪怕是去拍仙人球,你也应该走出去。

可是特蕾莎说,她不需要走出去,她是靠她丈夫养活的,她不需要出去工作。她不认为拍仙人球有什么意义。事实上,只要离开托马斯,她就不知道人生中还有什么意义。这就是菟丝花生存的悲剧:菟丝花只有攀附在别的植物之上才能生存,把自身的价值寄托在他人那里。

一方面,这是一种爱情认知的误区。就如作者所言:"我们都觉得，我们生命中的爱情若没有分量、无足轻重，那简直不可思议；我们总是想象我们的爱情是它应该存在的那种，没有了爱情，我们的生命将不再是我们应有的生命。"这是过高地设置了爱情在我们生命中的地位和价值。爱情诚然是可贵的，但并不是生命中最高的价值，更不是唯一的价值。爱情并非人生的必需品，自我独立才是人生的必需品。如果不能纠正这种认知，特蕾莎悲剧必然发生：一边感叹着自己在托马斯面前的"弱"，同时又始终找不到内驱力去发展自己的"强"。当特蕾莎认为爱情是人生中最大的意义时，那么离开托马斯，爱情这个最大的意义就会消失；那么去做任何事，她都将找不到意义。所以，当女摄影师鼓励她去工作时，她想到，离开了托马斯，做这一切有什么意思呢？于是，她依然被困在原地。

另一方面，特蕾莎不但把爱情看作生命唯一的意义，也把托马斯看作爱情关系缔结唯一的对象。其实，就连托马斯自己都认为，在爱情关系中，特蕾莎也是一种"偶然"。在一生中，我们可以爱上的人很多，这些可能性是无穷无尽的。托马斯爱上特蕾莎，只是因为凑巧相遇而发生的偶然性联结。就像托马斯想到的，不是特蕾莎，还会有另一个。但是特蕾莎把托马斯视为"必然"，认为自己只会爱上托马斯，也只有托马斯可以为她所爱。托马斯是她的必然，且是唯一的必然，这就造成了她的困境。

如果我们把一个人在自己生命中的出现，视为唯一的必然，那么我们既没有能力终结跟他的关系，也不相信放弃这个人，还会有其他的可能。人生只能守候这唯一的一个，哪怕是已经被他伤得体无完肤，除了被动地守候，依然没有其他的选择。

所以，特蕾莎把自己描述成被动地守在墓穴里的人。托马斯想走就走，去和其他女人在一起；而他走了，她只能"掉进坟墓的底层"——无论他走了多久，只要他回来时敲敲她的坟墓，她还是会应声而出。

很多人会把特蕾莎现象解释为痴情，这不是痴情，这是缺失自我。特蕾莎从来没有建构真正独立的自我，更没有建设出真正属于自己的生活，甚至都没有弄懂人活着到底有什么意义，更没有探索过自己生命的价值。她一直像菟丝花一样缠绕在一个男人的人生里，让他变成了自己的一切。当一个女人把一个男人视为自己的一切时，她的生命和她的人生就会变成充满风险的真空，只要那个男人转身离去，她的世界就会土崩瓦解。

盖茨比的故事：
蜡炬成灰就能带来光和暖吗

> [美]菲兹杰拉德《了不起的盖茨比》
>
> 在人生的战场上，他算得上是勇往直前的英雄；但是在情场上，他是卑微又执拗的单恋者。虽然知道她也只是个肤浅的富家女，也听得出她说话的声音里全是金钱的叮当声，可他就是战胜不了要爱她到死的激情。他以为这是宿命，却不知一切悲剧都在于——他对自己勇气和卑微的来源，一无所知。

杰伊·盖茨比的故事似乎是另一个痴情的故事，痴情得简直离谱。

盖茨比是在当兵期间认识黛西的，他们的部队驻扎在路易斯维尔，而黛西家是当地的一户上流人家。军官们也大多出身上流社会，因此他们都喜欢去黛西家做客，盖茨比也在其中。很少人知道，他的身份跟他们并不相同。他来自明尼苏达州的一个小城镇，出身低微，但是军服消解了大家彼此之间的身份差异，盖茨比也刻意做了掩盖，让黛西误以为他跟自己来自同一个社会阶层。在没有身份差异的前提下，黛西认为盖茨比是最好的，于是两个人恋爱了。

恋爱当然是甜蜜的，可惜盖茨比不久就跟着部队开拔，到海外去参加战争。对黛西这样的富家女来说，等待是过于苦涩的事情。社交季来了，黛西重新忙了起来，"每天又有五六次约会，跟五六个男人相会，直到破晓才昏昏沉沉入睡，缀满珠子和薄绸饰物的晚礼服同凋零的兰花缠在一起，扔在她床边的地板上"。也是在那时，她决心要"安排好自己的一生，定下终身大事，刻不容缓"，就这样嫁给了同样是上流社会出身的汤姆。没有人强迫她，这是她自己的决定。当然，嫁给汤姆那天她也想到了远方的盖茨比，掉了些眼泪；但是，她实在无法忍受虚无缥缈的等待，需要抓住些什么，"爱情也好，金钱也好，总之实实在在的唾手可得的东西"。

对黛西而言，曾经的那段恋情就这样翻了篇。

不能翻篇的是盖茨比。

盖茨比从海外回来，黛西已经跟着汤姆蜜月旅行去了。

这个打击对他当然是痛苦的，这种痛苦也是人之常情。盖茨比花光了自己仅剩的军饷，只为了回到初恋开始的地方，"走遍当年他俩在十一月的夜晚并肩散步的街道，又重访他俩当年开着她那辆白色跑车去过的那些偏僻地方"。他在那里住了一个星期，为自己的恋情做了长长的哀悼。

人生是由一个又一个阶段构成的，我们会遇到一个又一个阶段性的结局。不是所有的结局都称心如意，也很难期盼一个圆满的结局贯串全部的人生。一个个阶段性的结局，就像一道道人生的坎，是我们熟知的人生里的"九九八十一难",遇到了,走过去就好了。这些坎,甚至可以变成人生的阶梯,变成自我建设的托举力。所以,聪明的人面对有些令人沮丧的阶段性的结局时,能够拍拍身上的尘土站起来,重新张望自己的人生路。就算暂时要面对孤寂和沮丧,只要振作着走下去,不要回头,走着走着,也就走出了自己全新的人生风景。我们会跟新的人偶遇,也会有新的万物在自己的世界里生长。人生虽有遗憾,但一切都可继续。

可是盖茨比代表着更为少数的那种类型——不接受结局,不允许这个阶段性的结局成为最后的结局。

当然,不接受恋爱失败的结局,也有很多种类型。

有一些人会苦苦挽留对方,但悖论是,如果感情还能走得下去,是不用挽留的;而能够挽留下来的,大多也不过是因为对方的心软、怜悯、凑合或是一时的困惑,这种挽留的成功大多不过是通向成本更高的另一次沉没。

也有一些人挽留不了对方,争取不到延续,就单方面虐杀自己,沉浸在苦涩又绝望的思念和幻想中,失去了向前的勇气。因为单方面美化了失去的那个人,导致走到他们面前的每个人都黯然失色;因为单方面把已经走远的人留在了自己的生活中,导致没有任何新的人可以走进他们的生活。因为一段终结的感情,他们没有办法真正地活着,而是变成了过去的殉葬品。

可是,盖茨比做出了比上面这些类型还要不切实际的选择——他立志要不断奋斗,去创造条件,把黛西夺回来。

这几乎是不可能的。

先不说黛西已经结婚，就算黛西没有结婚，他们之间也有着阶层的壕沟。当初黛西能跟他恋爱，是因为黛西根本不知道他贫穷低微的出身。如今黛西嫁给了跟她同一阶层的富家公子，并且很快爱上了自己的丈夫，在婚后第二年生了孩子，过上了岁月静好的上流奢侈生活。汤姆和黛西一家作为美国上流社会的富有之家，搬到了纽约以东的东埃格岛居住，那里全是富翁们的豪宅，"白色宫殿般的豪宅映在水面上流光溢彩，气势非凡"。作者更借黛西的表弟尼克的眼睛，细细描述了黛西和汤姆的住宅："他们的房子比我预期的还要精美，是一幢令人赏心悦目、红白相间的别墅，英王乔治殖民统治时期的建筑风格，朝向大海，俯瞰海湾。草地从海滩开始，一直延伸到前门，长达四分之一英里，越过日晷、砖道和鲜花怒放的花圃，最后快要接近房子时，一溜儿绿油油的青藤沿着墙边飘然而起，一路往上爬去，势不可当。房子的正面是一排法式落地长窗，此刻反射出闪烁的金光，敞开着迎接午后暖洋洋的风。"这房子还有一个"下凹的意大利式的花园，占地半英亩的香气袭人的玫瑰园，还有一艘船头上翘的汽艇，随着浪潮在海边起伏"。

黛西所在的上流社会，根本是一无所有的盖茨比所不能企及的；而拥有这种奢侈生活的黛西，穷小子盖茨比要如何夺回呢？

盖茨比下定了决心，要为夺回黛西而奋斗，并为此矢志不渝，最终，创造了财富的奇迹。

盖茨比只用了不到五年的时间，就从一个一文不名的穷小子，奋斗成一个大富翁。那是一个人人都在梦想暴富的时代，能够如愿的人并不多，但盖茨比是幸运的那一个。没有人知道他怎么发的财，有人说他是贩卖私酒，这是当时最能暴富的方式，但贩卖私酒是违法生意，盖茨比自然不承认这种说法。对此他自己似乎也很难说清，一会儿说是做药品生意，一会儿说是做石油生意，当面对上流阶层时，甚至撒谎说是继承。相比于贩卖私酒，这些说法的共同特点就是合法且体面。

但合法且体面的生意很难让人一夜暴富，让人一夜暴富的大多不合法也不体面。所以，盖茨比在当时的社交界，始终是个色彩晦暗不明的话题人物。

但无论如何，盖茨比实现了命运的逆转，拿到了常人难以想象的巨大财富。足量的财富就像一个无所不能的魔盒，给人带来满足各种愿望的可能。那时的盖茨比也只有三十一二岁，彬彬有礼，举止文雅，符合他为自己设定的"世家子弟"的形象。他甚至比那些真正的世家子弟更有修养，更懂得尊重他人，也更有迷人的亲和力。他的微笑是"极为罕见的微笑，带有一种令人无比放心的感觉。也许你一辈子只能碰上四五次。一瞬间这种微笑面对着——或者似乎面对着——整个永恒的世界，然而又一瞬间，它凝聚到你身上，对你表现出一种不可抗拒的偏爱"。

这样的盖茨比，只要他愿意，可以买下这个世界中的很多东西，也可以得到数不清的女子的爱，善良的、可爱的、温柔的，一切皆有可能。他可以随意重塑自己的生活，按照自己的愿望打造人生的崭新图景，获得他想获得的幸福和安宁。

可是盖茨比对这个世界的唯一兴趣，只是黛西。他偏偏不放弃他那唯一的执着。得不到黛西，他不知道什么是幸福和安宁。那么，有了可以跟汤姆抗衡的财富，他能够从汤姆手里夺回黛西，在创造财富奇迹之后，再创造一个爱情的奇迹吗？

无论如何，盖茨比勇往直前，开始付诸行动。

盖茨比来到了跟黛西家所在的东埃格岛相对的西埃格岛，跟黛西家的豪宅隔着一个小小的海湾，建造了自己的豪宅。站在他的草坪上，可以看到黛西家码头上的绿灯。

盖茨比用压倒式的财富气势，建造了一座规模和气派远胜于黛西家房子的豪宅："无论用什么标准都称得上是庞然大物——俨然是诺曼底的某市府大厦，一边耸立着一座塔楼，掩映在飘须似的常春藤下，显得神清气爽，还有一个大理石砌的游泳池和占地四十多英亩的草坪和花园。"让黛西家的房子和院落瞬间黯然失色。

接着盖茨比开始了他骇人听闻的财富展览，每周在自己豪宅里召开大型宴会。从周五开始专门承办宴会的队伍来到这里，一车车水果和美食被运过来，草坪上搭起好几百英尺的帐篷和满满当当的彩灯；成箱成箱的水果用来榨汁，果皮堆成了金字塔；自助餐桌上的美味琳琅满目，"一盘盘五香火腿四周放着五颜六色的沙拉和被烤得金黄透亮的乳猪与火鸡"；大厅里搭起真正的铜杆酒吧，"备有各种杜松子酒和烈酒，还有久已为人们忘怀的甘露酒"；更有配备全套乐器的大乐队，音乐声响彻整个豪宅和它周围的海滩。一批批客人坐着车到来，有人受到了邀请，更多的人慕名而来，狂欢的人群尽情吃喝，彻夜嬉笑歌舞。

盖茨比从不加入这些狂欢的人群，甚至从不喝酒。那一批批蜂拥而至的人群消耗着他的财富，他们不认识盖茨比，盖茨比也不认识他们。有什么关系呢？他要把自己变成纽约的著名传说和人物，打造自己的社会名声和社会地位，以此吸引海湾对面的黛西的注意。可惜，他办了那么多场盛大的宴会，大半个纽约也的确都在传说着盖茨比的故事，但是住在海湾对面的黛西偏偏一无所知，从未来过。

不过幸运还是再次降临了——他找到了他和黛西恋爱时的一个见证人，黛西的闺密，同样来自路易斯维尔的乔丹·贝克小姐；也主动结识了黛西的表弟，这本书的第一视角叙事者尼克，他和黛西的过往得到了这两个年轻人真诚的同情和支持，他们决定促成盖茨比和黛西的重逢。

当然，黛西能够愿意前来，也有一个重要的原因，这个原因似乎也极其有利于盖茨比——她的婚姻出了问题。

黛西的丈夫汤姆有了一个情人，是一个小修车铺老板的妻子，名叫梅特尔·威尔逊。这个女人既不年轻也不高雅，跟安静优雅的上层淑女黛西相比，不过是个没见过什么世面的世俗女人。但她成为汤姆的情人倒是一点也不奇怪——一个男人喜欢什么样的女人，直接呈现出的就是这个男人的品位：拥有丰满肉体、浅薄认知和低俗趣味的梅特尔就像一面镜子，照出的是汤姆这个出身高贵的世家子弟粗糙庸俗的灵魂。

对黛西而言，丈夫的情人是个毫无品位的低俗女人，这本身就是一种极大的羞辱。尼克和贝克小姐愿意促成黛西和盖茨比的重逢，很大程度上就是出于对黛西的同情。就像贝克小姐所说的,"黛西在她生命中应该拥有一些东西",什么东西呢?当然是跟汤姆不一样的、真诚的爱,那个愿意为她付出一切的男人的真诚的爱。在尼克和贝克小姐看来,粗劣放荡的汤姆配不上安静优雅的黛西。

于是,尼克把黛西邀请到自己的住处喝下午茶,让她在这里"偶遇"了盖茨比。

这样的重逢显然恰到好处。一个在婚姻低谷隐忍受苦的女子,遇到了真诚相爱过的初恋情人,特别是当自己的丈夫对自己冷漠羞辱,弃之如敝屣,甚至给自己找了一个低俗的情敌之时,那个曾经视自己如珍宝且至今依然视自己如珍宝的人,携带着巨大的财富来到她面前。黛西哭了,这些眼泪是真实的,也是真诚的。

盖茨比带着黛西去看自己为了她而创造的一切。曾经把他们分开的贫穷已不存在,财富的力量让一切变得充满希望。

黛西是真诚地为盖茨比感到骄傲的,所以指着盖茨比的豪宅大声问:"是那边那座大房子吗?"这一句"大声问",显示了黛西不想掩藏的骄傲。

而盖茨比问的是:"你喜欢吗?"这是他最想问也是唯一想问的问题,因为他创造的一切都是为了她,如果黛西不喜欢,这里就算再金碧辉煌又有什么意义呢?

黛西给了盖茨比想要的答案,"黛西用她那迷人的低语,对见到的一切,赞不绝口,见到由天空衬托着的中世纪城堡的黝黑的轮廓,她赞叹不已。然后,她一边走一边赞赏花园,赞赏长寿花散发的香味,山楂花和梅花飘逸的香味,还有淡金色'吻别花'的清香"。当盖茨比向黛西展示"两个名牌厂家制造的特大衣橱",拿出一件件柔软贵重的衬衫,这些衬衫堆得越来越高,"突然之间,黛西发出了一声憋了很久的声音,并猛然把头埋进衬衫堆里,号啕大哭起来"。她哭着说:"我看了很伤心,因为我从来没见过这么——这么美的衬衫。"

黛西当然不是为了衬衫而哭,这个哭,作者写得极其微妙,可以说是万千滋味在其中,这是一种对于现实的茫然,也是一种对过去的懊悔,更有眼前人带来的感动,或许还有几分被命运捉弄的悲伤……总之,黛西对于盖茨比做了最积极的回应,她所表现出来的认可、喜悦和痛苦,都是符合盖茨比预期的。

这次重逢十分成功,属于过去的黛西的情爱被重新激活,他们俩几乎忘记了其他人的存在,"深陷于强烈的感情之中"。

在他们重逢的那个夏天,盖茨比的名气也越来越大,"差一点就要成为新闻人物了,那都是成百上千在他家做过客的人替他宣扬的结果"。

盖茨比勇气倍增,就算面对黛西的丈夫汤姆,也似乎有了挑战的勇气。当汤姆和几个朋友偶然路过他家歇脚时,他主动对汤姆说:"我认识你太太。"他使用了挑衅的口气。

拥有黛西复活的感情和足以与汤姆抗衡的财富,甚至还有汤姆所没有的名气,盖茨比胜券在握吗?

答案是否定的,从他跟汤姆面对面接触的那一刻起,他们之间的差异就昭然若揭。汤姆对他根本就不在意,汤姆同行的朋友也对他根本就不在意,他们甚至认为他没有资格跟他们同赴一个约会。当盖茨比信心满满地拿着薄外套准备跟他们同行时，他们毫不客气地把他甩下了。盖茨比以为自己用成功逾越了的那道鸿沟，仍然存在，那就是出身和阶层。

汤姆这样的世家子弟，自认有着漫长的上流血统，盖茨比可以拥有跟他们比肩的财富，但无法拥有跟他们比肩的尊严——盖茨比再有钱，也是下等人。当他们毫不客气地把盖茨比甩下的时候，这一点已经呈现出来。在汤姆这些上流社会的人的眼里，盖茨比不过是一个来历不明的暴发户。他的财富、他的所谓的名气，对于老钱阶层（享有三代及三代以上财富和权势的阶层）牢不可破的身份而言，根本构不成威胁。

汤姆就算人品低劣、认知浅薄、庸俗无聊，他身上依然有着盖茨比所没有的那种气场——傲慢、从容，用礼貌的方式目空一切。就好像盖茨比不断地用"认识很多名家名流"来提升自己的底气，但是汤姆可以坦然且公开地说，"这里我一个人都不认识"。对这些上流阶层的世家子弟而言，出入盖茨比府邸的那些"名家名流"，根本就上不了台面。汤姆可以轻松愉快地说愿意用默默无闻的身份，旁观这么多名人。这就是来自老钱阶层的优越感。跟他的松弛感相比，盖茨比的紧张和刻意，在气场上就差了一截。

但盖茨比依然信心满满，因为黛西看他的眼神，还在闪闪发光。

重逢以后，黛西三天两头跑到盖茨比的家里约会，盖茨比的豪宅里再也不办周末宴会了。盖茨比每天都在期待，期待黛西对汤姆摊牌，结束他们的婚姻。他准备等黛西离婚后，就把她带回他们初恋的路易斯维尔，在那里结婚。就像这五年什么都没有发生，就像他重新穿越时空纠正了一切，让一切回到本应该朝向的轨道。

可是黛西迟迟没有行动，这让盖茨比感到焦虑。

直到有一天，事态似乎有了进展。在夏末一个无比炎热的日子里，黛西把盖茨比邀请到家里吃饭。盖茨比和尼克到达时，他们家里的火药味已经很浓了。因为汤姆正在另一个房间里接电话，据说对面是他的情人威尔逊太太，她已经公然把电话打到他们家里了。

被激怒的黛西也不甘示弱，当着尼克和贝克小姐，抱着盖茨比亲吻他。在丈夫的面前，跟盖茨比眉来眼去、脉脉含情，"他们彼此目不转睛地看着对方，超然物外"。汤姆大为震惊，这才知道自己的妻子也有了情人。

黛西开始了种种挑衅："我们今天下午做什么好呢？还有明天，还有今后三十年？"这是语言挑衅，表达她对今后生活的不耐烦。

那样热的天气，她提议进城去，因为她就是不满意，就是要折腾。而且进城时她公然要跟盖茨比坐一辆车，她挽住了盖茨比的胳膊，把丈夫甩给了贝克小姐和尼克。

毫无疑问，黛西这一连串的操作都给了盖茨比勇气和信心，于是当汤姆忍无可忍，质问他"到底想在我家里闹腾个什么"时，盖茨比很满意，因为只有把话挑明了，事情才有个了结。于是，盖茨比勇敢地上前，向汤姆摊牌："我有话对你说……"

可是，事态就是从他开口的这一刻急转而下的。

在他开口的那一刻，感到最慌张的竟然是此前一直在闹腾的黛西。黛西突然惊慌失措地打断了盖茨比，说："请你不要说！咱们都回家吧，咱们都回家不好吗？"

可是盖茨比跟汤姆已经开始了辩论，关于黛西爱的到底是谁。这似乎有一个十分明确的答案，明确到盖茨比可以公然向汤姆宣布：他的妻子不爱他，从来没有爱过他，黛西爱的一直都是他盖茨比。

但对于这个答案开始感到疑惑的，竟然也是黛西。她恨汤姆出轨，所以大声说不爱他，但也无力坚持曾经对盖茨比说过的话——她只爱过他。当盖茨比大声向汤姆宣布，黛西要离开他时，黛西才发现这似乎也不是她想要的结果。

也许连她自己也没有清醒地意识到，她以为的对盖茨比的爱，是建立在对汤姆的恨之上的。盖茨比不过是她用来跟汤姆宣战和对抗的武器，但是真的离开汤姆，这一点她从来没有认真想过。

接着，汤姆甩出了撒手锏，声称已经调查了盖茨比，知道了盖茨比做生意的秘密——总之那不是什么合法的生意。

盖茨比一败涂地。他一败涂地，是因为黛西信了。黛西相信了汤姆的说法，怎么能不相信呢？就连支持盖茨比的尼克也觉得那就是事实。还是那个简单的道理，靠合法体面的生意，是很难成为暴发户的。其实，就连盖茨比自己的神情，似乎也印证了那是事实，他脸上呈现一种类似"我杀了人"一样的表情。

于是，财富带来的美丽窗户纸还是被捅破了。窗户那边的盖茨比原形毕露，那正是上流社会的人们所看不起的一个不体面的暴发户。

整个东埃格岛都看不起西埃格岛，住在东埃格岛的上流贵族们是看不起西埃格岛聚集的暴发户群体的，黛西也不例外。"她十分厌恶西埃格岛"，因为这是一个"没有先例的地方"，是"白手起家、买空卖空"的人们居住的地方，她厌恶西埃格岛，因为这里的每一座豪宅都是僭越了上流社会世袭的尊贵、走了捷径的暴发户的。盖茨比在西埃格岛的豪宅里周周大宴宾客，跟他一湾相隔的东埃格岛的黛西和汤姆在这之前竟然一无所知，这不是偶然，因为西埃格岛上发生的事情，从来不值得他们关注。

只不过黛西正身处丈夫出轨的羞辱中，盖茨比带来的情感慰藉，让她就像当初忽略了他军装后面的真实身份一样，暂时选择忽略盖茨比作为西埃格岛暴发户的事实。

但暴发户就是暴发户，在汤姆揭开这张窗户纸时，盖茨比一下子显得那么微贱而潦倒；而他和黛西的爱情，也显得那么狼狈和可笑。汤姆面对他们的狼狈和可笑，也重新振作起他贵族的骄傲，让黛西坐盖茨比的车回家，因为他要"故作大度以示侮辱"。

不但盖茨比一败涂地，黛西也一败涂地，听到要和盖茨比一起回家，竟然"看着汤姆，大为惊恐"。

只是一瞬间，他们的爱情就似乎变成了连他们自己也不能正视的笑话。就连支持他们的尼克和贝克小姐，也觉得"他们俩走了，一句话也没说，倏忽而去，来无影去无踪，像一对鬼魂，孤立无援，甚至也没有得到我们的怜悯"。

一切转变得就是这么迅速。

盖茨比甚至都来不及细想这一切转变是如何发生的，又意味着什么，更大的灾难就出现了。在回去的路上，黛西情绪狂躁，经过汽车修理铺的时候，撞死了冲上前来的威尔逊太太，她多半以为车里坐着的是汤姆。至于黛西是完全失控还是有几分故意，就只有天知道了。

但车是黛西开的，人是黛西撞死的。

面对这突然的变故，黛西和汤姆言归于好。对于他们而言，他们的生活就像经历了一场外人的干扰，威尔逊太太也好，盖茨比也好，都不过是他们人生中的考验。现在面对灾祸他们决定彼此原谅，握手言和，让他们体面人的体面生活重回正道。于是，他们手握手彼此谈妥，决定统一说辞，就说车是盖茨比开的，把这无妄之灾甩给盖茨比。

而在海湾的那一边，盖茨比对这对夫妇的打算一无所知。但他怀着一颗温柔的心，想到无论如何不能让脆弱的黛西去认罪，默默地下定决心，如果有人来调查，就说车是他开的。他要为心爱的黛西顶罪。

可惜，他还未能实现这悲壮的爱的决心，被撞死的汤姆的情人的丈夫威尔逊就找上门来，威尔逊打听到了那辆撞死他妻子的车的归属，那辆车的确是盖茨比的。于是，威尔逊把盖茨比打死在了他豪华的游泳池里。

盖茨比的故事到这里，也就结束了。

盖茨比的故事很残酷——迷梦一般灿烂的封面，冷酷暗黑的内里。

盖茨比的故事也很荒诞——他跟黛西似乎上演着同一个故事，但拿着的是两个完全不同的剧本。盖茨比沉浸于自己的剧本，那里面写满了往昔的情爱与遗憾、重逢的眼泪和悲喜，那是一个灿烂的爱情梦想，是值得不惜一切去夺回的爱情。

可是黛西的剧本不过是一个上流社会的男人出轨，导致妻子不满，妻子把送上门来的初恋情人当成了报复丈夫的武器，但就像她的丈夫只是拿情人填补平淡生活的空虚，妻子也从未跟自己的情人打算过什么未来。什么威尔逊太太，什么盖茨比，都是他们体面生活中的插曲和过客，永恒不变的还是他们那骄傲而恒定的贵族生活。

这样的两个剧本，不能说全无交集，但注定要归于陌路。

盖茨比落葬时，黛西既没有送来一句话，更没有送来一朵花。

正如尼克所言，汤姆和黛西这些人从来都如此，毁了别人的人生，然后若无其事地回到自己的生活里。尼克唯一安慰的就是自己曾经隔着草坪对盖茨比叫喊："他们一伙儿全是混蛋，他们那一伙儿全放在一起都比不上你！"

这就是错付的爱情。

很多时候，我们沉醉于自己的剧本，也需要抬头观察对方的剧本。同一个故事，两个剧本的事情，并不是只在盖茨比所处的时代才会发生。

盖茨比去世后，他的父亲从遥远的小镇来给自己的儿子办理后事。他父亲拿出了一直珍藏的儿子的书，在那本书最后的空白页里，是盖茨比手写的作息时刻表和个人决心书。从那里我们可以看到一个了不起的盖茨比，一个远比黛西和汤姆们卓越得多的盖茨比，是真正了不起的盖茨比。

他出身微贱，但怀着矢志不渝创造自己人生、改变自己命运的决心。他原名詹姆斯·盖兹，十七岁时改名换姓，把自己叫作杰伊·盖茨比。那是他为自己搭建的人生新起点，"他虚构的那样一个杰伊·盖茨比恰恰是一个十七岁的男孩很可能会虚构的理念，然而他始终不渝地忠于这个理念"。

杰伊·盖茨比做出了清晰的规划，这规划就体现在他的作息时刻表和个人决心书里：杰伊·盖茨比要锻炼体魄以拥有健康的身体，要学习电学以让自己有一技之长，要加入棒球和各种运动以学习社交，要练习演讲和仪态，以提升表达能力，使自己举止得体，要研究需要的发明以锻炼自己的创造力。杰伊·盖茨比更要有勇气直面自己的弱点和惰性，用强大的自律改掉一个个坏毛病，去建设一个珍惜时间、没有抽烟恶习、清洁卫生、爱读书、能储蓄且懂得善待父母的自己。

十七岁决定做自己命运的上帝的杰伊·盖茨比，用顽强不屈的意志经历人生中一次次挫败和不平——他被人夺去了一个忘年交留给他的遗产，他去海外打仗获得过勋章，又一文不名流落街头。但他从来没有屈服过，从来都是不达目的不罢休。他能用五年时间改变命运，从一文不名到平地崛起，变成屈指可数的大富翁。他在生命中创造了那么多奇迹，对自己的命运有着超强的控制欲，这样了不起的盖茨比本该拥有更好的人生，而不是被毫无意义地打死在游泳池。

盖茨比终究还是倒在了那致命的痴情上。盖茨比的痴情本是一份灿烂美好的梦想，但落在了人间就变得丑陋不堪。

因为盖茨比还是犯了一些根本性的认知错误。

当我们爱一个人的时候,需要知道自己在爱什么。盖茨比那样爱黛西,但他爱的黛西,真的是现实中的那个黛西吗?盖茨比所爱的黛西是一个能够给他无限奋斗力量的至美至善的存在,是超越世间一切价值的美好的化身,所以值得他用一生去追求,用一生去爱。

但现实中的黛西只是个再普通不过的富家女,甚至是一个见识短浅的富家女,盲目又任性。她的确爱过盖茨比,但她的爱并不执着,读了盖茨比的信会难过,但嫁给了汤姆也会忘记过去,变得欢喜。盖茨比细腻、坚忍、敏感、多情;汤姆身体健壮、认知浅薄、情感泛滥,黛西对待他们并没有什么区别,这说明她并没有明确且成熟的爱的选择标准。她不过是一个情感上幼稚又盲目的女孩子,根本承担不了盖茨比那样深邃厚重的感情。

盖茨比是因为不了解黛西,所以陷入了一种幻象迷恋吗?

盖茨比对尼克说:黛西的话音里充满了金钱。盖茨比也很清楚黛西的魅力是用金钱包装出来的。他就是从黛西身上,深刻地体会到财富怎样帮助人们拥有和保存青春与神秘,体会到一套套服装怎样使人保持青春靓丽,让黛西像白银一样熠熠发光。盖茨比知道黛西的美是金钱塑造出来的,也知道黛西的那些迷人的动作、迷人的表情都是用金钱训练出来的。

他知道这一切,但还是忍不住要用生命去爱黛西。黛西身上的吸引他的到底是什么呢?

在书中,有这样一段话,黛西是盖茨比认识的第一个大家闺秀,正是黛西为他打开了第一扇近身接触上流社会的大门。通过黛西,他见到了从未见过的上流世家的漂亮住宅。盖茨比被深深震撼了,那不只是一所住宅,那是他从未见识过的一种阶层的生活方式、生存氛围。其实,盖茨比向往的不过是这种名门望族里的生活方式和景象罢了。可能连他自己也没有真正意识到,他渴望被黛西接纳,其实是渴望进入那个被视为高贵和体面的阶层,因为在他的时代,那就是卓越和优越的体现。

盖茨比真正的悲剧根源,我们就可以找到了。

在盖茨比的时代,他从小到大接受和被灌输的社会主流观念,已经给他界定了什么是卓越,什么是优秀。黛西所在的阶层的那种生活方式和身份地位,就是卓越,就是优秀,就是成功。

所以,当他跟黛西重逢的时候,他向黛西介绍自己,说的就是"我那里总是宾客盈门,不分昼夜,都是些有意思的人,名流名家"。

他已经获得了巨大的财富,但是并不能从中获得自信。他的自信需要用谎言去建立:"我是中西部的富家子弟——家里人全过世了,我在美国长大,而在英国牛津受的教育,因为我家祖祖辈辈都在那里受教育多年。这是家族传统。""我像一位东方的王子似的游遍欧洲的各大首都——巴黎、威尼斯、罗马,收藏珠宝——主要是红宝石,打打猎,学学画,一切都只是为了给自己消遣解闷,好让自己忘却以前发生过的伤心事。"他谎称的一切,都是按照上流社会的身份来设计的。

因为一个价值观念早就深入骨髓:只有出身上流社会,过上上流社会的生活,才是真正的成功和卓越。

他不了解什么是真正的好,不知道什么是真正的价值,这就是他的问题。他的价值观念是按照上层社会的价值观念被塑造出来的,所以他才会深深地自卑。可正如尼克所说,他才是真正卓越、真正优秀、真正成功的那一个。那些上流社会的黛西和汤姆们加在一起,也没有他一个人好。

因为真正的卓越和优秀,不是那世袭来的所谓高贵的血统,也不是跻身上流社会的身份和地位;真正的卓越和优秀,恰好就是盖茨比所做过的一切:即便生在那么卑贱低微的原生点,也从不自怨自艾,一路大胆向前去把握自己的命运,去创造自己生命的奇迹。这种勇气就是真正的卓越和优秀。

黛西和汤姆们不过是浑浑噩噩躺在祖荫下的寄生虫,哪里能够跟盖茨比相提并论?

可是,盖茨比对自己的优秀一无所知,这就是盖茨比的悲剧。他拥有如此卓越的自我建设和个人奋斗的勇气、品质与才能,却认为评价优秀的标准掌握在黛西和汤姆那个阶层的人手里。所以他把黛西家码头上的绿灯当成目标,他追求,他努力,试图融入黛西和汤姆们的世界,复制别人的生活,追求别人定义的那份所谓的卓越和优秀。

可他明明是可以创造出一个完全不一样的属于自己的世界的。

这就是认知悲剧。

盖茨比的悲剧是偶然,也是必然。

当我们的爱,不能寄予真正的价值,命运的悖论就会发生。就像盖茨比,他"相信那盏绿色的灯,它是一年一年在我们眼前渐渐远去的那个美好未来的象征。从前它从我们面前溜走，不过那没关系——明天我们将跑得更快，手臂伸得更远"。盖茨比相信总有那么一个明朗的早晨，梦想可以实现。可是，假如我们的追求寄予了一份错付的爱和价值呢？

也许我们明明有追求的动力，也信心满满，但是所有的奋力搏击，还是"好比逆水行舟，不停地被水浪冲退，回到了过去"。

五年前，一个秋天的夜晚，盖茨比跟黛西走在落叶纷飞的街上，那时天上的星星你来我往，一片繁忙。他亲吻了身边可爱的姑娘，就感觉她像一朵鲜花一样为他绽放。在那一刻，他十七岁以来关于命运的所有理想，都跟她融为一体了。

他的悲剧其实从那时就已经开始了。

是的，我们的理想永远需要一个具体的寄托，但分不清理想和寄托的区别，等待生命的总是宿命一般的悲歌。原本值得更好人生的盖茨比，燃尽了他所有的爱与暖，换来的不过是毫无意义的黯然陨落。

陌生女人的故事：

单恋到登峰造极，也注定是虚空

[奥]斯蒂芬·茨威格《一个陌生女人的来信》

"我身边没有别人，我没法向别人诉说我的心事，没有人指点我、提醒我，我毫无阅历，毫无思想准备：我一头栽进我的命运，就像跌进一个深渊。"这就是她，那个用一生去践行"我爱你，跟你无关"的女人。

如果从现实生活的层面来看，这是一个不可思议的故事。即便只是复述一遍，也是一个会让人感到极度不适的故事，特别是对女性读者而言。这个故事并不令人愉快，甚至会让人心生疑问和反感。

整篇小说其实是一个女人临终前写给所爱男人的一封信，本质上这是一封遗书。通过这封遗书，我们读到一个女人短暂但令人震惊的一生。写这封遗书时，这个女人二十八九岁。她的人生并不长，但在她的叙述中，她的人生还要短。因为她说，她的人生是从十三岁才开始的。

在十三岁以前,她活得迷迷糊糊、乱七八糟,盲目又被动,没有目标,没有乐趣,也不知道该期待什么样的未来——那样的状态,她觉得不应该称为"活着"。但这一切都因为一个人的出现而改变了。那个人是个年轻作家,在她十三岁那年搬到了她家对面。

从那以后,这个女孩就爱上了这个男人。可是男人不可能注意到她。那是个风流潇洒的男人,社交颇广,经常带着不同的女人回家过夜。可是,这不妨碍这个小女孩爱他。因为爱这个男人,她努力地成长,拼命学习,把自己学成了班里的第一名;拼命练钢琴,连她的母亲都被她的努力惊讶。她希望自己能够成长为一个有资格接近这个男作家的人。

可是在十五岁时,她守寡的母亲决定再嫁,带她离开了维也纳,搬到了继父家所在的因斯布鲁克。应该说她生活无虞,继父颇有些资财,家里住着别墅,对她也视如己出。在那里她长到了十八岁,是个好看的姑娘,走在路上总有年轻小伙子回头看她;家里条件又好,如果她愿意,她的人生可以有无限可能。

但她对这一切都没有兴趣,她唯一的兴趣就是回到维也纳,找到那个男人,把自己奉献给他,委身于他,她认为只有这样她的生命才有意义。于是刚满十八岁,她就不顾一切地跟家人争执,孤身一人回到了维也纳。她把箱子存在火车站,跳上一辆电车,直奔少年时的住所。从那以后,每天晚上她都站在他的房前,去眺望他的灯光。

她再次偶遇了那个男人,他没有变,身边还是不停地更换着不同的女人。起初看到他和那些女人亲昵的样子,她也感到锥心的刺痛,像赌气一般,有一整天停止了再去眺望他的灯光。但她很快调整了心态,她不恨他,只希望能够像他身边的那些女人那样幸运。

她又恢复了她的"朝圣"行为。到他家楼下去得多了,遇到的概率自然也多了。有一次擦肩而过时,那个男人注意到了这个总是碰到的姑娘。当然,他是不可能认出这个姑娘的,但是他的眼睛里闪出了那种"专门对付女人的目光"——对他而言,她不过是一场新的艳遇。他轻佻地搭讪,邀请她吃晚餐,又邀请她跟自己一起回家过夜。连他自己都惊讶,一切竟然那么顺利,对于他的所有提议,这姑娘都眼也不眨一下地顺从。

她跟他共度良宵。对他来说,这不是什么新鲜事,是经常发生的事,不过这一次发生得比较顺利而已。但对她来说,却激动得彻夜难眠,在这个男人熟睡之后,她听着他的呼吸,摸到他的身体,感到自己这么紧挨着她,幸福地在黑暗中哭了起来。

只过了几夜,这个男人对她说,不要再来了,因为他要出远门。她当然知道他不会出远门,这只是他一贯的做法。对他而言,这个姑娘跟其他所有的女人都没有区别,不过是一段浅尝辄止的露水情缘。

他从花瓶里折了几朵白玫瑰,客客气气又漫不经心地打发了她,就像打发每一段露水情缘。她伤心,但不怨他,因为知道他就是这样喜欢自由的人。她吻着那几朵白玫瑰离开,内心的爱未减分毫:"像我这样一个女人心甘情愿和你过了三夜不加反抗,可以说是满心渴望地向你张开了我的怀抱。像我这样一个匆匆邂逅的无名女人,你是永远永远也不会相信她会对你这么一个不忠实的男人坚贞不渝。"

然后,在不知道该如何再接近的茫然里,她惊喜地发现自己怀孕了。很好，不用去想如何再接近他了，因为她认为自己得到了他珍贵的一部分。

一个年轻的姑娘未婚先孕，给她带来了很大的麻烦和磨难。她不能让家里人知道，而她自己也没有了钱。她只能像很多流浪的女人、沦落为娼妓的女人那样去产科医院生孩子。在那个时代，穷女人被一个挨一个地安排在那种慈善性的医院里待产，条件恶劣，这样的产妇得不到尊重，体验到的只有各种各样的耻辱。

但即便如此，她也没有想过告诉他，去向他求助。因为她要呵护他的自由："我知道你在恋爱之中只喜欢轻松愉快，无忧无虑，欢娱游戏，突然一下子当上了父亲，突然一下子得对另一个人的命运负责，你一定觉得不是滋味，你这个只有在无拘无束自由自在的情况下才能呼吸生活的人，一定会觉得和我有了某种牵连，你一定会因为这种牵连而恨我。我知道你会恨我的，会违背你自己清醒的意志恨我的……我希望你想起我来总是怀着爱情，怀着感激。在这点上，我愿意在你结交的所有女人当中成为独一无二的。"

带着这样的雄心壮志，她决定独自生下孩子，独自去养这个孩子，绝不去打扰这个男人。

她就这样独自生下了一个男孩。

不但如此，这个男孩最重要的意义并不只是她的孩子，而是"他是你的骨肉啊"，神圣爱人的神圣骨肉，所以她下定决心要不惜一切，像守卫天使一样守卫他。她绝不允许"你那聪明美丽的孩子"陷入社会的底层，"在陋巷的垃圾堆中，在霉烂、下贱的环境之中，在一间后屋的龌龊空气中长大成人。不能让他那娇嫩的嘴唇去说那些粗俚的语言，不能让他那白净的身体去穿穷人家发霉的皱巴巴的衣衫——你的孩子应该拥有一切，应该享有人间一切财富，一切轻松愉快，他应该也上升到你的高度，进入你的生活圈子"。

总而言之，神圣爱人的神圣骨肉，绝不可以在贫民窟里成长，她必须让他像王子一样成长，在富裕的环境里受教育，过上"上流社会的光明、快乐的生活"。

为了做到这一切，她做了卖身的妓女。

跟凄惨的站街女不同的是，她的客户比较高端：富有的贵族、商人和企业家。

她就这样靠卖身养大了自己的孩子，不但没有怨恨过作家，甚至对他充满了感恩和缠绵的情感。每年在作家生日那天，她会匿名给他寄一束白玫瑰，同时会带着孩子庆祝一番，让孩子从小就知道"这个日子是个神秘的纪念日"。

甚至，在跟这男人彻底断联的日子里，她的牺牲依然在继续。

因为她年轻貌美，性情和顺，在她的高端客户里颇有些人想正式娶她，给她从良的机会。她提到有个年纪大的帝国伯爵，愿意娶她做伯爵夫人。只要她答应，就可以得到一份永久安稳、富足和令人尊重的生活，不用再靠卖身来生活，她的孩子也可以得到一个温柔可亲的父亲，全家一起住进蒂罗尔的一座豪华府邸。

可她不愿意，三番五次拒绝了伯爵的好意。为什么呢？因为她要保留一份自由身，随时等待作家的召唤："说不定你还会再一次把我叫到你的身边，哪怕只是叫去一个小时也好。为了这可能有的一小时相会，我拒绝了所有人的求婚，好一听到你的召唤，就能应召而去。自我从童年觉醒过来以后，我整个的一生无非就是等待，等待着你的意志！"这个女子令人惊讶的价值逻辑线无比清晰：孩子的价值在她之上，男人的价值又在孩子之上。

她还真的等到了应召的那一天。

有段时间她的一个工厂主客户对她动了情，跟她同居了两年，真诚地想娶她为妻。有一次他们携手去舞厅跳舞，在那里她再次遇到了作家。作家盯着她，充满了她所熟悉的对于艳遇的渴念。作家挑逗了她，把她带出了舞厅。当然，对作家而言，他既没有认出她是那个委身于他的十八岁女子，更不可能认出她是那个十三岁的邻家女孩。这依然只是他与一个风尘女子的艳遇。

这男人召唤她跟自己一起回家，明知道自己这样跟着别的男人回家，会让男友蒙羞，"供养了几年的情妇遇到一个陌生男子一招手就会跟着跑掉"，虽然她知道自己的做法会"使一个善良的人永远蒙受致命的创伤，我感觉到，我已把我的生活彻底毁掉"，但她依然"一秒钟也不迟疑"。

因为，在她看来："友谊对我算得了什么，我的存在又算得了什么？……我相信只要你叫我，我就是已经躺在了尸床上，也会突然涌出一股力量，使我站起身来，跟着你走。"

就这样，她不管不顾地跟着这个男人回去过了一夜。

可是，他根本不认识她。第二天早上他把几张钞票塞进了她的暖手筒——是的，对他而言，她只是一个夜总会的妓女而已。

在她离开的瞬间，就连擦肩而过的老管家都眼睛一亮，认出了她，可是那个男人，还是茫然无知，"只有你，只有你把我忘得干干净净，只有你，只有你从来没有认出我"。

后来，她的孩子得了流感，而她也感染了。孩子死了，她也到了弥留之际。用着最后的那点力气，她给作家写了这封信，也是她留在这世上的遗书。直到要离开世间的这一刻，她担忧的依然是"要是我的死会使你痛苦，那我就咽不下最后一口气"。

她做了一世的牺牲，却不希望给他带来一丝一毫的干扰。她在死前还在祈祷，祈祷这个男人"那美好光明的生活不会有一丝一毫的改变……我的死并不给你增添痛苦……这使我感到安慰，你啊，我亲爱的"。

她唯一惦念的是，她死了，谁给她这亲爱的再送白玫瑰呢？"啊，花瓶将要空空地供在那里，一年一度在你四周吹拂的微弱的气息，我的轻微的呼吸，也将就此消散。"于是在死亡步步来临的最后几行字里，她求他每年生日去买玫瑰花，因为只要他去买玫瑰花，就能想起她这个陌生的女人，她就能在他的人生里活那么一瞬，"我只爱你，只愿在你身上继续活下去，一年只活那么一天"。

作家读完了信，无比震撼。他模模糊糊地回忆起一个邻家的小姑娘，一个少女，一个夜总会的女人。但是这些回忆，"朦胧不清，混乱不堪，就像哗哗流淌的河水底下的一块石头，闪烁不定，变幻莫测。阴影不时涌来，又倏忽散去，终于构不成一个图形"。

对于他，她究竟还是虚无得犹如并不存在的幻影。

该如何理解这个故事呢?

我们首先需要看作家的立场和角度。正如茨威格的大部分小说一样,他要写的并不是两性关系本身,他感兴趣的是人类的激情,这是一个关于人类激情的故事。

人类的激情状态和激情力量始终是一个谜,就像一个神秘无形且冲击力巨大的能量库,诱惑着一代代作家去破解它。斯蒂芬·茨威格创作的《一个陌生女人的来信》,就像他的其他作品《马来狂人》《一个女人一生中的二十四小时》,甚至《象棋的故事》一样,其实都是在探索人类的激情及其创设的人类精神秘境。

激情是人类的一种神秘力量,一旦被激活,就能让人类产生超越自我的渴望,甚至能够让人迸发出超越常规和常理的精神力量。如果从这个角度来看《一个陌生女人的来信》,"陌生女人"就是激情的化身,她所固执追求和维持的那种情感,就是一种激情的表现。她为此尝尽了生命的苦涩,但也体验到了常人难以体验的情感力量的深刻、悲凉和缠绵。而那个作家也被她赋予了某种信仰的色彩,她追求的不是一个男人,是一个信仰——关于爱的模式、生命的状态甚至人生的价值。她和男人之间的遥远距离,保持了这种信仰的吸引力和触发力。在这个女人和这个男人的情感纠葛中,我们看到的是信仰如何激发人类不可思议的激情和执着。

这并不是一个爱情故事,在信仰和激情的讨论层面上,作者对于"陌生女人"的赞赏,表达的是对于人类激情与信仰力量的崇尚。

但我们无法忽略的是,这个故事又很真实,它讲述了一个现实感很强的两性故事。如果我们在现实层面去看这个两性故事,"陌生女人"并不是一个应该被崇尚和赞美的对象,而有着一个带有畸形色彩的病态人格。

所以,这部作品到底该如何评价,要看我们从哪个层面切入。

以我们这本小书的主旨来观照这个现实层面的故事,《一个陌生女人的来信》简直称得上是两性关系里的恐怖故事。这个故事无论发生在女性身上还是男性身上,都是极其不公平的情感劫难。用任何诗意伤感的词语,都掩盖不了这个故事里两性关系的扭曲和畸形。

当然,在这个故事的起点处,一切还是正常的。十三岁以前,她做会计员的父亲去世了,母亲一直穿着寡妇们穿的孝服,家里的气氛阴沉凄凉。她家对面则是一户吵架成性的人家,酒鬼丈夫总是家暴妻子,孩子们也有样学样,丑恶凶狠,动不动就欺负住在对面的她。在这样糟糕的环境里,小女孩感觉不到生活的亮光,也没有目标和方向。

但是作家的到来,仿佛给她打开了另一个世界的大门。这个男作家带来的一切都是她此前未曾见识过的:从主人到管家全都彬彬有礼,温和待人;整修一新的房屋、精美别致的雕像和油画,还有那成箱成箱的书籍,都让小女孩看到了生活的另一种美好样式。而作为统领这一切的作家,他本身就像一枚美好的标签:活力满满、自由潇洒、礼貌文雅。

她爱上的是这个作家,也是这个作家所展示的那种她无法拥有的生活方式和生命状态。她因为爱这样的一个人和他的生活,才得到了爱情赐予她的人生目标:做一个配得上他的人。

当爱情激励人们超越自我和现实，变成更好的自己，希冀吸引对方时，爱情的力量就是正向的、建设性。正如在这个十三岁小姑娘身上发生的那样：因为作家是一个读书人，所以她开始刻苦学习，从成绩平平变成班里的第一名；因为作家喜欢音乐，她也"突然以一种近乎倔强的毅力练起钢琴来"；因为作家总是衣着洁净，她"把自己的衣服刷了又刷，缝了又缝"，保持自己整洁的形象。

从这个概念上来说，遇到爱情，是我们遇到提升自己的珍贵机会；沿着爱情指引的方向，我们就有超越自己，获得蜕变的希望。

但爱情也往往泥沙俱下。就像一枚硬币的两面，我们在得到了让自己变得更好的渴望的同时，也一定会获得到前所未有的自我怀疑、自我不满，甚至卑微和惶恐的体验。所谓追逐，这种状态本身就是因为目标在我们的前面。仰望对方的姿态，本身就是一种刺痛的低位体验，"我干了多少傻事啊！我亲吻你的手摸过的门把，我偷了一个你进门之前扔掉的雪茄烟头，这个烟头我视若圣物，因为你的嘴唇接触过它。晚上我上百次地借故跑下楼去，到胡同里去看看你哪间屋里还亮着灯光，用这样的办法来感觉你那看不见的存在"。

这个小女孩在得到爱情力量的同时，也陷入了卑微的自我体验。爱情的两种可能性都在这个小女孩的人生中出现了。我们可以因为爱情而不断实现自我的强大和提升，同时也可能因为爱情而跌入自惭形秽、卑微跪服的误区。很多时候，我们夹在这两种心态之间，孰强孰弱，决定着我们情感命运的走向。

可悲的是，这个女孩的命运偏向了后者。在离开作家所在的维也纳之后，那种拼命学习、拼命练钢琴的自我提升、自我建设的行为竟然终止了。

这个女孩做了最悲剧的选择：因为爱一个人，而放弃了自己，也放弃了世界。

从十五岁到十八岁，她只做两件事：关在房间里思念那个男人，"一个人坐在家里，一坐几小时，一坐一整天，什么事也不做"，就是一遍遍复习少年时期那少得可怜的回忆："回想起每一次和你见面，每一次等候你的情形。""我把往日的每一秒钟都重复了无数次，所以我整个童年时代都记得一清二楚，过去这些年每一分钟对我都是那样的生动具体，仿佛这是昨天发生的事情。"像她母亲以前守寡时的状态一样，心甘情愿把自己和世界隔离，和他人隔离，"我沉迷于我那阴郁的小天地里，自己折磨自己"，自愿过着孤独、寂寥的生活，"他们给我买的花花绿绿的新衣服，我穿也不穿，我拒绝去听音乐会，拒绝去看戏，拒绝跟人家一起快快活活地出去远足旅游，我几乎足不出户，很少上街"。这个世界对她而言没有任何意义，唯一的意义只是那个男人。

另一件事就是反复阅读那个男人写的书："你的书我念了又念，不知念了多少遍，你书中的每一行我都背得出来，要是有人半夜把我从睡梦中唤醒，从你的书里孤零零地给我念上一行，今天时隔十三年，我还能接着往下背，就像在做梦一样，你写的每一句话对我来说都是福音书和祷告词，整个世界只是因为和你有关才存在。"她看书并不是真正地看书，她要的不过是可怜的单方面的联结。

这意味着什么呢？在最关键的成长期，这个女孩放弃了自己的生长，只做毫无意义的痴情幻想。这是对生命太可怕的浪费。

所以，我们也就不难理解，她充其量也只能到服装店里去做店员，一旦失业，就只能跌落卖身的深渊。

她再嫁的母亲和爱她的继父，明明给她提供了更多强大自己的可能性，但她都不要，她只要坐在幽暗的屋子里，在对一个男人的思念中荒废最好的那段岁月。这种痴情，是可悲的愚蠢，是对自己人生的极度不负责任。

在这个女孩的痴情背后，掩藏的是令人惊讶的自我荒漠：假如一份爱情让人越来越无视自己人生的权利，失去自我发展和建设的兴趣，而只能在另一个人身上找到活着的乐趣、诗意、价值和意义，这份所谓的爱情已经变成了一份有毒的感情。要对自己的生命多么无望，对自身的存在多么无视，才会寄希望于用爱一个人的方式，来填补生命的所有空虚。

当我们用无视自我人生的建设和发展来全身心爱一个人时，我们的生命已经变成了一艘沉船。

所以我们才能理解，这个女孩此后只能在不断的奉献、牺牲和自我献祭中找到活着的意义。

她毫无怨言地接受着那个男人"即抛式"的露水情，就连意外怀孕都无比感恩。她感恩的并不是得到了一个小生命，而是这个小生命是那个男人的一部分，是他的分身。她爱这个孩子也不是爱孩子本身，而是爱这个孩子酷似那个男人的部分："你的迅速的活跃的想象力在他身上得到再现，他可以一连几小时着迷似的玩着玩具，就像你游戏人生一样，然后又扬起眉毛一本正经地坐着看书，他变得越来越像你，他越像你我越爱他。"甚至就连她卖身去为孩子争取好的生活环境，也不是因为母爱，更不是因为这个孩子值得，而是因为这个孩子是那个男人的恩赐品，是那个男人的一部分。

这不是正常的爱，这是一种拜神般的迷信。

在这样的爱情中，这个女子早已丧失自身的主体意识。就像她的深情告白："只要你要求，我什么事情不会干呢！我怎么可能拒绝你的任何请求呢！""世上万物因为和你有关才存在，我生活中的一切只有和你连在一起才有意义。你使我整个变了样。"

从两性关系的角度来看这些语言，它们没有丝毫的诗意，它们显示的只是一个人主体意识的彻底丧失。

一个没有主体意识的人的爱情，怎么可能是美好的呢？

"我爱你，与你无关"，这句话的合理性前提是，让爱归爱，但我还是我。我们在不丧失主权独立、生存尊严和生命权益的情况下，愿意把对一个人的爱当作深夜的思念和情感的寄托，这份爱虽然凄凉，但不会带来自我伤害和自我践踏。

但是，当一份爱让我们无视自己的处境和权利，也无视一个孩子的独立价值，更别提身边人的尊严和体面，这份爱就是刺向自身的利刃，连带着伤害生命中真正善待自己的人。这份所谓的爱，实在是对人的主体独立性的无知和冷漠。

如果把没有主体意识的女性的痴情视为美好的情感，甚至视为美德，我们甚至会陷入男性凝视和男权当道的圈套。

在那些凄美动人的痴情女性背后，就像罗素先生指出的，不过是男性群体中那些既得利益者们的默契阴谋罢了，其本质不过是规训女性用生命无怨无悔地去服务一个男性，无论他怎样三心二意，怎样招蜂引蝶，都不是他的错。女性面对男性没有审判权，在男性那里，女性的爱能否得到回应不重要。对女性而言，爱就对了。

其实直到今天，《一个陌生女人的来信》中的情感现象，也还在上演。类似"陌生女人"的那种在爱情中寻找唯一女性价值的悲剧，屡见不鲜。一个男人可以在事业上得到价值感，可很多女人还本能地在"全力去爱一个人"这件事情上得到价值感。

这样的女性价值认知甚至会培养出特殊的快乐体验，让一个女性只有在恋爱时才能感觉到快乐的阈值。我们往往以为这只是荷尔蒙在起作用，其实，价值规训带来的快乐设定是更为潜在的原因。当一个女性认定恋爱是最有价值、最值得骄傲和满足的事情时，恋爱带给她的快乐体验就会无从替代。

像"陌生女人"这样，把献身和守候一个男性，当作毕生的最高事业，不惜荒废人生中的自我发展，其背后难免没有一份古老的价值规训在作祟。

茨威格对于人类激情的探索值得敬佩，至于其中包含的两性关系的故事，虽然令人嗟叹，但并不值得落泪。

允许爱情消失
会留住什么

在前一部分，我们讲了太多哀伤的故事，令人悲叹，这些哀伤的故事，大多是因为痴情。在爱情关系中，痴情并不是一个内涵单一的行为，更不是可以一言概之的美德，无论女性还是男性，对痴情这种行为本身的误区都很多。在彼此平等和双向奔赴的爱情关系中，痴情是人类情感最明亮和温暖的部分；但是在不对等和单向奔赴的爱情关系里，痴情本身就是一种不公平，因为会让重情者受损，让多情者受伤，甚至会成为一种愚钝，忠诚于不值得忠诚的，执着于不值得执着的。

自古以来，人们反复强调"得到爱情"的重要性，似乎只有"得到爱情"，才能通向幸福。但这个观点需要修正：得到爱情固然可以通向幸福，得不到爱情也未必不能体验幸福。爱情和人生幸福之间并非一对一的必然逻辑。相比于"得到爱情"，也许学会"放手爱情"是更为重要的事情。得不到爱情并不致命，但抓着一份有毒的爱情、不合适的爱情不放，那可真的会致命。

所以，得不到爱情未必就得不到幸福，但抱着错误的爱情不放，你一定得不到幸福。在读了太多"不允许爱情消失"造成的悲伤故事之后，就让我们来看看，"允许爱情消失"是怎样的智慧，这种态度又会给人生带来怎样的转机。

伊丽莎白的故事：
不将就，才是对自己的呵护

> [英]简·奥斯汀《傲慢与偏见》
>
> 他一边说着爱慕，一边表现着傲慢，他认为她出身低微，只有他自降身价才能婚配。于是她问他，为什么他要明目张胆地触犯她、羞辱她，还说喜欢上她是违背了他的意志、他的理性，甚至他的人格？

在距今两百多年前英国南部的一个乡间，有户姓班纳特的乡绅人家，家里养了五个女儿，却没有一个儿子。那时的女性没有继承父亲产业的权利，就像班纳特家，父亲的产业只能由远房表亲柯林斯来继承，而家里的女儿们要想活下去就只能另谋出路。但是，那时的女性也没有社会职业，社会只为底层女性准备了一些职业，如家庭教师、女佣或是招待员；中等阶层以上的女性，要保持体面的身份，必须远离职业谋生，她们的活路就只有一条——嫁给有能力供养自己的男人，拿到终身饭票。

所以，我们才能理解在故事开头，班纳特太太听到一个有钱的年轻单身汉宾利先生搬到了附近，就发出了振奋的感叹："一个有钱的单身汉，每年有四五千英镑的收入，真是女儿们的福气！"

那时的中等阶层以上的女性，出生之后就开始学习各种才艺，读书、跳舞、唱歌，但都绝对不是为了个人发展，而是为了增加钓到金龟婿的砝码。那要钓到一个金龟婿，需要什么条件呢？彼时的读者往往以为有了美貌和贤良淑德就够了。

其实并非如此。

以班纳特家的大小姐简为例，从书中不难看出，她是当地最漂亮的姑娘，这不但是四邻八舍和她父母的共识，连见过大世面的贵族出身的达西先生也承认她是最好看的姑娘。

但简有着十分明显的自卑。书里写道，虽然简美丽、善良又天性和顺，但对喜欢自己的人都有一种感恩戴德的心理。作者揶揄道：就算是一些蠢货对她献殷勤，她也会喜欢人家。等到像宾利先生这样的人喜欢她，简的感激就不言而喻了，她甚至认为宾利先生请自己跳舞，是"太抬举我"了。简的这种自视卑微，并非妄自菲薄，并非她的性格使然，而是社会现实对于她内心的真实影响。

那时婚恋场上最重要的两个择偶标准并非外貌，而是身份的高低和嫁妆的多少。这两样，班纳特家的女儿们绝对不占优势。她们的父亲不过是个乡绅，更糟糕的是母亲出身低微，姨父和舅舅不是做律师就是做生意，这在当时是极不体面的身份，因为只有平民才会靠这些职业谋生，高贵的阶层都是靠家族世袭身份和财富过活。整个母家都拉低了班纳特家的阶层地位。更重要的是，班纳特家的母亲也的确没有太多教养，虽然是个慈母，但见识短浅，在社交场合永远举止粗俗、言谈不当，即便是作为全书主人公的二女儿伊丽莎白也常常为母亲感到羞愧。

阶层身份又大概率决定家族收入。比如，达西是这本书里阶层身份最高的贵族，每年能有一万英镑的收入；其次作为北方崛起的新钱家族，宾利先生每年有四千到五千英镑的收入；班纳特先生——也就是简和伊丽莎白的爸爸——这样的乡绅每年有两千英镑的收入。阶层差异十分明显。这种阶级差异和经济差异落实到女孩子们那里，就是嫁妆数额的差异。达西妹妹的嫁妆是三万英镑，宾利小姐的嫁妆有两万英镑，简和伊丽莎白姐妹们每个人只有一千英镑的嫁妆。

由此大家就能知道，在那个时代，班纳特家女儿们的个人条件并不好，在婚恋场上不占优势。我们也就能理解她的姐姐简作为整本书里最美丽的存在，为何携带着那样沉重的胆怯和自卑了。事实发展也是如此，虽然宾利先生被简的美貌和温柔吸引，但阶层身份和家庭出身的问题还是成为横亘在他们中间的一道障碍，让优柔寡断的宾利先生左右摇摆，甚至在达西的劝说下，一度放弃了这个跟自己家庭背景不匹配的女孩。

我们知道了这些背景，才能了解作为主人公的伊丽莎白的勇敢。

伊丽莎白和姐姐简的家庭条件自然是一样的，她甚至在外貌上还不如自己的姐姐简。受同名电影的影响，读者们总是先入为主地认为伊丽莎白是个大美女，但在原著中的设置并非如此，这个误解其实会降低伊丽莎白这个人物的价值。

在《傲慢与偏见》中，简才是当地的头号美女，伊丽莎白的姿色比她的姐姐要逊色不少。按照伊丽莎白妈妈的说法，伊丽莎白的相貌抵不上简的一半。偏爱伊丽莎白的父亲，在评价伊丽莎白时，说的也是"可是伊丽莎白她聪明，这些孩子里面只有她最聪明"。伊丽莎白的父亲强调了她的聪明，但并没有为她的容貌辩解。就算达西，在初见到伊丽莎白时，也认为伊丽莎白脸蛋一般，身材也一般，这也不匀称，那也不匀称。总之，无论伊丽莎白的父母还是达西，有一个看法是一致的，那就是伊丽莎白的相貌的确比她的姐姐简要逊色很多。伊丽莎白当然不丑，但应该属于中等偏上一点点的姿色，她的魅力绝对不是来自脸蛋儿。

从婚恋条件上来说，比起作为绝色美人姐姐简，伊丽莎白的条件其实还要差一些。但正是这个在婚恋场上并不占优势的伊丽莎白，先后两次拒绝了两个条件优渥的男人的求婚，甚至包括整本书里出身最高贵、家族最富有的达西先生。这在那个女性除了婚嫁别无出路的时代，这绝对是一个"壮举"。

第一个向她求婚的男人是她的表哥柯林斯。

柯林斯这个人"天生一副蠢相"，性情古板愚钝，见解刻板僵化，为人趋炎附势，是那种对着年轻姑娘们也要念《讲道集》的类型。用今天的眼光来看，拒绝这样的男人似乎理所当然。

但是如果大家了解了那个时代没有产业继承权和职业谋生空间的女性的生存困境，就知道拒绝柯林斯并不容易。因为柯林斯是产业继承人，是教区主管牧师，有体面的身份和社会地位，有一幢舒适的好房子，还有稳定可观的收入。对于伊丽莎白这个阶层的女性来说，这绝对是不可忽视的客观条件。所以，当柯林斯告诉伊丽莎白的母亲，想在她的女儿当中选一个做妻子，伊丽莎白母亲的反应是"如获至宝"，"昨天她提都不愿意提到的这个人，现在却叫她极为重视了"。

面对伊丽莎白，柯林斯自然也是优越感满满，甚至根本没想到自己会被拒绝。在他看来，以自己的条件娶这些堂妹中的任何一个，都是对她的恩赐。所以他把伊丽莎白的拒绝理解为女孩子的矜持，说："年轻的姑娘们遇到人家第一次求婚，即使心里愿意答应，口头上总是拒绝；有时候甚至拒绝两次三次。"

这不是因为迟钝，而是因为他认为自己的条件远胜于伊丽莎白："我的家产你绝不会不放在眼里，我的社会地位，我同德·包尔府上的关系，以及跟你府上的亲戚关系，都是我非常优越的条件。"他甚至理直气壮地说道："我得提请你考虑一下：尽管你有许多吸引人的地方，不幸你的财产太少，这就把你的可爱、把你许多优美的条件都抵消了。"这并不是恶意攻击，在那个时代，这的确就是事实。按照当时流行的标准，也就是以家产、社会地位、跟贵族结交的关系这三要素，来衡量伊丽莎白的价值，伊丽莎白堪称一无所有。

正是因为这些，柯林斯才会傲慢地下了论断："如果你拒绝了我，不会有另外一个人再向你求婚了。"他并非口出狂言。即便伊丽莎白的母亲，得知女儿拒绝了柯林斯，都震惊不已："她一遍又一遍想说服伊丽莎白，一忽儿哄骗，一忽儿威胁。"她对女儿说："让我老实告诉你吧，如果你一碰到人家求婚，就像这样拒绝，那你一生一世都休想弄到一个丈夫。瞧你爸爸去世以后，还有谁来养你。"

伊丽莎白妈妈的话代表着当时的通行观念，对于一个女人而言，最重要的是找到一个愿意养活自己且能够养活自己的男人，至于这个男人的性情和品质如何并不重要。正如作品开头的那句话："凡是一个有产业的单身汉，每逢新搬到一个地方，四邻八舍虽然完全不了解他的性情如何，见识如何，可是，既然这样的一条真理早已经在人们心中根深蒂固，因此人们总是把他看作自己某个女儿理所当然应得的一笔财产。"

伊丽莎白拒绝柯林斯，拒绝的不是一个男人，而是一笔财产。

在当时，像伊丽莎白这样"作"的女人是稀少的，更为普遍的做法体现在另一个女性身上，那就是她的好朋友、邻居家的夏洛蒂。在伊丽莎白拒绝柯林斯之后，夏洛蒂主动进攻"一脸蠢相"的柯林斯："尽量逗引柯林斯先生跟她自己谈话，免得他再去向伊丽莎白献殷勤。"并因此成功嫁给了柯林斯。当然，她进攻的也不是一个男人，而是一个可以保障自己后半生衣食无忧的"储藏室"。

夏洛蒂作为伊丽莎白的闺密，并不是见识短浅的女子，她只是比伊丽莎白更愿意接受现实。正如她自己所说，对受过良好教育但是家境不好的年轻女子来说，嫁人是唯一体面的出路。虽然结婚不一定幸福，但好歹是一种生活保障，不至于落得个挨饿受冻的下场。

那么，伊丽莎白的选择，是否有些过于理想化了呢？或是像她妈妈所说的那样，是自寻死路呢？

事实上，伊丽莎白的选择跟夏洛蒂的选择，都以自我保护为出发点。只不过夏洛蒂侧重于肉身安全的保障，伊丽莎白侧重于精神安全的保障。这两种要求都是合理的，并无哪一个更高贵。生而为人，我们每个人都应该得到肉身和精神的双重安全保障。这是人人应有的天然权利。但是，因为时代、社会和各种具体问题的限制，很多时候人们都不得不在这二者之间做出抉择。

夏洛蒂选择肉身安全，代价是跟一个令人生厌的、愚蠢且无趣的丈夫相对一生；她只能鼓励丈夫到花园里打理植物或是在书房里长久地看书，让他不出现在自己的视野里，以换取生活的平静。这一生她选择放弃一切精神和情感的需求，以换取一间遮风挡雨的屋子。这代价不能不说是巨大的。

伊丽莎白选择精神安全。所谓精神安全就是满足情感和心理的需求，在心理上得到生命愉快、安全和松弛的体验，在精神上得到生活的价值感、愉悦感。对伊丽莎白而言，如果嫁给一个人不能得到这些，那出嫁本身就是一种新的精神灾难，就算拥有一间遮风挡雨的屋子，但跟一个相看生厌的人厮守一生，内心的凄凉、痛苦、乏味和折磨，将如凌迟之刑，漫漫无期。

当夏洛蒂选择肉身舒适的时候，伊丽莎白选择的是精神舒适。虽然追求精神舒适也要以肉身保障作为基础，但只有肉身保障而牺牲精神舒适，那无疑是人生另一种形式的痛苦和不安全。

但是，出于一种原始天性，也出于漫长人类生存史中物质资源欠缺带来的威胁，在人类的意识中，习惯于把物质安全放在精神安全之上，甚至不惜牺牲精神安全。

正因为这样，我们更能理解伊丽莎白的选择，她选择"不将就"。所谓不将就，就是捍卫自己的精神安全。为了这份精神安全，她愿意舍弃唾手可得的物质保障，避免让自己的情感和精神遭受凌迟之刑。这并非理想主义，这同样是清醒地对于自己的保护，是对于生命质量和人生体验的珍视。说到底，人生的本质是一种体验，就算肉身安全，但精神痛苦、体验糟糕，那么，这每人仅有一次的人生历程还是被辜负了。

伊丽莎白不仅面对柯林斯，没有选择将就，甚至面对全书最高贵、最富有的达西，依然选择不将就。

达西生性善良，但他的确持有明显的阶层优越感。对于他这样出身的男子而言，这是很自然的。达西出生在一个贵族家庭，从八岁到二十八岁，他接受的教育就是贵族教育，他从小被告知，对于身份比他低的人根本不必在意，他们都低他一等。正是因为持有这种阶层优越感，达西在社交场合，看到那些比他身份低下的人，就会本能地呈现出一种与生俱来的傲慢与慵懒。

这种阶层优越感已经变成了他行为选择的依据。比如，当他看到自己的好朋友宾利先生对出身低微的简有了好感，就会出于理性和责任，劝导好友放弃简，因为按照阶层意识的限定，这种组合是不般配也不理智的。

问题是，当他自己对简的妹妹伊丽莎白产生了好感，这种理性对他自己却不起作用了。他一方面觉得自己跟宾利一样，都不应该跟出身低微的女孩来往，另一方面又深深地喜欢上了魅力独特的伊丽莎白。他控制不住自己的行为了，伊丽莎白到哪里，他就忍不住跟到哪里，以至于让伊丽莎白纳闷，为何处处都能跟达西"偶遇"。

被这种情感折磨的达西，终于忍不住向伊丽莎白表白，他说：你要知道我爱你是很困难的，我的理性告诉我不应该跟你在一起，因为我没办法接受你这样的家庭，但我还是向你表白，因为我实在爱你。

这是达西很真实的表白，的确出自他的内心。那么，伊丽莎白要接受吗？

达西对她的爱是真实的，达西唯一的问题就是看不起她的出身和家庭。当然，她也知道自己的家庭是存在缺点的——母亲举止不当，几个小妹妹也由于修养不够而作风轻浮、狂妄轻率。

那么这样的爱要接受吗？

伊丽莎白觉得接受这样的爱，依然是一种"将就"。一个人虽然爱自己，但是对自己的出身和家庭，怀有那样不公平的鄙视，这份感情怎么可能是平等的呢？更何况达西向她表白时，脸上也有着同柯林斯一样的胜券在握的笃定，在他的内心深处跟柯林斯一样，都认为自己向她这样出身的女子表白爱情，是不可能被拒绝的吧？

如果不能建立彼此尊重和平等的关系，这份关系不是"将就"是什么呢？

于是，伊丽莎白毫不客气地对达西说："我从来不稀罕你的抬举，何况你抬举我也十分勉强。"她更明确地指出了他的问题："为什么你明明白白存心要触犯我、侮辱我，嘴上却偏偏要说什么为了喜欢我，竟违背了你自己的意志，违背了你自己的理性，甚至违背了你自己的人格？"

伊丽莎白再次选择了"不将就"。

如果说在那个时代，女子对于男子个人的喜好都认为不重要，这种平等意识就更不重要了。面对情感关系中的平等和尊严问题，伊丽莎白的选择依然是少见的。

面对这个问题，真正常见的态度体现在宾利小姐身上。

宾利小姐的嫁妆有两万英镑，仅次于达西妹妹的三万英镑嫁妆，比起只有一千英镑嫁妆的班纳特家的女孩，她在婚恋场上的优势要明显得多。但是，当她面对达西时，态度是十分卑微的。

作者借伊丽莎白的眼睛，写到了一个场景：达西住在宾利家时，给自己的妹妹写信，宾利小姐借机走过去跟他搭讪。达西对她百般冷漠和敷衍，不是爱搭不理，就是冷言冷语，但宾利小姐从头到尾都卑微地赔着笑脸，竭尽所能地曲意奉承，不屈不挠地巴结到底。这并不是用来取笑宾利小姐的一个场景，这是体现出两性关系中女性弱势地位的一个场景。

富有如宾利小姐，面对条件优渥的男性，个人的尊严也不值一提，也要委曲求全、百般取悦。相比伊丽莎白的拂衣而去，宾利小姐的做法更具有普遍性。

同样，这也并不能说明伊丽莎白是不切实际的、理想主义的，这是伊丽莎白对自己人生体验的珍惜和呵护。在两性关系中，假如不能缔结平等的关系，那将隐患重重。如果达西只是因为爱伊丽莎白而向她求爱，而并未真正认同和接受她的出身和家庭，他对于伊丽莎白的出身和家庭的鄙视将长久存在，我们很难想象在这种不平等的关系之中，伊丽莎白将如何自处。这种一方对于另一方家庭的鄙视，就算恋爱期间可以被刻意忽略，但在漫长的婚姻中，这种鄙视将会不断地产生影响，存在于家庭生活的琐碎细节和环节之中，最终对婚姻质量和情感质量造成消耗甚至破坏。

在达西和伊丽莎白的故事中，达西因为渴望得到伊丽莎白的爱，而愿意"将就"她的家庭。然而事实上，在热恋期可以做到的事情，在漫长的日常生活中人们未必做得到。可以"将就"一时，很难"将就"一世。"将就"其实是对于问题的回避，甚至是自我欺骗，如果我们未能彻底接受一些事实，只是为了达到其他的目的而暂时勉强妥协，这些未被真正接受的问题，将会在漫长的琐碎的日常生活中一一发作，最终变成情感和婚姻的毁灭性力量。我们完全可以想象，假如伊丽莎白接受了达西的求爱，未能真正认可她出身的达西及未能平等缔结的关系，会在漫长的婚姻生活中形成怎样的隐患，又会如何让他们在双方家庭关系的处理中矛盾重重。

为了爱而选择"将就"对方的家庭，达西的这个做法其实才是高危做法。

好在清醒的伊丽莎白阻止了这个风险的发生。她既不接受贵族阶层对她出身的蔑视，更不接受贵族男子对她出身的"将就"。她断然拒绝了达西，才给了达西反省和成长的机会。正是她的"不将就"，才给自己创造了收获真正幸福的契机。

伊丽莎白的拒绝极大地冲击了达西。让他在二十八年的人生中，第一次反省自己所受到的那些来自贵族的、傲慢的阶层意识的影响，并第一次看到了贵族阶层意识的不合理。

贵族的阶层优越感，让他们跟其他阶层的人们形成了互相对立和紧张的关系，竖起无形的壁垒。这种壁垒会给人带来认知的局限，让人无法区分个体的特殊性，只能以贴标签的方式给整体定义和命名。顽固者就如达西的姨母凯瑟琳·德·包尔夫人，她高高在上，自认为高人一等，甚至会傲慢地找上门来，指责伊丽莎白勾引达西，辱骂伊丽莎白门第低微。

这种贴统一标签的阶层思维方式，也让达西给伊丽莎白家贴上了"不体面、没修养"的标签。事实上，伊丽莎白家固然有母亲和姨母这样言谈举止粗俗的人，但也有舅父和舅母这样文雅知礼的人；而且就算伊丽莎白的母亲和姨母因为没有受到好的教育而认知不高，但是她们也都生性善良直爽，并无恶劣低下的品质。

但是如果不是伊丽莎白勇敢地拒绝了达西并表达了她的愤怒，自小生长在贵族阶层的达西很难做到自我反省。

正是因为伊丽莎白的"不将就"，才给达西提供了反思的契机，推动他放下傲慢，屏蔽阶层意识的干扰，学习用客观理性的方式去看待他人，也才给他们缔结真正牢固的爱情关系提供了机会。

达西逐渐反省到阶层优越感给他带来的认知局限，看到更为开阔的现实，认识到身份比他低下的人们也同样值得尊重。特别是在他接触到伊丽莎白的舅父和舅母之后，更是直接看到了自己以往观点的偏颇之处。伊丽莎白的舅父和舅母，虽然出身低微，但人品端正、举止文雅，具有比贵族更为真诚良善的可敬品质，这帮助了达西破除对于阶层身份的刻板印象。

达西消除了自己的阶层傲慢，真正接纳并认可了伊丽莎白的家族。于是，当伊丽莎白的妹妹发生私奔事件时，达西才有了完全不同的表现。在那个时代，一个家庭中出现了女儿跟别人私奔，基本就坐实了这个家庭教养低劣、家风不正。如果放在往常，达西会更加认定这个家庭的"不体面"和"教养差"，但是现在他能够客观冷静地看待这个事件，并没有因为莉迪亚的轻浮就否定简和伊丽莎白；相反，他积极帮助这个家庭摆平纠葛。这不是施恩，这是重新起步。这意味着达西真正接纳并认可了伊丽莎白的家庭，他尊重这个家庭，愿意帮助这个家庭走出困境。这不完全是因为对伊丽莎白的爱，而是出于阶层认知的巨变，它真正扫清了横亘在伊丽莎白和达西之间的最大障碍。

达西改变了自己的阶层观念，也才能真正消除伊丽莎白对他的误解。达西去掉了对于平民阶层的盲目傲慢，伊丽莎白也去掉了对于贵族阶层的盲目恶感，他们双双打破固有阶层意识给他们带来的困扰，学会辩证地看待阶层中的个体，他们也因此实现了共同的成长。

达西对于阶层意识的改变，不但让他获得了伊丽莎白的爱情，也拯救了简和宾利的爱情。在达西的鼓励和陪伴下，宾利先生重新向简求爱，这两对爱人都得到了圆满的结局。

这看上去是一个童话般的故事，但蕴藏着很多现实的逻辑。

之所以在爱情关系中出现"将就"的现象，很多时候是因为高估了"达成"的价值。特别是婚恋关系中，在过去很长的时间里，人们对于不能顺利进入婚恋的人的宽容度是很低的。特别对于女性而言，由于职业空间的缺乏，让她们连生存都要寄托于婚恋的达成之上。这些都造成了达成婚恋关系的迫切需求。

于是一个常见的错误也存在已久，那就是达成婚恋就是成功和安全。这可以解释"围城"现象，城外的人不惜一切要进城——因为进了城就能获得人生的安全、稳定和幸福。即便在当下的社会，爱情也常常被误认为是一个乐园，认为只要拿到这个乐园的门票，走进去，等待着我们的就是快乐、愉悦和阳光灿烂的幸福。这就让人们过于迫切地想要"达成"，而忽略婚恋关系的重点不是"达成"，而是维持过程中的"体验"。体验糟糕的婚恋关系，会成为人生最大的风险，给一个人的生活带来其他任何人际关系都无法比拟的巨大影响。

事实上，婚恋关系是人际关系中最复杂、经营难度最高的关系。就连达成时没有隐患的婚恋关系，都可能无法抵抗漫长琐碎日常生活的消耗和磨损，让曾经最亲密的人渐行渐远。至于那些在达成时就存在隐患的婚恋关系，就可想而知了，人们很有可能带着奔赴乐园的心情，最终陷入人生无法摆脱且给身心带来巨大伤害的牢笼。

而那些在达成时就存在的隐患，大多是因为将就的态度。将就的态度是一种负面的妥协和暂时的苟且，带着"凑合"或者"就这样吧"的心情，把存在的遗憾和问题搁置一边，盲目地达成婚恋关系。

将就的婚恋关系要么缺乏感情基础，要么缺乏现实基础，是携带着问题勉强达成的关系。在热恋期，或是在双方都急于达成这段关系时，那些情感的不足，或是存在的问题，很可能因为双方对于达成本身的渴望，而显得不重要。但是一旦达成期结束，进入维持期，这些薄弱点和问题隐患就往往成为矛盾、冲突、痛苦和折磨的引爆点。

很多时候要分辨自己是否在将就并不困难。极端的如夏洛蒂式的将就,在决定跟一个人走进婚恋关系时,就没有什么感觉和热情,甚至对对方的好感都很牵强;对于跟柯林斯共同生活这件事,夏洛蒂毫无兴趣,她有兴趣的是跟柯林斯的房子和财富一起生活。这种将就也让夏洛蒂陷入了一种虚假的幸福,明明有一个丈夫,但只有在看不到丈夫的时候才感到生活的愉悦。而真正健康的婚恋,我们所渴望的,一定是跟那个人共同生活的体验;假如我们并不渴望这一点,其实很可能就是在将就。

另一种将就,发生在伊丽莎白的父母身上。很多人会忽略这段上一代人的婚恋故事。伊丽莎白的父亲当年迷恋妻子的美貌,虽然发现妻子受教育程度不高、教养不好,但期待婚后跟自己一起生活妻子会有所改变。可是婚后这个美貌的姑娘并没有在教养上有所提升,他所期待的温柔和细腻、见识和修养,都没有发生;相反,曾经也有几分可爱的姑娘随着生育和家务的拖累,逐渐还原为一个言谈粗俗的乡下女子。他对妻子的不满与日俱增,感情也便消耗殆尽了。简·奥斯汀是这样写的:"至于他的太太,除了她的无知能供他取乐外,他对她已经不抱有别的任何期待。他感到了婚姻里的寂寞,但他是个善良的人,还愿意承担妻儿的责任,于是只能躲在书房里关起门来读书。对于家庭生活,这位父亲十分消极,有些孩子的行为不检点他也懒得管教。对妻子的失望绵延到了对女儿们的失望之上,他经常说女儿们都很蠢,因为女儿们大多像母亲。他最喜欢的是伊丽莎白,就因为伊丽莎白聪明有头脑,最不像她的母亲。"这是一个非常残忍的事实:没有谁会在婚后发生质的改变。如果在婚前就不满意,大概率在婚后会更不满意。因为期待对方改变而进行的将就,大部分都会以失望告终。

还有一种是伊丽莎白拒绝的那种将就：如果感受到双方不平等的状态，或是在这段关系里感到自卑、压抑、不自由，那么盲目缔结亲密关系就是一种将就。因为真正健康的关系，会让我们感到被充分欣赏、认可和接纳的安全和愉悦；如果我们在一段关系里，感受到的是压力和不断的自我怀疑，这个关系本身就是有问题的。如果靠将就维持这种关系，你很难在这种关系中得到成长和力量，而自我枯萎会是更大概率的结局。

正因为将就是人生最大的隐患，伊丽莎白用她清醒的头脑拒绝让这种事情在自己的人生里发生。作为全书最有头脑、最聪明理性的存在，伊丽莎白的一次次拒绝，都有效地保护了她自己的人生。而她的智慧和清醒，对于自我人格的爱惜和尊重，对于自己人生的负责和呵护，也正是她的魅力所在，是美貌所无法比拟的巨大吸引力，这也是达西矢志不渝爱她的原因。

简·爱的故事：
可以没有爱，不能没尊严

[英]夏洛蒂·勃朗特《简·爱》

就算她深深地爱着他，也绝不肯跪在他面前祈求他的爱；要爱他就跟他站在同一地平线，享用同等的尊严。假如不能在爱情里得到尊重，这样的爱情对她没有意义。她那样爱他，但一次又一次毫不犹豫地转身离去，因为她说："就仿佛我们两人穿过坟墓，站在上帝脚下，彼此平等——本来就如此！"

要说缺爱，没有人能比得上这个名叫简·爱的小女孩。

盖茨黑德的里德家是个有钱有地位的家族，可是他们家的小姐简·里德爱上了一位姓爱的穷牧师，不惜跟家庭决裂嫁给了他。不幸的是，他们的女儿刚出生，他们就相继离世了，把这个名叫简·爱的小女孩孤零零地留在了世上。

简·爱的舅舅里德先生把这个孤女抱回了里德家，很疼爱这个外甥女。可不幸再次降临，在简一岁时，爱她的舅舅也去世了，简就落在了舅妈的手里，跟舅舅舅妈的两个孩子一起长大。可是，这位里德舅妈是个自私又冷酷的人，她继承了里德家的全部财产，并未给予简应得的尊重和呵护。她和她的孩子都嫌弃简，虽然简在血缘和家庭身份上跟他们平等，但他们把她视为低贱的人。就连女仆都对她说："你不能因为太太好心把你同里德小姐和少爷一块儿抚养大，就以为自己与他们平等了。他们将来会有很多钱，而你却一个子儿也不会有。你得学谦恭些，尽量顺着他们，这才是你的本分。"

那些爱她的亲人，都在她的人生中消失了，而她身边的人，都不曾给过她一丝一毫的爱。她的舅妈苛刻地对待她，不只是在生活中不关心她、纵容自己的孩子打她骂她，更在精神上凌虐她——蔑视她、羞辱她、冤枉她、诋毁她，怀着恶意揣测她。

十岁那年，她被舅妈送进了条件艰苦的慈善学校，并先入为主地向慈善学校的掌事人布洛克赫斯特先生提供结论，告诉他简是个品行恶劣的坏种，导致这个生性冷漠的掌事人在学校延续了里德舅妈对于简的精神虐待：让简站在高凳上示众；对所有的师生宣布，简是个低贱卑劣、无可救药的坏孩子，把简掷入痛苦的深渊。

简的命运似乎被下了咒语，一切爱她的人不是死掉就是离去；而跟她如影随形的，似乎永远都是歧视、苛待、冷漠和欺辱。更糟糕的是，这些欺辱她的人，全都在她的人生中掌握着话语权，站在道德的制高点上，以她的恩人、师者和拯救者自居。他们打着正义的旗号，肆意地攻击和污蔑她的品格和名声；只要她敢于反抗他们，他们就会纷纷指责她"没有良心""品行恶劣"。面对这一切，即便幼小的简·爱也忍不住内心的愤怒，向命运大喊："不公啊，不公！"

在一个缺爱的环境里长大，会给一个孩子的人生埋下巨大的风险。因为一个人在孩童时期如果没有得到充分的尊重和认同，在自我评价方面会出现偏低的天然倾向，认为自己不值得爱，从而产生自卑、自我怀疑、自我轻视等心理，在跟他人建立关系时，会产生对于他人之爱的强烈渴求。

比如，十岁的小简·爱就产生了这样的想法："要是别人不爱我，那么与其活着还不如死去——我受不了孤独和别人的厌恶。"她把"交很多朋友，博得别人尊敬，赢得大家的爱护"当作了人生最重要的事情；而为了实现这种渴望，一个没有得到充分的爱和尊敬的孩子，很容易会有选择性差、对对方要求低的表现，以及形成只要对方给一点点善意就感激涕零、给些许爱就满足的特点，甚至对对方表现出卑躬屈膝、委曲求全、无下限的忍让和讨好等行为。而面对世界的威胁，一个缺爱的孩子同样难以做出正常的行为，要么产生退缩性的表现，如胆怯、懦弱、隐忍等行为，要么产生攻击性的表现，如暴力、冷漠、残忍等行为。在小简·爱成长的过程中，这些行为大都出现过，她委曲求全，对于舅妈小心顺从，千方百计地讨她喜欢；对于表兄的欺辱和殴打，也只是默默地忍受。

好在小简·爱属于幸运的类型。在她成长的过程中，她战胜了这些隐患，没让自己跌入这些成长的陷阱，也没有因为缺爱而让自己出现这些人格的欠缺。虽然她的世界暗无天日，但小简·爱有两点极其可贵：一是向光体质，二是坚定的自爱。

所谓向光体质，就是懂得在黑暗中去寻找和放大能够得到的每一点暖意、每一丝光。有这种体质的人对于光、暖和善有着高度的敏感，就算身处深渊，只要有一丝丝光、暖和善的存在，就能牢牢抓住。当人们陷入现实的厄运、倒霉或者逆境时，人的本性就会对黑暗、悲观和恶意有高度的敏感，并且会放大这一部分，从而陷入更大的绝望和黑暗。但向光体质正好相反，就算被黑暗包裹，也不会去放大它们的分量和威胁，而是去寻找并放大那些黑暗中的微光。

简·爱小的时候是靠本能去做到这一点的。她在舅妈家过着被所有人踩踏、打骂和羞辱的生活，但是也有人对她存有怜悯。虽然他们的怜悯很小很小，跟那些虐待和羞辱不成正比，但是小简·爱就是能看见它们。比如女佣贝茜，贝茜并不是她的保护神，也没有特别偏爱她，贝茜只是因为生性善良，没有凌辱打骂她，在她饿肚子和生病的时候，会给她一些同情和照顾。再比如一个给她看病的老医生，也只是态度温和，神情怜悯。但是小简·爱就是能从他们的善良里看到微弱的暖和光。她牢牢抓住这些暖和光，无论她身边有着多么厚重的黑暗和冰冷，只要能看到一丝一毫的暖和光的存在，她就愿意让自己相信这个世界还有值得留恋和尊敬的地方。正如她自己所言："即便是对我这样的人来说，生活中也毕竟还有几缕阳光呢。"这是一种本性中的对光和暖的敏感。

后来小简·爱更是把这一特点在理性层面建立起来，变成了自己看问题的一种思维方式，而帮助她实现这种理性成长的是慈善学校里的朋友海伦。小简·爱被学校的掌事人布洛克赫斯特先生羞辱，在全校八十多个师生面前被宣布为恶劣的孩子，小简·爱的世界崩塌了，这一次她觉得整个世界都黑暗了。可是海伦对她说：你不可以这样想,虽然在八十个人面前,你被误解了,可是八十个人不是全世界。如果你认为这所学校就是全世界,就会认为世界全是黑暗和绝望;可是你虽然看不到别的世界,但只要知道在这个学校之外还有更大的世界,就不会认为这个小小学校的黑暗能代表整个世界。这八十个人代表不了全人类,这小小的空间也不是全世界。

在我们的人生中,总会在一些时候遭遇他人的误解、攻击甚至诋毁。如果你把这些误解、攻击和诋毁你的人当成全世界,就会看不到光和正义的存在。但是那些肆意误解、攻击和诋毁别人的人,永远都不配成为我们的全世界。在他们之外,一定有光,有暖,有善良和真正的正义存在。

正是海伦的这些观点拯救了简·爱,也让简·爱建立了坚强又乐观的思维方式。她才能做到身陷泥沼,也能仰望星光;遭遇黑暗,也保持着这种勇敢又乐观的人格精神。她也才能在黑暗中成长,但不会形成"黑暗体质",保持着人格的淳良和对于这世界的信心。

小简·爱的另一个重要品质就是坚定的自爱。

所谓自爱,首先体现为对于自己人身安全的捍卫。在里德舅妈家,小简·爱经常被表哥打骂,她一度忍气吞声,但她的忍受没有感化对方,反而让对方变本加厉。于是简·爱不再忍耐,在十岁那年她终于拥有了还手的力量,于是在小说的开篇处,我们看到的就是小简·爱以暴制暴,第一次用暴力反抗表哥的暴力,把对方打得满脸是血。小简·爱说:"要是你对那些强横霸道的人,总是客客气气的,说啥听啥,那坏人就会为所欲为,就会天不怕地不怕,非但永远不会改,而且会愈变愈坏。要是无缘无故挨打,那我们就要狠狠反击,肯定得这样,狠到可以教训那个打我们的人,让他洗手再也不干了。"

小简·爱的这个观点,其实超越了当时的道德范畴,更违背了基督教的教义。面对暴力侵犯、人格羞辱采用忍耐和沉默的态度,是不是对恶的纵容?虽然通过海伦我们可以看到宗教的标准答案,那就是"生命似乎太短暂了,不应用来结仇和仇恨",但是作者对于小简·爱的以暴制暴还是表现出了无法遮掩的赞同,因为这的确是小简·爱捍卫自己人身安全的勇敢举止。

所谓自爱,也是对于自己价值评价安全的捍卫。价值评价安全,就是不接受不合理的他人评价,不接受他人恶意贴给自己的标签。在里德舅妈的家里,人们不断地给小简·爱贴标签、下定义:你很低贱,你是坏孩子,你不值得爱,你很糟糕。小简·爱可以委曲求全,但从不会接纳这些定义,不会认为他们说的是对的。当里德舅妈对自己的孩子们说"她不值得理睬,我不愿意你或你妹妹同她来往"时,简·爱大声喊道:"他们还不配同我交往呢!"恶意贴标签就是不但对你做出不公正的评价,还要让你发自内心接受他们的评价,让你负罪和自惭形秽。但是简·爱从来不会让这些行为得逞。慈善学校的掌事人布洛克赫斯特先生就试图引导小简·爱,让她觉得自己就是一个罪人,所以他问简·爱:"你觉得你要如何避免下地狱呢?"小简·爱回答:"我得保持健康,不要死掉。"这就是小简·爱自爱的表现,敢于抗拒别人加于自己的"节奏",不顺从不合理的思想控制和"洗脑",不屈从于权威者的话语权压制,保持对自己的公正认知,自己做自己的保护神。

我们还可以在小简·爱身上，看到更为可贵的自爱表现，那就是主动生长和提升自己的力量，让自己变得更强大。这种自我强大的意识，是人的自爱意识中最核心也是最重要的部分。

在生存的竞争场上，小简·爱堪称"赤贫"——她无父无母，没有背景、没有资源，甚至没有女主人公们必备的美貌。简·爱身材瘦小、长相普通，外貌上没有任何过人之处。但是正因为一无所有，简·爱才深深地知道，自己保护自己最好的方式、最有力的方式，就是不断生长、强大自己的能力。

小简·爱在慈善学校常常吃不饱，但是就算饿着肚子，也拼命地阅读书籍，练习才艺，通过学习来拓宽自己的视野、丰富自己的头脑和心灵。十八岁的简·爱甚至拥有那个时代的女性大多不会拥有的自我发展的野心："我走向窗子，把它打开，往外眺望。我看见了大楼的两翼，看见了花园，看见了罗沃德的边缘，看见了山峦起伏的地平线。我的目光越过了其他东西，落在那些最遥远的蓝色山峰上。正是那些山峰，我渴望去攀登。荒凉不堪岩石嶙峋的边界之内，仿佛是囚禁地，是放逐的极限。我跟踪那条白色的路蜿蜒着绕过一座山的山脚，消失在两山之间的峡谷之中。我多么希望继续跟着它往前走啊！"

通过这段景物描写，我们看到的是简·爱渴望走得更远、看到更多的内心愿望。在 19 世纪的英国，女性生活范围被拘囿在"客厅、花园、舞会"等狭小空间之内，但是简·爱不安于待在熟悉的环境，她的视野越过了"花园"，越过了"地平线"，渴望攀登远方的"山峰"，甚至还要绕过山峰去探索"山背后的世界"。这是一种不断探索未知的精神，但在过去，我们只在男性身上看到，绝难看到简·爱这种探索吁求的女性形象。

越是一无所有、无所依傍，越要打造属于自己的生存能力，其实直到今天，这仍然是最清醒、最可贵的自爱行为。

不难看到，正是因为拥有这样的向光体质和自爱精神，简·爱才能虽然缺爱但人格依然健全，虽然受尽践踏但依然保持尊严；才能走过沼泽而不沦落，历经凉薄还能保持热情，看尽龌龊依然良善，历经不幸依然勇敢坚定……简·爱创造了缺爱人生的人格奇迹。

了解简·爱的这种成长经历，我们才能理解简·爱长大后在感情问题上表现出来的那种独特的态度。

十八岁那年，简·爱为了丰富自己的阅历，离开了自己成长起来的慈善学校，来到异乡去做家庭教师。她所执教的家庭的主人是不到四十岁的罗彻斯特先生。罗彻斯特先生是个单身贵族，膝边有个收养的女孩，也就是简·爱的学生。

在相处的过程中，简·爱和罗彻斯特先生互生爱意，但他们二人之间存在着身份和阶层的巨大鸿沟。在那个时代，家庭女教师是跟用人一样的存在，身份地位是十分低下的。被富有且有地位的罗彻斯特先生爱上，这的确很像是一种灰姑娘和王子的情感组合。在这样的情感关系中，双方是很难做到平等的。

而罗彻斯特先生在出场时所展现的恰恰又类似一种今天所流行的"霸总"强势形象：霸道、倨傲、冷漠、情绪阴晴不定、掌控欲旺盛、措辞具有进攻性。在不对等的情感关系中，这样的"霸总"

表现，很容易导致处于弱势的另一方的卑微体验和自我迷失。

特别是罗彻斯特先生在跟简·爱感情暧昧的过程中，表现出令人捉摸不定的各种迷惑行为。比如，罗彻斯特先生房间着火，简·爱救了他，罗彻斯特先生忍不住向简·爱表白爱意，也激活了简·爱对他的爱情；但是，当简·爱准备迎接爱情的到来时，罗彻斯特先生却不告而别，莫名其妙跑到了绯闻对象、上层女性英格拉姆小姐那里，还传出了要跟英格拉姆小姐结婚的消息。

在罗彻斯特和简·爱的初期关系中，简·爱是被动的：被动地激发了情感，又被动地陷入迷惑，然后被动地陷入猜测。而后，罗彻斯特先生还把英格拉姆小姐带回了家，举办宴会，还命令简·爱到现场观看，导致简·爱在上层人物的宴会现场，处于被上层女性奚落、嘲笑、轻蔑的处境。

罗彻斯特先生的这一系列操作，对情感关系中处于弱势的女性一方的尊严是极大的考验，很容易激发一个女性的自卑感和迷失感，也很容易导致一段不对等、不健康的病态情感关系，也就是今天所说的"有毒关系"的达成。

当然，罗彻斯特先生之所以出现了这些行为，不是因为他是个玩弄感情、控制女性的男人，而是因为他有过十分沉痛的婚恋经历，这让他在面对爱情的时候极其不自信，不敢选择，害怕选择，没有勇气追求幸福，也不敢确信自己可以拥有幸福。所以，他只敢遮遮掩掩地向简·爱表白，没有得到简·爱明确的答复，就不敢在第二天面对她，而是逃到别的地方去，还要用自己的绯闻去刺激简·爱，用扮成女巫来试探简·爱，用假结婚来考验简·爱……在罗彻斯特看似霸道的面具背后，是他千疮百孔、苦闷抑郁的真实自我。

在这部小说中，真正的强者是简·爱，而不是罗彻斯特。

同样面对不确定的爱情状态，甚至面对罗彻斯特带给她的委屈、不公甚至羞辱的体验，简·爱的表现十分勇敢。不拖泥带水，不委曲求全，感到痛苦就离开，感到愤怒就说出来："难道就因为我一贫如洗、默默无闻、长相平庸、个子瘦小，就没有灵魂，没有心肠了？——你不是想错了吗？——我的心灵跟你一样丰富，我的心胸跟你一样充实！……我不是根据习俗、常规，甚至也不是血肉之躯同你说话，而是我的灵魂同你的灵魂在对话，就仿佛我们两人穿过坟墓，站在上帝脚下，彼此平等——本来就如此！"

正是简·爱的勇敢，彻底推倒了他们之间那层互相猜测的迷障。

好的爱人就像一面未曾蒙灰的镜子，不但能够鼓舞对方直面现实的勇气，甚至可以折射出光亮，鼓起对方的信心，带飞对方的心智。简·爱就是这样一面透彻有力的镜子。正是简·爱的镜子带来的力量，让对爱情极不自信且怀有深深痛苦记忆的罗彻斯特先生看到了简·爱坚定的态度、深沉的爱，坚定了自己对于爱情的信心，也看到了自己的态度给简·爱带来的困扰，从而最终对爱情勇敢地张开了手臂。

从头至尾，看似霸气的罗彻斯特先生在爱情关系的推进中是犹豫胆怯的，反而是身处弱势地位的简·爱，靠自己的自信自爱，把他们的爱情推上了符合彼此愿望的轨道。

但命运对他们的考验并未就此打住。

当简·爱和罗彻斯特先生消除了猜疑和拉扯，终于彼此坦露心迹，走进婚礼时，有位律师突然闯进教堂，宣告他们的婚礼是不合法的。他当众告知大家，罗彻斯特先生有一个合法的妻子，名叫伯莎·梅森。律师的委托人就是她的弟弟理查德·梅森。

原来造成罗彻斯特痛苦抑郁，在霸道背后深藏胆怯性格的就是这段婚姻。当年罗彻斯特在父兄的怂恿下，盲目地娶了带有疯病基因的富有女孩伯莎·梅森。他像很多年轻人一样，把美色和财富当成了婚恋的标准，直到结婚后才发现自己跟伯莎个性不和、情趣相悖，彼此格格不入。即使是正常人也常常能被不幸的婚姻逼到疯癫的边缘，何况携带疯病基因的伯莎呢？婚后四年，伯莎疾病发作，彻底变成了一个疯女人。但是英国法律不允许跟精神病人离婚，罗彻斯特先生只能把伯莎藏在庄园的阁楼上，这就是为什么简·爱在庄园里经常能够听到各种怪异的声音。

简·爱终于面对面地看到了阁楼上的疯女人。

作者这样描述伯莎："一个人影在前后爬动，那究竟是什么，是动物还是人，粗粗一看难以辨认。它好像四肢着地趴着，又是抓又是叫，活像某种奇异的野生动物，只不过有衣服蔽体罢了。一头黑白相间、乱如鬃毛的头发遮去了她的头和脸。"作者甚至这样写道："这条穿了衣服的野狗直起身来，高高地站立在后腿上。"疯狂的伯莎看上去的确是一种野兽式的存在。

可是简·爱还是对她产生了怜悯。

简·爱并不责怪罗彻斯特，她知道他的苦难；但简·爱也并不仇恨伯莎的存在。她甚至不同意罗彻斯特对于伯莎的仇恨态度："对那个不幸的女人来说，你实在冷酷无情。你一谈起她就恨恨的——势不两立。那很残酷——她发疯也是身不由己的。"

虽然罗彻斯特哭泣着求她留下，简·爱对罗彻斯特先生的爱也并没有减弱，但简·爱依然再次选择远离自己深爱的人。

简·爱做出这个选择的原因很简单：就算为了爱情，有些东西她也不能牺牲——一是对他人的怜悯和共情，一是对自己的尊重。无论简·爱多么珍惜自己的爱情，多么深爱自己的爱人，依然把这两样东西放在了爱情之上。这是非常珍贵的品质。

当罗彻斯特向简·爱解释自己为何会拥有混乱的过往，就像很多害怕失去爱情或者渴望得到爱情的人一样，把过往的错误归罪于一个个女人。在他的陈述中，他的堕落和悲伤，都是女人的不堪造成的。伯莎·梅森一无是处固然不用细说，就连他的其他情妇，要么猥琐、狡猾，要么性格暴躁、肆无忌惮，要么反应迟钝、没有头脑。总之，他的悲伤都是她们的错。

面对这样的陈述，假如一个女性的理性不够强，就会被这种讲述打动，甚至从中得到自我的优越感。但简·爱表现出了强大的理性，罗彻斯特对于堕落过往的解释，并不能赢得她的认同。当他讲述他的情妇们的不堪时，简·爱却把这些被这个男人定义为不堪的情妇暗自称为"可怜的姑娘们"。她不但不会产生"这说明我比这些女人都好"的肤浅看法，相反，她暗下决心，无论如何都不会去做罗彻斯特先生的又一个情妇。

她对自己说:"要是我忘了自己,忘了向来所受的教导,在任何借口、任何理由和任何诱惑之下重蹈这些可怜姑娘的覆辙,有朝一日,他会以此刻回忆来时亵渎她们的同样心情,来对待我。"

这是多么强大的理性。

这种强大的理性,不只是因为简·爱对于他人有着由衷的怜悯和共情,更因为她发自内心尊重自己。一个尊重自己的人,不会让自己沦为他人的情妇,更不会让自己陷入不合理不合法的两性关系。

简·爱爱自己,永远胜过爱爱情。

虽然她不知道自己该走向哪里,也不知道自己离开后如何存活,但是对她而言,此时此刻最重要的选择就是转身离开。如果她一无所有,那么她的尊严就更胜过一切。

简·爱就这样离开了罗彻斯特先生,走进了荒野之中。

当然,简·爱代表着作者想要表达的人格理想。其实在那个时代,简·爱的选择是很难坚持的,那个时代并不允许一个女性做出这种选择。这种选择最大概率的结果就是,简·爱会饿死在荒野。

但是作者超时代地持有这种女性尊严、自爱,以及对于平等的呼求,所以人为地赐福于简·爱,让在旷野中四处流浪的简·爱得遇自己姑妈家的表兄妹,并为他们所救,又得到了唯一的叔叔留下的海外遗产,从而迎来了柳暗花明。简·爱得到遗产之后,罗彻斯特先生那边也发生了不幸的变故:伯莎纵火自杀,罗彻斯特先生双眼失明。偶然加上偶然,简·爱才得到了实现平等爱情的可能。于是,她带着遗产以拯救者的身份回到罗彻斯特先生身边,与他有情人终成眷属。

但在现实生活中，这种柳暗花明的情节是极小概率的事件，这生硬的情节安排背后折射的不过是现实的无奈罢了。在当时的社会中，像简·爱这样身无分文的知识女性一旦流浪到旷野乡村，如果不靠"奇遇"生硬处理，是不可能得到美满的人生结局的。作者宁愿使用戏剧化的处理手法，也要让简·爱走向幸福，与其说这是作者对美满结局的执念，不如说她是对简·爱这种人格的尊重和偏爱。

就算深爱对方，也不能跪着爱；就算渴望爱情，也要彼此平等。毕竟直到今天，这种在两性关系中坚持尊严、独立和平等的态度，都是极其可贵的。事实上，这种爱情态度也是维护爱情最关键的智慧。

我们不妨想象：当罗彻斯特先生周旋在两个女人之间时，简·爱若是表现出了委曲求全、曲意逢迎的态度，也许那时就失去了罗彻斯特先生的尊敬；当罗彻斯特先生不能给她合法的婚姻，只能让她成为一个情妇时，假如她放下自尊自爱接受了，正如简·爱所说，也许她就重蹈了他过往情妇们的覆辙。

说到底，一个人连自己都不珍惜、不尊重，要如何得到他人的珍惜和尊重呢？这也许就是夏洛蒂·勃朗特超越时代的表达吧。

斯嘉丽的故事：
转身那一刻，她终于破解了逐爱的办法

[美] 玛格丽特·米切尔《飘》

"明天回到塔拉庄园我再去思考。我到时候就挺得住了。明天我就有让他回来的对策了。无论如何，明天是另外的一天了。"

《飘》里的斯嘉丽是一个生活在美国南北战争时期的女性强者的形象，她有很多超越那个时代女性能力和认知水平的地方。

作为塔拉庄园的大小姐，斯嘉丽十六岁时爱上了邻居十二橡树庄园的少爷阿西里，可是阿西里跟梅兰妮订了婚。斯嘉丽一气之下，嫁给了梅兰妮的哥哥，让自己变成了阿西里的亲戚。可是她的丈夫查尔斯刚新婚就上了战场，病死在了军营里。她才十七岁就守了寡，生了遗腹子，寄住在丈夫家所在的亚特兰大，跟梅兰妮生活在一起。

那个时代对于寡妇的限定，就是丈夫死了，女人就不该享受活着的乐趣，就要黑纱裹面苦寂一生，但是斯嘉丽不管这一套，依然爱生活、爱跳舞、爱穿漂亮的衣服，这是非常大的反抗不合理世俗的精神勇气。亚特兰大被北军攻陷之后,她一个人赶着马车,带着刚分娩的梅兰妮和婴儿,还有自己的幼子和一个不中用的小女佣,冒着游兵和战火的威胁,独自回到家乡塔拉庄园,这是面对危乱的行为勇气。

接着,她更表现出惊人的生存勇气。家乡早已经被焚烧得一无所有,原来像天堂一样、要什么有什么的塔拉庄园,连食物都没有了。不但她带回来的老弱病残依靠她,在战争中精神被摧垮的父亲、两个没用的妹妹和家里的黑奴都依靠她。在年轻的斯嘉丽面前,除了困难还是困难。斯嘉丽擦干眼泪昂起头,对自己说:以前的斯嘉丽不行,但现在的斯嘉丽必须行!斯嘉丽喝了一杯烈酒,父亲说一个女孩子不应该喝烈酒,斯嘉丽说:"是的,一个千金小姐是不应该这样不注意礼仪,喝烈酒的,但是今天晚上我不是什么千金小姐了,明天也不是了,因为我有很多的事情要做,我要开始干活了。"

斯嘉丽挽起袖子下地摘棉花,束起裙子做家务,负担起整个家庭的重任。为了保护家人,她勇敢端起枪打死闯进家门的士兵;为了保住塔拉庄园,她把自己再次嫁给不爱的男人。她单身驾车四处奔波,把木材生意做得红红火火,帮助自己家人,也帮助阿西里一家过上了好的生活。

面对世界的危险和人生的危机,斯嘉丽堪称"穿裙子的英雄"。

但跟斯嘉丽面对生存危机的英雄气不相称的,是她在情感上的糊涂和执迷。她十四岁时爱上了阿西里,从此不能自拔。就算阿西里娶妻生子,她也依然抱着幻想不离不弃,乞求那根本得不到的爱情。而真正爱她的瑞特,在她十六岁那年就出现在她的人生中,并且在她人生中每一个需要帮助的时刻，对她施以援手。瑞特深深地爱着斯嘉丽，想尽办法让她快乐，偷偷跟在她的身后保护她的安全。他是全书中真正懂斯嘉丽，也懂得如何去爱斯嘉丽的唯一一个男人，但这样珍贵的一个人出现在斯嘉丽的人生里，斯嘉丽却始终对他视而不见。

斯嘉丽沉浸在对阿西里的单恋中，甚至就算瑞特跟她结了婚，生了孩子，她的心中难以摆脱的还是对于阿西里的迷恋。她的执迷不悟伤透了瑞特的心，导致瑞特最终彻底失望。直到瑞特决定离开斯嘉丽的时候，她才恍然醒悟，意识到自己真正所爱的其实是瑞特。但是她挽留不住瑞特了，瑞特毫无留恋地决绝而去，留下了悲伤的斯嘉丽。

《飘》里的情感故事有两个核心问题：一是斯嘉丽为何如此迷恋阿西里？二是斯嘉丽该如何留住瑞特的爱？

第一个问题不难回答，因为那是斯嘉丽做的一道错题；但第二个问题需要注意，因为斯嘉丽终于把一道人生难题给做对了。

我们不妨就围绕这两个核心问题来分析一下这部长篇小说。

斯嘉丽爱上阿西里时，只有十四岁。这份从十四岁萌发的爱情，她坚持了十四年，等她恍然醒悟时，已经二十八岁了。她用了整整十四年才搞清自己的情感，为了情感认知的成长，斯嘉丽付出的代价是相当大的。

其实这样的情感迷雾，现实中的很多年轻人也都会碰到和经历。我们不妨从斯嘉丽这个案例来看一下，为何一份执念能持续十四年。

我们先来看这份感情的发生。斯嘉丽和阿西里从小就认识，她自己也说以前没有觉得阿西里跟别的男孩有什么不一样，但是在十四岁那年，她突然就爱上了阿西里。那么十四岁那年到底发生了什么？

其实在斯嘉丽十一岁的时候，阿西里并不在家，他有三年时间到欧洲去游历了。在当时的美国，到欧洲去游历是贵族的一个习惯的做法，有钱的人家就会把自己的孩子送到欧洲去见见世面。等他回来的时候，斯嘉丽站在塔拉庄园的走廊上，远远看见阿西里披着晨光骑着马缓缓走来，头发泛着金光，那一刻突然感动得无以言表，立刻爱上了他。

她为什么爱上他呢？他离开了三年，她并不了解三年后的他，他甚至没有走到她的面前开口说话。其实就算未曾离开又怎样，阿西里跟斯嘉丽根本是截然不同的人，斯嘉丽的父亲强烈反对自己的女儿和阿西里在一起，直接对自己的女儿说，你们不是一类人。阿西里和他十二橡树庄园的维尔克斯家族属于书香门第，一家人没事就聚在一起看书，谈诗歌、戏剧、艺术、历史。而在当时，其他的庄园主都是在西部拓荒发家的，大部分都是斯嘉丽父亲那样的人，没什么文化，不喜欢看书，但是很坚毅，有闯劲，以一种类似牛仔的精神打下庄园的根基。这跟十二橡树庄园的人是不一样的。所以，在当地庄园主的眼里，十二橡树庄园的人都是很奇怪的，后者那老贵族的言谈举止他们理解不了，那文艺范儿的生活内容他们也理解不了。

斯嘉丽能理解他们吗？也不能，斯嘉丽跟他的父亲一样，不爱读书，没什么文化。斯嘉丽在描述阿西里的时候，用得非常多的一个词就是"不懂"，听不懂跟他说的话，看不懂他的行为举止。他们就像生活在两个世界的人。

但斯嘉丽偏偏就爱上了这个自己听不懂、看不懂的人。

这就是爱情发生的一个常见现象——距离和陌生感，这把爱情的双刃剑，是激情的土壤，也是风险的源头。

距离和陌生感之所以可以激发爱情，是因为存在很多想象空间，而想象空间是自己的主观意志可以调整的，也就是我们所说的"脑补"。一个朝夕相处的人，我们爱上他，往往是爱上我们熟悉并认可的部分；一个存在距离和陌生感的人，我们爱上他，往往是爱上我们想象的部分。

爱上熟悉并认可的部分，带给我们的爱往往是稳定、安全且舒适的；爱上想象的部分，往往是不稳定、不确定的。可是为什么想象的部分比熟悉的部分更能激活狂热的情感呢？

一方面想象的部分永远比真实的部分更符合我们的心愿，正如日常生活中所说的在亲密关系中"一个现实中的人永远比不过一个想象中的人"，想象的部分是我们自己为自己塑造的、勾画的，当然更理想化。我们往往只是在对方身上看到了某种自我需求的"引子"，这个"引子"会激活我们对对方的想象，把自己眼中的他按照自己的理想进行补充。我们以为在爱这个人，其实不过是沉醉在自己补充的理想部分不能自拔，且以为这就是诗意和浪漫。

另一方面，凡是能给我们留下想象空间的情感对象，一定是因为彼此有距离、有神秘感、有不确定性。这种距离感、神秘感和不确定性，最能激发人的征服欲。很多时候，在这种不确定的关系中，我们努力投身其中的原因，往往并不是对方的真实的吸引力，而是我们想得到、想征服，想证明自己的魅力。所以这样的情感最具有吸引力的时刻,就是得不到的时刻;一旦得到,就会祛魅。

斯嘉丽跟阿西里之间的距离、神秘感和不确定性,正是这样激活了斯嘉丽对于阿西里盲目的爱和执念。

更何况十四岁,正是情窦初开的时候,从欧洲游历归来的阿西里,带着时间距离、空间距离的优势回来了,他的金发都是发光的,他在斯嘉丽的眼睛里面更是闪闪发光的。这光环不是阿西里自身的特质产生的,而是距离和陌生产生的美感。

直到十四年后,在整部小说要结束的地方,斯嘉丽才幡然醒悟,说出了这样的话:"我爱上了我幻想出来的东西,那东西并无生命力,我爱上了自己编织的一套华丽的衣衫,然后我见到了英俊潇洒超凡脱俗的阿西里策马而来,我就给他穿上了那套衣衫,连合体不合体都没注意,我连他真正的性格都没弄清楚。那套华丽的衣衫而不是这个人才是我真正所爱的。"

什么是"华丽的衣衫"?就是你对于一些你不太常见的、陌生的、神秘的东西的一种向往、一种欲望,也就是我们说的那些能够激发我们想象的"引子"。这个"华丽的衣衫"恰好跟经过三年的游历,从欧洲回来的阿西里碰撞在一起,出现了一定的契合,然后斯嘉丽就把这个契合度无限放大,把华丽的自己的幻想和阿西里结合在一起。她爱的不过是自己的幻想。

爱上想象的人比爱上真实的人,要难割舍得多了。因为想象的部分是从自己的愿望里生发出来的,那是带有极大吸引力和黏性的部分。在斯嘉丽的痴情当中甚至有这样一个倾向,她不愿意去看清阿西里的真相,因为想象太美了。如果看清眼前的人幻想会破灭,我们在潜意识当中为了幻想的那种美感，会下意识地过滤现实，会下意识地避免看清现实。

所以，我们会看到斯嘉丽有非常明显的一个表现，每当她要认清现实的时候，就会调动脑补去把自己认清的现实再给它模糊掉，以维持自己那天早上站在门廊上看到一个策马而来的少年闪闪发光的那样一个瞬间的幻想。她要保持那个幻想的完整性。

很多时候，我们真正难以摆脱的往往不是一个人，而是我们寄托在一个人身上的幻想。

还有一个征服欲和价值感的问题。

按照人类的本性，容易得到的人或物，我们都会本能地看低其价值；而不容易得到的人或物，我们就会本能地放大其价值。斯嘉丽从小就被很多男孩子追求，这些男孩子的爱唾手可得，她就会本能地看低这些爱的价值。某种程度上，她长久地忽略瑞特也是如此，因为瑞特总是会在她需要的时候出现，得到他的爱，没有难度。但是阿西里的爱，对她而言就是一座难以攀登的高峰，这样难以得到的人，就被她人为地放大了价值。

更何况斯嘉丽本身就是一个征服欲旺盛的人，对征服欲旺盛的人而言，他们天然会被有难度的关系吸引。特别是斯嘉丽这种在两性关系中没有打过败仗的常胜将军，对自己对异性的吸引力是自信满满的，有难度的关系不会让他们望而却步，反而激情满满，因为他们会认为不好建立的关系才更有价值。能够激发他们的挑战欲和征服欲的异性，就会在他们的眼中闪闪发光。这种激情在本质上都是一种胜负欲，看似产生于爱对方，实际产生于爱自己，爱自己的战无不胜，只是他们往往对此一无所知罢了。

生命力充沛但理性欠缺的斯嘉丽更是无法拥有反观自省的能力，她被这种强大的本能惯性裹挟，越是得不到阿西里，就越觉得阿西里是唯一值得她追求的人，她给阿西里单方面加上了更高倍数的滤镜；阿西里携带的滤镜倍数越高，在斯嘉丽眼中的价值也就越高，斯嘉丽对他的沉迷也就越严重。

这就形成了斯嘉丽十四年难以摆脱的情感陷阱。在斯嘉丽的人生中，阿西里之所以那样独一无二，那样如稀世珍品，只不过因为她从未得到他罢了。

所以，也是要到十四年后，在小说的结尾，因为阿西里的妻子梅兰妮去世，挡在她和阿西里之间的障碍没有了，连瑞特也要从这三角关系中自动退出，她终于可以顺理成章地得到梦寐以求了十四年的阿西里了，可是多么奇怪，斯嘉丽突然发现自己根本就不想和阿西里在一起。斯嘉丽不由得发出感慨：任何东西只要让她得到就会失去价值。

她终于看清了自己的爱。她为何爱了十四年？是因为她一直得不到。斯嘉丽突然想到，假如在十六岁那一年，就能够得到阿西里，那会怎样呢？可能阿西里在她眼中的魅力早就消失了。

爱一个男人爱了十四年，最后发现了这个真相——自己爱的是"要得到"的执念；等到真的可以得到的时候，她惊讶地发现这个男人在她心中的价值瞬间就消失了。但是明白这个真相，斯嘉丽耗费了宝贵的十四年。

看清了斯嘉丽对阿西里的"爱",再让我们来看看斯嘉丽对于瑞特的"不爱"。

斯嘉丽从十四岁开始迷恋阿西里,迷恋了十四年。瑞特则爱上十六岁的斯嘉丽,守候了她十二年。

"爱"这个词听上去那么抽象,但它的表现又往往无比具体,关键是你能不能识别它的在或不在。

斯嘉丽一直认为阿西里也是爱自己的,都是因为梅兰妮的存在,破坏了他们的爱情。丈夫死后,斯嘉丽带着遗腹子跟梅兰妮和梅兰妮的姑妈住在亚特兰大,一个重要的原因是她渴望通过梅兰妮知道阿西里在战场上的情况,她甚至偷看人家夫妻的通信。她为阿西里的安危日夜揪心,可是当阿西里回亚特兰大探亲时,阿西里对斯嘉丽的态度又是怎样的呢?

他从未关心过斯嘉丽成为寡妇以后,生活过得怎么样,心情又如何。相反,阿西里对她说的最重要的一句话就是"斯嘉丽,请你照顾好梅兰妮"。阿西里难道看不出,斯嘉丽在现实当中的处境比梅兰妮要难得多吗?斯嘉丽当时已经成了寡妇,还拖着一个孩子。

爱与不爱,一目了然。只有斯嘉丽这种恋爱脑,才会把阿西里的这种嘱托看作对自己的爱。理性永远战胜不了脑补的狂热,因为既然是脑补,就没有逻辑。有逻辑的思维,永远战胜不了没逻辑的执念。

同一时刻,我们看看瑞特在做什么呢。

瑞特看到斯嘉丽守寡中的苦闷,于是一心帮她走出内心的压抑,他努力要让她开心,就有了在亚特兰大义卖会上的场景。在义卖会上,只要绅士们为战争捐款,就能邀请任意一位淑女跳舞,除了寡妇。瑞特捐了一百五十块金币，顶着众人的惊讶和非议，邀请了寡妇斯嘉丽——查尔斯·汉密顿太太。他不惜一切，只想给斯嘉丽一个合理的跳舞的机会，斯嘉丽是那么喜欢跳舞，跳舞总让她那么快乐，可是寡妇的身份剥夺了她的这个权利。瑞特为她重新争取到了这个权利。

瑞特还为她争取到了享受生活热情的权利。在那个年代，一个寡妇连穿件漂亮衣服的权利都没有，只能裹在厚厚的黑衣里。瑞特为斯嘉丽买了非常漂亮的帽子，而且许诺给她买漂亮的裙子。道理很简单，一个男人假如爱着一个女人，是不忍心看她不开心，也不忍心看她活得窒息的。

就算得不到她，他也要给她能给的一切。在同一个节点上，瑞特和阿西里对于斯嘉丽的表现，就是如此不同。

战争愈演愈烈，战火蔓延到了亚特兰大。斯嘉丽决定冒着战火带着刚分娩的梅兰妮和她的婴儿及自己的孩子回到家乡塔拉庄园。在这样危急的时刻，又是瑞特帮她找到马车，带她闯出危城。虽然在护送斯嘉丽回塔拉庄园的半路上，瑞特受不了看到的战争惨状，觉得自己有责任上前线打仗，从而让斯嘉丽独自一人回了塔拉庄园，但是瑞特已经帮助她走过了最危险的路程。

没想到回到塔拉庄园后，生存状况依然艰难，甚至庄园都被恶人觊觎，有失去的危险。那是斯嘉丽一生中，瑞特唯一没有帮她的一次，因为他被北军关在了监狱里面。斯嘉丽向他求助，他束手无策。

这个困境让斯嘉丽不得不再次牺牲自己，把自己嫁给了一点也不爱的弗兰克。弗兰克本是斯嘉丽妹妹的未婚夫，斯嘉丽的这个举止给自己惹来了很多道德上的指责。但在这个世界上，能够理解她的还是瑞特。

瑞特从监狱里出来，再见斯嘉丽时，斯嘉丽已经怀了弗兰克的孩子，大着肚子独自奔波着经营木材厂。当时战争刚刚结束，社会非常混乱无序，很多女性在户外行走都很不安全，而这个时候她的丈夫弗兰克也好，那个阿西里也好，都没有考虑到她这样奔波会不会给她带来人身危险。

又是瑞特在她脆弱时期出现。

在斯嘉丽每天独自赶着马车东奔西跑的时候，瑞特会不断地出现在路上，用巧合的方式出现在斯嘉丽的身边，默默保护着自己所爱女人的安全。从斯嘉丽的十六岁一直到她的二十八岁，这十二年中，只要他可以，他就一定会在斯嘉丽需要帮助和呵护的每一个时刻出现。可就是这样真诚又厚重的一份爱，斯嘉丽却无动于衷。

斯嘉丽犯了一个我们普通人常犯的错误。

斯嘉丽对阿西里的执念是因为依靠本能去爱，于是被自己的幻象和征服欲困住。斯嘉丽对瑞特的无视又是因为什么呢？还是因为她过于信任自己的本能，那就是感觉。斯嘉丽并不讨厌瑞特，但认为自己对瑞特没有爱情的感觉。

斯嘉丽知道只有瑞特对自己好，她说："在这个世界上没有任何其他人怜爱过我，只有瑞特怜爱我。"

斯嘉丽也知道只有瑞特真正懂她。为了生存斯嘉丽常常背离世俗的道德，要遭受社会舆论的非议，但只有瑞特真正理解她的行为，尊重她的选择，甚至经常为她鼓掌叫好，说"斯嘉丽你做得对"。

最重要的是，斯嘉丽也喜欢瑞特。她说，虽然瑞特说话像个浑蛋一样，但是自己还是很喜欢他。

但斯嘉丽坚称，自己对瑞特没有爱情的感觉。

当我们对一个人没有爱的感觉时，要么是因为对方身上有些东西是我们不欣赏的，要么是对方不符合自己对于爱人的需求。而这两个问题在本质上又是一个问题，如果一个人不符合我们对于爱人的设想，我们对于对方那些不符合的部分就会不欣赏。

比如，我们经常说，这个人很好，可以做朋友，但不能做恋人。做朋友很好，做恋人没感觉。听上去这个"感觉"很抽象，但也很具体，就是对方身上存在一些不符合自己理想的地方。

那么，瑞特身上有什么是不符合斯嘉丽的理想，从而让她认为瑞特做朋友很好，做恋人不足呢？

那就是斯嘉丽本身不足的部分。

在爱情心理中，有个潜在的补偿心理。

我们认为对方应该具备的，往往是我们认为很重要的，而当我们判断什么重要什么不重要的时候，虽然有些客观标准，但一个主观的评价更重要，那就是自己缺少的。自己缺少的，我们会认为是重要的。这虽然不是绝对真理，但大部分情况下这会影响我们的认知和选择。

那么，斯嘉丽缺少什么呢？

这需要从斯嘉丽的出身说起。

在当时的美国，斯嘉丽的出身非常复杂。她的父亲是一个粗鲁的、没有文化的爱尔兰拓荒者，虽然发了财，但并不是当时社会所认可的体面人物，被社会认可的贵族是她母亲的家族。所以，当初她父亲能够娶到她母亲，虽然明知道对方不爱自己，也心满意足。当时的美国都是从欧洲来的移民，沿袭的还是欧洲强大的贵族文化传统。

真正的贵族文化是阿西里家那样高贵优雅的风范，受过严格的礼仪训练，喜欢务虚，不喜欢务实，喜欢各种音乐艺术，喜欢谈论历史人文。虽然美国是靠拓荒者支撑起来的一个国家，但是在当时的美国，人们欣赏的依然是来自欧洲的贵族文化。其他庄园里的家庭虽然一样有钱，但只是拓荒暴发户，他们虽然不能理解十二橡树庄园这样一个带着欧洲贵族文化色彩的家庭，但是内心依然对其十分仰慕。

在斯嘉丽对阿西里的感情里，就有这种仰慕。

阿西里身上的那些优雅的东西斯嘉丽不具备，但她认为那个是高贵的，是有更高价值的。

在欧洲漫长的时期里都是以贵族为主导的社会结构，在这样的结构里，贵族高高在上，代表着优雅、体面和价值，底层体力劳动者代表着粗俗。在美国新大陆这样一个重新洗牌的空间里，很多平民通过自己拓荒，通过自己创造变得和那些贵族一样富有，但是在他们的内心深处依然认为自己是不体面的，所以我们会看到斯嘉丽其实依然携带着这个集体的文化无意识，那就是对上层贵族优雅文化的崇拜和仰慕。

明白这一点，就能理解斯嘉丽为什么觉得瑞特感觉不对，因为瑞特不高贵。

其实瑞特也是出身贵族之家的，但是因为他的父亲对他非常粗暴，他很小的时候就被迫到外面独自打拼，做生意，所以瑞特慢慢地就摆脱了那种贵族子弟的习气，像一个平民一样靠自己的打拼发展起来。

用今天的观念来看，我们会觉得这样的瑞特比阿西里更值得尊敬，但是在当时的主流贵族文化中，他就是一个不肖子孙。因为他的贵族血统，瑞特是可以加入这些上层人的朋友圈的，但这些上层人看不起他，觉得他不是一个真正的体面人家的子弟。独自在社会上摸爬滚打成长起来的瑞特，自然不会有阿西里那种不食人间烟火一般的斯文柔弱。瑞特更像另一种形式的拓荒者。

当瑞特第一次出现在十二橡树庄园阿西里和梅兰妮的订婚宴上时，斯嘉丽眼中的瑞特身材高大、体魄健壮，有着"像海盗一样的黑黑的脸"。斯嘉丽想："我可从未见过如此肩膀宽阔肌肉发达的男人，结实得几乎不像个体面人了。"为什么一个男人体魄健壮、很结实就不像体面人呢？为什么肤色黝黑就像海盗一般？这些透露出的都是她受到的贵族观念的影响。

面对这样强大的贵族文化的惯性思维，瑞特是被视为异类的。他深知这一点，所以故意自嘲说，自己就是个浑蛋。

在瑞特身上因此呈现出一种痞里痞气的气质。其实在很多民族文化当中都有这种痞气的呈现，比如，当代作家王朔就塑造了很多痞子形象。当一些人发现自己跟时代主流不合拍，不被时代主流接纳，而自己又并不认同这样的主流，也不愿意跟这样的主流妥协时，就以痞子自居。读过王朔的小说的话，再来读瑞特，你会发现瑞特跟我们20世纪80年代文学当中出现的痞子形象是很相像的。

在那个时代，瑞特毫无疑问代表更新的面向时代的勇气和生存方式，也代表更为公平的个人奋斗的社会竞争方式。南北战争之后，南方贵族庄园主文化被终结，阿西里是没有面对新的时代的生存能力的，能够应对新时代挑战的只有瑞特，只有斯嘉丽。

瑞特有一次就对斯嘉丽说："我不嫉妒阿西里，我看不起他，我可怜他，因为他们这些人就是这样，在新的时代里面束手无策。"瑞特对斯嘉丽说："我们是不一样的，因为我们有个人奋斗，我们奉行的是个人奋斗的观念，我们才是体面的。"

可惜这时的斯嘉丽虽然在本质上跟瑞特是一类人，但在价值认知上却摆脱不了贵族们观念的潜在影响。她依然把阿西里所代表的贵族文化视为值得仰慕的高位文化，而瑞特这样靠个人奋斗的人代表的是低位文化，跟瑞特在一起是不体面的。斯嘉丽就会有那种下沉感。这就是斯嘉丽的认知问题。

只要斯嘉丽这个陈旧的认知不改变，跟瑞特在一起就会感觉是一件不体面的事情，她对瑞特就很难拥有爱的感觉。

直到南北战争结束以后，社会观念有了新的变化，新旧文化发生更替，贵族色彩的南方庄园主文化没落了，他们所认定的价值没落了；来自北方的新的工业风占了上风，个人奋斗者的价值观念占了上风。等它慢慢成为社会主流以后，斯嘉丽对于瑞特的价值理解，也才开始有了动摇的可能。

其中有一个小细节，瑞特和斯嘉丽生了一个女儿。瑞特为了让自己的女儿得到尊敬，努力融入那些他看不起的老贵族们的行列，这些老贵族也慢慢地接受了他。看上去这个情节是一个个案，是瑞特有意为之，但其实这里面也是一个时代的信号：随着时代的进步，美国社会不得不接纳像瑞特这样的个人奋斗者成为主流。于是，斯嘉丽才有了发现瑞特的爱的可能。

可见"爱情感觉"的确很重要，但是并非所有的"爱情感觉"都正确。因为"爱情感觉"并不能独立存在，它往往会被外在的观念和认知裹挟。

值得我们信任的"爱情感觉"需要建立在健康理性的认知能力之上，如果我们被一些陈旧的观念和文化惯性裹挟，那么我们的"爱情感觉"很可能就是错的。很多时候我们要反思自己的认知内容、思维方式和价值观点，需要知道禁锢着自己、控制着自己的那些不合理的文化观念、社会观念、家庭观念到底是什么。我们经常说遇到对的人，就能够把他认出来；但其实，如果没有强大的正确的认知系统的支撑，即使遇到对的人，我们也有可能视而不见。

斯嘉丽对于瑞特的无视，正是受困于她盲目的"爱情感觉"。在斯嘉丽对于阿西里的盲目的爱，以及对于瑞特盲目的不爱背后，是斯嘉丽认知的薄弱。爱情如果仅靠本能，大概率就会流于盲目。斯嘉丽为她的盲目付出了十四年。在她二十八岁那年，她终于迎来了自己的觉醒：斯嘉丽发现自己并没有真正爱过阿西里，她爱的不过是自己幻想中的阿西里；斯嘉丽也终于发现了自己对瑞特的爱。

但一切都有点晚了。

我们说的"晚",不是说瑞特已经寒心了,已经不再爱斯嘉丽了,而是说斯嘉丽跟瑞特相比,在认知上又慢了一拍,她的成长又落在了瑞特的后面。当斯嘉丽觉醒时,瑞特对世界和人生的看法全改变了。

以前的瑞特爱斯嘉丽是因为自己和斯嘉丽有非常多的共同点,他们都有野蛮的生命力、征服的野心、对财富的旺盛欲望——这些在贵族文化中都是不体面的。对于孤独行走在贵族文化当中的叛逆者瑞特来说,斯嘉丽斯是跟他最相似的人。他们都是走出陈旧的棉花庄园经济,走在工商业时代最前沿的弄潮儿。他们勇敢而且兴致勃勃地追求着为贵族们所不屑的商业财富、商业金钱。他们对于商业财富的醉心,让他们成为亚特兰大一道碍眼的风景。但这也成了他们精神上最重要的相通之处。

但是当整个南北战争结束以后,美国南方开始真的走上了商业化和工业化的道路,追求商业财富开始成为社会主流风气。

可是,这时的瑞特又再次走到了时代的前面——他开始怀疑商业财富的意义了。

他在向斯嘉丽解释自己为什么非要离开时,说了这样两句话:"其一,我离开是因为今天的亚特兰大过于庸俗和新潮了。其二,我应该深入老城镇和乡村中去寻找旧时代的痕迹,在那里我才能够看到人生的希望。"

这时的瑞特已经和过去的瑞特不一样了。

当南方还是庄园主贵族文化时代时,他受不了那些傲慢浅薄又自以为是的贵族习气,从而站在那些上层贵族群体的对面。但是,当商业化时代真的大面积到来,拜金欲望覆盖一切,人们开始走入另一个误区，那就是逐渐把财富和金钱视为最高力量、最高价值，瑞特又感到了惆怅、失落，感到了新的危险又会降临在人类的头上，就是精神迷茫的荒原。

瑞特在商业化时代崛起的早期，就已经敏锐地预见到了这个问题的发生。于是他反而开始回头反思，反思年轻时曾经全盘否定的庄园文化，突然意识到那些看似陈旧的、已经飘逝不见的庄园文化里，才有生命里最重要的价值。这个价值不是体现在柔弱无力的阿西里身上，而是体现在梅兰妮身上——那是一种精神上的优雅和高贵，品格上的宽容和洁净。

可是在拜金主义泛滥的新时代，这种优雅高贵的传统品格，已经随着梅兰妮的离世，渐渐衰微了。

所以，我们就可以理解瑞特为何说要回到乡村去，这绝对不是隐居，也不是避世，而是对于人的价值的另外一个方面的发现，那就是我们每个人都需要物质资源，但同时更需要精神资源。

在很长的一个时期里面，瑞特以为金钱和财富才是力量，就像所有的年轻人一样，在年轻时期都以为掌握了物质资源，就掌握了控制这个社会的力量，于是把物质财富看作自我价值最重要的一个核心。

但是结尾处的瑞特已经四十五岁了，他终于意识到另外一个价值的重要性，那就是精神价值。年轻时候的瑞特以为得到大量的财富才是自由和安宁，但四十五岁的瑞特终于意识到拥有丰满的心灵世界、充实的精神世界才是真正的自由和安宁。所以，瑞特对斯嘉丽说："我总是很腻味高尚，上等体面的人们那种淡然流露出的端庄威严，还有那份温文尔雅，那是属于旧时代的。这种隐藏于其中的淡然的魅力，我从前可不曾注意过。"现在他开始向往这个了。

四十五岁的瑞特成熟了，又一次走在时代的前面。不过他已经不害怕孤独了。这个时候他不需像年轻时那样，要紧紧地跟斯嘉丽在一起，才能够感觉到自己的叛逆是不孤独的；现在的瑞特强大多了，可以孤身一人回到乡村去寻找自己的灵魂归宿了。瑞特有了更高的追求，也有了去做出这种更高追求的个人力量，所以我们说，瑞特成长了。

当瑞特真正拥有了这么多的财富和金钱以后，觉得最有价值的东西并不是这些。他想追求更能让自己的精神丰盈，让自己的精神自由，让自己的精神得到平静的东西。所以他对斯嘉丽说："我的流浪该终止了。"所谓流浪中止，就是懂得去分析自己真正想要的东西了。

但是二十八岁的斯嘉丽在心智上的成长却慢得多。

她的脑子里还在纠葛两性关系，把人生意义的建立从一个男人转向另一个男人；从一段错误的两性关系试图走进她以为正确的另一段两性关系。所以瑞特才说了一句很无情的话："你大概要到死才能改变，但是我已经没有耐心等你改变了。"这就是瑞特对斯嘉丽的失望，斯嘉丽没有跟上瑞特的认知。

这时，斯嘉丽该怎么办呢？

就像当初听不懂阿西里一样，斯嘉丽也听不懂瑞特了。她发现自己跟瑞特之间存在障碍和距离了。

当初，她跟阿西里也是存在障碍和距离的，她处理的方式就是黏在他的人生里，不断地、卑微地乞求对方赐予自己感情。

现在在她跟瑞特的关系里也出现了障碍和距离，多么了不起，斯嘉丽并没有把同一个错误再犯一次。她没有像以前那样苦苦挽留、死死纠缠在对方的生活里。当瑞特转身离开以后，她并没有天涯海角去找他，去追随他，她选择了自己的方向——回塔拉庄园。

斯嘉丽终于做对了一件事。就在这一刻，我们完全可以说，瑞特的离去，并非完全没有意义。因为它使斯嘉丽在痛苦中也实现了成长。

当无法控制和拥有一份期待的爱情时，最好的做法就是转过身去，去实现自己的成长，去建设好自己的世界。把自己建设好了，把自己的认知提升了，把自己的力量强化了，斯嘉丽在瑞特面前失去的光芒才有可能重新生长出来。

如果斯嘉丽这样走下去，我们完全可以相信他们终究会走到一起，因为认知相同的人才会相聚。如果我们想得到一棵树，最好的办法就是，变成跟它一样高大、一样枝繁叶茂的另外一棵树。斯嘉丽最后的选择就是这样。我们也有信心期待，当斯嘉丽把自己建设好了，再次发出光，瑞特一定会向光而来。

法国女孩的故事：
分离时，他给予的力量开始生长

[法] 玛格丽特·杜拉斯《情人》

"她哭了，因为她想到堤岸的那个男人，因为她一时之间无法断定她是不是曾经爱过他，是不是用她所未曾见过的爱情去爱他，因为，他已经消失于历史，就像水消失在沙中一样，因为，只是在现在，此时此刻，从投向大海的乐声中，她才发现他，找到他。"

这本书的名字叫《情人》，故事的主线是十五岁半的法国女孩"我"和一个中国男人之间的露水情缘，带有很强烈的作者自传的色彩。

"对你说什么好呢？我那时才十五岁半。那是在湄公河的轮渡上。"这是故事开始的地方，因为就是走下这趟轮渡时，她遇到了一个从黑色小轿车里下来的男人，开始了他们的故事。

可是作者不好好讲这个故事。

在她笔下那艘轮渡总是不靠岸，不让那辆黑色小轿车出现。她的讲述不断地从"女孩站在轮渡上"这个点，岔到对于女孩的母亲、女孩的家的追忆上去。似乎不把这些说完，作者就没有办法让女孩走下轮渡，去遇到那个男人，就无法开启这个故事的起点。作者的这个不断的岔开，在汉译本的小说里也有几十页。为什么会有这样的安排呢？

这其中蕴含的恰好是一个残酷的现实：脱离了女孩背后的家庭和生存状况，这个女孩就不会跟这个男人相遇。那个男人看似是女孩的选择，但让女孩做出选择的，依然是她背后的母亲和家庭。反观现实生活，很多情感的缔结，是人们独立做出的选择，还是由一些因素无形地牵扯着？

这个十五岁半女孩的家庭和生存遭际，才是让她走向那个男人的深层原因。我们也就理解为何作者要用几十页的篇幅，来写她的家庭和生存遭际，而不是直接开始讲那个情感故事。

这个女孩的寡母，带着他们兄妹三人，像很多法国人一样离开祖国，来到法国的殖民地越南西贡，以为在这里生活可以更容易些。可是他们依然一贫如洗，更要命的是，她的母亲倾其所有租了一块海边的土地，可是因为没有行贿，拿到的是一块无法耕种的海边盐碱地，这让他们一家陷入了绝境。

但她感受到的最大的痛苦并不是贫穷，而是被母亲控制。她说，她的母亲"是一个被贫穷活剥了的女人"，对于子女施加着无形的压力,每个子女活着的使命首先就是赚钱。学可以赚钱的功课,从事可以赚钱的职业。甚至当看到自己十五岁半的女儿脱下帆布鞋,穿上廉价的高跟鞋,戴上标新立异的男礼帽,这个母亲的脸上就有了笑容,虽然这种打扮就"像个小娼妇"。女孩从母亲的笑容里看到了某种也许母亲自己也没有觉察的纵容:"孩子居然已经懂得怎么去干了,她知道怎样叫注意她的人去注意她所注意的钱。"

这孩子无师自通,可以用自己的方式去琢磨如何赚钱了,"后来她出去赚钱,母亲不加干预"。

这就是"被贫穷活剥了"的母亲。因为赚钱的欲望那样迫切,她甚至没有伸手保护一下十五岁半女孩的青春。

这个发现让女孩痛彻心扉,但她不准备反抗。她是那样恨她的母亲,愿意为了这份恨去堕落。

她唯一的反抗,是关于她的梦想。生活在一无所有的少年时期,让她能够感受到活着的快乐的,是写小说的理想。可是母亲冷冷地说:"数学教师资格会考考过以后,你愿意,你就去写,那我就不管了。"她母亲根本就鄙夷她的理想,认为那是小孩子的胡扯淡,写作不是工作,没有价值。她母亲给她的安排是读完中学,去参加中学数学教师资格会考,像自己一样成为一名数学教师,因为这个饭碗才是稳当的。

可是她不擅长数学,也不喜欢数学,她只想写小说。但她的梦想在母亲那里被否定了,就像落在深洞里的人,靠头上的一线光活着,可是她的母亲把那一线光也堵上了。她的人生陷入了绝望。

书中有一段风景描写，写的是十五岁半的她已经万念俱灰，在湄公河上乘坐轮渡，"在渡船的甲板上孤零零一个人，臂肘支在船舷上。那顶浅红色的男帽形成这里的全部景色，是这里唯一仅有的色彩。在河上雾蒙蒙的阳光下，烈日炎炎，河两岸仿佛隐没不见，大河像是与远天相接。河水滚滚向前，寂无声息，如同血液在人体里周流。在河水之上，没有风吹动"。

这段描写有很多不合常规的地方：湄公河两岸草木茂盛，不可能没有颜色；河水滚滚向前，也不可能寂静无声；当船只在河上行驶，更不可能没有一丝风。

但这一切又很真实：因为这不是在写她眼中看到的景色，而是在写她心中的世界。被控制、被剥夺了选择自由的人，万念俱灰，找不到生存的乐趣和意义，再看世界，这个世界就会在我们面前黯然失色：没有颜色，没有声响，没有风。

那是一个死寂的世界。

十五岁半，世界没有花开，没有声响，死气沉沉。她说，在这个没有颜色的世界里，只有她头上的那顶浅红色的男帽，成为唯一的颜色。女孩子执意戴着一顶男帽，想放纵她夹杂着愤怒的欲念。她恨她的家，恨她的母亲，"这恨就隐藏在我的血肉深处，就像刚刚出世只有一天的婴儿那样盲目"。

但她不能用这恨去伤害任何人，因为那是她的母亲。她看母亲就像一个疯子，但疯子也是自己的母亲。虽然母亲带给了她那么多痛苦，但依然是自己的母亲。她不能用仇恨去伤害母亲，于是，她只能用这恨来伤害自己。

就是在这样绝望、愤恨和找不到出口的叛逆之中，她走下了轮渡，看到了那个从黑色小汽车里出来的男人。

那个男人风度翩翩，穿着高档精美的浅色柞绸西装，吸着英国纸烟。他的打扮很是欧洲化，看上去像西贡银行界的精英人士。但他不是白人，而是中国人。他的家族在当地非常富有，是控制殖民地不动产的少数中国金融集团，他是这富有家族里的独生子。

但在那个时代的越南，他再有钱，也要忍受白人的蔑视和冷眼。因为种族的差异，面对这个贫穷的法国小女孩，富有且比她大了十二岁的他，依然胆怯、自卑，手直打战。他向她献媚，夸她漂亮，在她面前毫无自信。但从这个衣着考究的男人向她走来时，她也就知道了他想要什么。

看着他眼睛里的欲念，十五岁半的女孩知道要第一次避开母亲和哥哥做一件事了，"有人要她，从他们那里把她抢走，伤害她，糟蹋她，他们是再也不会知道了"。就为了这一点，她愿意配合这个抢走她的人。她是那么绝望，渴望着一个报复母亲和家的机会，毁掉自己是她唯一的报复，现在这个机会来了。

她上了那个人的汽车，那个男人在堤岸有一间简易的西式房间。她知道在那里会发生什么，但没有犹豫。当那个男人问她为什么愿意接受，她满不在乎地回答，因为我需要钱，我要帮妈妈赚钱。她甚至让自己相信这就是自己走上这个男人的车子的原因，"从此以后我就算有了一部小汽车，坐车去学校上课，坐车回寄宿学校了。以后我就要到城里最讲究的地方吃饭用餐"。

她之所以愿意拿出这个看似不够高尚的解释，是因为这个解释要比另一个解释容易得多。她愿意跟着这个男人，不是因为爱，而是因为恨。

她恨母亲让她无法得到人生的自由，恨母亲让她的人生了无生趣、看不到生的希望。当然，她也恨自己对于母亲带来的这份痛苦无计可施。基于这份无法缓解的恨带来的痛苦，这个男人的出现给了她一个重要机会，那就是报复。她投向这个男人的怀抱，就像一把刺向母亲的利刃。这一刻是她的失败又是她的胜利：失败的是她选择了自我堕落，胜利的是她终于用自我的堕落报复了母亲。

所以，在那间她和那个男人私通的房间里，她说"这里是悲痛的所在地，灾祸的现场"。那一刻，她想到的不是眼前的男人，而是她的母亲。她是因为母亲而走上这个男人的车，躺到这个男人的怀里的。

想到这一点，她感受到放纵和报复的快感，但也有自我粉碎带来的惆怅和悲哀。她说："这种悲哀无疑也是一种安舒自在，一种沦落在灾祸中的安乐。"她恨恨地说："胡作非为，放荡胡来，这就是这个家庭，所以我在这里和你搞在一起。"

她躺在这个男人怀里，但忍不住要谈的还是她的母亲。她一点也不在意眼前这个男人，看到的只是她的母亲。因为无论她如何劝说自己相信这么做是为了钱、为了欲，内心都清楚地知道，这么做只是为了毁灭给母亲看。因为她那么恨自己的母亲，可对于这恨又毫无办法。

一个人要承认恨自己的母亲，想报复自己的母亲，想嘲笑自己的母亲，是难以做到的，所以，她让自己相信这么做是为了钱，为了欲。

又何止她如此呢？

我们选择跟一个人在一起，很多时候都有这种盲目。我们跟一个人在一起，但想要的东西往往跟这个人本身无关。为了让自己好受，我们会在潜意识中编一个理由。

我曾经认识一个女孩，她总是下意识地去引诱闺密的男朋友，但并不是对这个男人感兴趣，而是想证明自己比闺密更有魅力。驱使她这么做的，是面对同性的优越感。虽然她知道这么做毫无意义，但阻挡不了自己，因为那股狂妄又得意的本能。

我们也见过很多的女孩和男孩，因为沮丧和失意而选择开启一段感情，或是因为孤独、贫穷、迷茫而选择跟一个人在一起，甚至因为怜悯而跟一个人在一起。在所谓的"爱"与"情"字背后，隐藏着千变万化的人性、自我和世相的秘密。

困难只在于当事人身陷自我迷阵，竟不自知。

就像这个女孩，身陷对母亲的怨恨、自我的绝望，却盲目沉溺于跟这个陌生男子的肉体纠缠。她只相信自己的一无所有，不敢相信自己的拥有，就像她只能体验到恨，不能体验到爱。

对这时候的她来说，爱并不存在。因为没有爱，这个男人是把她当作唯一的爱还是下贱的女人，她都无所谓。不爱一个人，就会这么洒脱。

但是没有爱的肉体沉沦，是对人的精神的掏空，只能加重人心的迷茫和沮丧，做不了精神的解脱和增量。她有了这个秘密的男人，但是"我突然发现我老了。他也看到了这一点，他说：你累了"。

在这个年龄，她不知道什么是爱情，也不知道爱情应该是怎样的，至于这个情人的存在，只是因为她生活窘迫。

所以，在这段记忆里，她对于这个情人的回忆，是跟她对母亲的回忆、两个哥哥的回忆纠缠在一起的，后者更像是重点。因为如果不是拥有这样没有希望的家、让人绝望的母亲和哥哥，她也不会走向这个男人。

他只是作为她生活中一切混乱和绝望的结果而存在，是她躲避生活中一切混乱和绝望的临时庇护所。

除此之外，她不知道他还能意味着什么。

她不认为自己跟这个男人之间的来往是爱情。她认为爱情应该是一种迷恋，可是她不迷恋这个男人，在她的生活中也没有值得迷恋的人。唯一一个让她迷恋的人，是个名叫海伦的女孩。她对这个女孩的感情，要比对那个男人的感情热烈得多。

如果对一个男人的感情都不能胜过对一个女孩的感情，她怎么能相信这是爱情呢？何况，知道他们关系的人也的确不认为这是爱情。她的家人认为这不过是蹭吃蹭喝的机会，他的父亲则认为这是彻头彻尾的胡闹。至于社会上的人呢，大家认为这是肮脏的丑闻。关于十五岁半的她，各种难听的传闻流传开来，"那意思是说，是在勾引人，是为了金钱。两个哥哥又是两个坏蛋"，她是"一个白人坏蛋家庭的女儿"。

她的学校开始禁止其他女孩跟她说话。课间休息时，她孤零零一个人，背靠室内操场的柱子，望着外面的马路。

十五岁半，她身败名裂，为这段关系付出了属于她的代价。

可他看上去是真心的,常常为她流泪。他去找自己的父亲,提出想娶这个法国的白人女孩,哪怕不能娶,也希望可以跟她在一起。他请求自己的父亲,允许自己把她留下,"让她和他在一起,他请求给他一点时间,让他有时间去爱她,也许一年时间,因为,对他来说,放弃爱情绝不可能。这样的爱情是那么新,那么强烈,力量还在增强,强行和她分开,那太可怕了"。

可他的父亲拒绝了他,"他父亲还是对他重复那句话,宁可看着他死"。

为了这份爱,他甚至盼望自己的父亲死去。也许等他父亲死了,他就可以按照自己的意思来娶她了。

面对这样的感情,她要等吗?

她虽然只有十五岁半,但比他清醒。她对他说,同意他父亲的主张,"我说我拒绝和他留在一起"。

他们前后交往了一年半,他们之间始终存在鸿沟。她是个白人,他是有色人种;她是个穷人,他是个富人。因为人种,她的家庭不会接纳他;因为贫穷,他的家庭更不会接纳她,"要他违抗父命而爱我娶我、把我带走,他没有这个力量"。他很有钱,但他的钱都属于他的父亲,不属于他。同样,他也明白她的家庭的拒斥,"他知道在我家人的眼里他是没有希望的,他知道对于我一家他只能是更加没有希望"。

她不知道什么是爱情,但知道没有希望的事情就毫不犹豫地放手。她平静地接受了这个结局,因为他们本来也没有什么其他的结局。

就这样,她跟着家人回法国了。不是不难过,轮船发出离岸的汽笛,她的心在哭,但她没有流眼泪。她看到了他那辆黑色的汽车,车子在停车场稍远一点,看上去孤零零的。她的眼睛能跨越距离,看到车内的情形:"他一向坐在后面,他那模样依稀可见,一动不动,沮丧颓唐。"

轮船渐渐启动,她的手臂支在舷墙上,"她知道他在看她。她也在看他;他是再也看不到他了,但是她看着那辆黑色汽车急速驶去。最后汽车也看不见了,港口消失了,接着,陆地也消失了"。

后来轮船行驶到了深海。黑夜降临的时候,轮船上放着肖邦的圆舞曲。她直挺挺地站在甲板上,心里萌生出投海的想法,"她哭了,因为她想到堤岸的那个男人,因为她一时之间无法断定她是不是曾经爱过他,是不是用她所未曾见过的爱情去爱他,因为,他已经消失于历史,就像水消失在沙中一样,因为,只是在现在,此时此刻,从投向大海的乐声中,她才发现他,找到他"。

正是因为分开,她才懂了爱情。原来有些厮守需要分离,才能了解爱。她以为这段交往是为了钱,为了报复母亲,但分离之后,才发现,原来这就是爱。

很多时候,我们对于爱情的理解都十分表面。我们以为爱情的价值和意义只在厮守和得到。于是当无法得到一个人时,当不得不离开一个人时,我们以为曾经的来往和厮守也就失去了意义。

正因为这样的认知,人们总是害怕分离,抗拒分离,甚至仇恨分离。但是爱情的价值和意义,不在于最终是否能够在一起,而是在一起时我们得到了怎样的能量、塑造和成长。

假如你跟一个人在一起，得到的只是贬低、批评和否定，导致你越来越自卑、自我怀疑和自我否定，那么这样在一起就毫无意义，甚至对你的自我成长是一个巨大的损伤；同样，假如跟一个人在一起，对方不能给予你安全感，于是这段感情不断地激活你的嫉妒、狭隘、占有欲和小肚鸡肠，那么这种厮守也毫无价值和意义，因为它在塑造一个"负能量"的你。

相反，如《情人》中的女孩，虽然这只是没有希望的一段一年半的感情，但是在相处中，她被激活了所有的善、坚定、理性和悲悯，促生了所有的成长能量，那么这段爱情看似短暂，却很长久，因为它把最好的东西种植在了自己的生命里，变成了自己最好的那一部分。

这个不能跟她厮守的男人，激活了她对自己的信心，"他爱我，赞美我。我是他一生最宠爱的。我如遇到别的男人，他就怕"。好的爱情都给予对方最高的欣赏，且要表达这种由衷的欣赏。这种爱和赞美，对于十五岁半的女孩来说尤其珍贵。

如此我们就能理解，为什么她要反复讲述自己在家庭里的卑微。她的母亲最爱的是两个儿子，不断地"为她的两个儿子的远大前程奔走"，虽然他们根本就成不了什么大气候。特别是大儿子，她宠爱甚至溺爱这个儿子，哪怕他多么无理、暴虐、冷酷。但是对自己的女儿，她视而不见，不在乎女儿的梦想，不在乎女儿的未来。在母亲的眼睛里，女儿只是这个家庭里微不足道的工具。

她对母亲说："我在做其他一切事情之前首先想做的就是写书，

此外什么都不做,什么都不做。"这是她的梦想,唯一的活着的动力和乐趣。可是她的母亲不在乎她的乐趣,小看她的梦想,甚至有些妒忌,妒忌她的人生有这样明确的目的。于是,面对女儿真诚告知的梦想,母亲不屑一顾地"微微耸耸肩膀",给予嘲笑和轻蔑。对于一个满怀真诚理想的女孩来说,母亲的轻蔑是莫大的侮辱,像一把刀刺进胸膛,"她那种样子我是忘不了的"。

她在这个家里无足轻重,这给她年轻的生命带来了莫大的困惑。她不知道自己这条命有没有价值,是否真的是母亲所表达的那种,是不值得重视的一条命,或是只会让人不屑一顾的一条命。这种对于她自身存在的无视和轻蔑,让她找不到自己存在的意义,在这个家庭里,她只能沉默地活着。

"恨之所在,就是沉默据以开始的门槛。只有沉默可以从中通过,对我这一生来说,这是绵绵久远的苦役。"

她说:"我自以为在写作,但事实上我从来就不曾写过,我以为在爱,但我从来也不曾爱过,我什么也没有做,不过是站在那紧闭的门前等待罢了。"

这个世界对她而言,就是一扇无从进入的大门。她是一个被这个世界关在门外的孩子。对一个十五岁半的女孩来说,这是一种绝望的体验。

这个世界为她打开的第一扇门,就是那个中国男人真诚的爱。这个比她大十二岁的男人,为她疯狂,为她哭泣,为她说尽世上最美好、最真诚的词句。不要小看这种力量,这种来自爱的认可、欣赏、赞美和珍惜,足以重塑一个人的自我认知。

当她和那个男人在一起时，不知道这股重塑力量的存在。正是分离，让她看到了被爱之前与被爱之后，自己生命的不同形态。

因为这份爱，她蜕变为一个爱自己、欣赏自己、珍惜自己的女人。我们才能读懂开篇的部分：穿越岁月的折磨，她容颜老去，但她被岁月摧残的容颜，依然有着独特的美丽。什么样的美丽可以让凋零的容颜依然发光呢？只有自信和自如："只有他让我感到自悦自喜，只有在他那里，我才认识自己，感到心醉神迷。"

美好的爱情，让人发现自己、欣赏自己；糟糕的爱情，才会让人怀疑自己、迷失自己，甚至否定自己。她得到的爱情是前者。所以，这份爱情看似只有一年半，却给了她一生的力量去发现自己、欣赏自己，去重塑自己。

这个男人的爱情，也激活了她对爱的了解。

他比她大十二岁，但在她面前愿意是个孩子。这个男人总是在她眼前哭泣，也从不掩饰自己的无力。他向她倾诉自己的孤独，也向她倾诉自己各种各样无奈的痛苦。

要很久以后，她才会明白，这是真的爱。真正健康的亲密关系，让我们可以坦然地表达我们的弱小和无力。如果我们是真的爱一个人，愿意呈现给对方真实的自己，而不是戴上伪装得完美或强大的面具。真正的爱，让我们"示弱"，而不是"逞强"。"逞强"行为的背后，发出的是征服、得到、占有等表达自我价值感和获取心的心理信号；"示弱"行为的背后，发出的却是让渡、给予、信任等赋予对方价值感和陪伴邀请的心理信号。

一个愿意向你示弱的爱人,他对你表达是主导权的让渡,是对你的依赖和信任。每个人都是强弱结合体,当处于防备状态和进攻状态时,会呈现我们的"强",因为我们需要防御和搏斗。那什么时候会呈现我们的"弱"呢?当感到安全,不需要进攻也不需要防御,在一种安全的松弛环境里,才会释放我们的"弱"。

一个愿意在他人面前呈现"弱"的人,本身就是认可二者之间营造的气场和氛围是安全且松弛的。

"逞强"意在征服,"示弱"是因为渴求陪伴,要的东西并不一样。征服式的爱是以自我为中心的爱,他要认同的不是对方,而是征服成功本身,所以这样征服式的爱,一旦得到,对方就会黯然失色,对他失去吸引力。但是陪伴式的爱,要的是对方和自己之间的稳定联结,是陪伴的达成。这是两种完全不同的爱。我们在书中这个中国男人身上看到的,不是征服的渴求,是陪伴的渴望,他的爱更接近爱本身。

这份不长的情感,也教会了她怜悯与共情。

因为爱她,他忍受着她家人的无礼对待。她的家人从来不拒绝接受他发出的晚饭邀请,因为贫穷的他们可以依靠这个妹妹的情人,在高端饭店大吃一顿;但她的家人看不起这个中国男人,吃饭的过程中正眼也不看他,她的两个哥哥根本不跟他说话:"在他们眼中,他就好像是看不见的,好像他这个人密度不够,他们看不见,看不清,也听不出。"但他们拼命吃着他花钱提供的高档晚餐。第一次吃饭花了七十七皮阿斯特,这是一笔巨款,她的母亲强忍着没有笑出声来。

他们都对她的情人视若无睹,仿佛他是一个耻辱。这个可怜的情人除了被要求提供金钱的时候才能被看见，在其他时间几乎都是隐形的。"他人虽在，但对我来说，他已经不复存在，什么也不是了。他成了被烧毁了的废墟"，"他在我大哥面前简直成了见不得人的耻辱，成了不可外传的耻辱的起因"。

被这个家庭的做法裹挟，她也假装看不见他的存在。她跟她所痛恨的大哥一起，在公共场合漠视他的存在，用漠视来表达白人的尊贵。

但她做不到真正的无动于衷。转过身去，她还是会自责，心痛难过。要等到分离之后，她才能发现，她一直在爱。因为爱他，她放下了白人那矫饰的傲慢，开始关注中国人。看到他们的孤独，也看到他们的从容不迫："他们既是单一孤立的，处在人群之中对他们来说又从来不是孤立的，他们身在众人之间又永远是孑然自处。"她也关心他的家族，请他讲讲他们家族的故事，讲讲他成长的故事。

当我们想去了解一个人，他的家、他的成长和他的世界，其实，这就是爱。

这个男人的爱情，也照亮了她的理性，给予了她面对苦难的坚定。

要分离之后，他们才能发现他们的爱的可贵。他们是因为共同的痛苦而走在一起的，而不是因为寻欢而走在一起的。他们都是丧失了人生自主权的人，她的母亲剥夺了她追求自己人生和理想的权利，他的父亲也剥夺了他追求自己人生和幸福的权利。他们带着无从落脚的渴望，被放逐在自己的人生之外。这种痛苦是他们彼此之间最重要的联结。

也正是这种联结，让他们实现了最好的陪伴，共同度过了彼此人生中最脆弱、最无奈和最悲伤的那个时期。最真实的爱情，往往是在逆水行舟中的互相慰藉，在暗黑低谷处的结伴而行。

这样的陪伴一刻值千金。因为他们赋予彼此力量，一起走过人生最痛苦的时光。很多时候，当我们遇到厄难，就是处于命运的分水岭。只要走过去，就能得到苦难的免疫力；可是要走过去并不容易，所以那个陪我们走过低谷、走过黑暗，让我们能够得到苦难免疫力的人，就是我们人生中最重要的力量来源。

他们做了彼此的力量来源。他们赋予对方的力量，会变成一份面对苦难、不幸、失意的免疫力，强壮对方的一生。

当岁月流逝，当青春不再，他们已经足足分离了整整一世，但是他赋予她的力量，从来没有离开过她的人生，已经变成了她生命的一部分。对他来说，也是如此。所以，晚年的他打电话给她，对她说：

和过去一样，他依然爱她，他根本不能不爱她，他爱她将一直爱到他死。

娇蕊的故事：

她斩断的不是情丝，是爱情的迷障

张爱玲《红玫瑰与白玫瑰》

"娇蕊抬起红肿的脸来，定睛看着他，飞快的一下，她已经站直了身子，好像很诧异刚才怎么会弄到这步田地。她找到她的皮包，取出小镜子来，侧着头左右一照，草草把头发往后掠两下，用手帕擦眼睛，擤鼻子，正眼都不朝他看，就此走了。"

在《红玫瑰与白玫瑰》中，娇蕊的故事是套在振保的故事中的，她只是他人生经历中的一段，是振保情史中的一部分，甚至不是一个完整的部分，只是振保"红玫瑰"系列的一个章节。假如振保人到老年，讲起自己年轻时的情史，她也不是女主角，至多是振保记忆里的"曾经"之一。

但是，对娇蕊来说，跟振保的那一段情感，却是她人生中的一次大地震，地动山摇，乾坤颠倒，原有的世界因为振保变成了一片废墟。因为这个男人，这个衣食无忧、生活优渥的女人，要在废墟中面对余生。

就凭这样巨大的代价，也值得我们把娇蕊的故事从一个男人的故事里提炼出来，摆脱振保的视角，用娇蕊的视角再讲一遍。

娇蕊，原是新加坡的华侨，出身富庶，被父母送到伦敦留过学，是留学生圈子里一朵耀眼的交际花。留学期间认识了同样出身富庶的上海来的留学生，名叫王士洪，两人就结了婚。从伦敦到上海，从富有的父母的家庭，到富有的丈夫的家庭；从父母养着的公主，到丈夫宠着的公主，她的人生是一路绿灯、一路繁花，是一点风雨也没有经历过的。在她的人生字典里，翻来翻去也是找不到什么叫苦、什么叫难的。

娇蕊也的确是孩子似的心性，家里来了客人，她头上涂满了肥皂泡泡，就满不在乎地走出内室；因为害怕胖，把自己盘子里的火腿切掉肥的，当众分给丈夫吃；就算家里有客人，也随便穿着浴衣。也就是极度受宠又拥有充足安全感的人，才会呈现这样的松弛感吧。

在张爱玲的笔下，娇蕊并不是特别有头脑，而是那种在情感上要什么有什么，于是也就不知道自己想要什么的类型。在伦敦，被男孩子们追捧着，把谈恋爱当成了一种交际。至于结婚，她也懵懵懂懂，只是觉得该结婚的时候，就找了个门当户对的结婚对象。王士洪对她而言，谈不上爱还是不爱，就是个门当户对的结婚对象；结了婚又过着舒服的生活，似乎也没觉得有什么不对。但时间一长，还是觉得心里空落落的。这时候，她才朦胧觉得有点问题，跟只是适合结婚的人结婚，似乎是一个对的选择，但那点可以支撑着结婚的东西，却支撑不住岁月的冲刷，她感到了以前所没感到的一种东西，我们可以把它叫作"婚内寂寞"。

婚内寂寞产生的原因因人而异。

总体而言，有两个层面的原因：一是内在情感自洽供给体系的缺失，一是外在情感链条的断裂。

内在情感自洽供给体系，在人的情感体系中是个托底性的存在，情感自洽在情感需求上就是具备自我供给情感的能力，比如自我价值认同能力、自我陪伴能力、自我意义生成能力等。如果具备自我情感供给的能力，就能具备享受独处的能力，最大限度地降低对于情感的外求；在生活方式上，就能做到自给自足，把独处状态化为生活资源，甚至有能力发现独处所蕴含的自由、安全和美感，从而实现对孤独的享用和使用能力，不会单一地依靠他人的情感给予来建构自己生活的充实。

一旦缺失内在情感自洽供给体系的托底，就会导致把情感需求的满足全部寄托在他人身上。娇蕊显然就是这种状况。娇蕊没有形成独立的情感自足空间，需要不断地跟别人发生亲密情感联结。她对于自我价值、自我意义和自我内容的认知，以及对于生活乐趣、生活意义和生活内容的认知，全都需要这种亲密关系的支撑才能实现。这种情感高度外求的状态，就让娇蕊根本没有面对孤独的能力，更别提享受独处带来的生活美感；相反，在这样情感高度外求的状态下，她会对独处产生焦虑、恐惧和不安，于是加剧对情感的外求渴望。

向外渴求情感，一方面意味着要有一个让我们愿意把感情寄予的人,另一方面这个人也要能承担、回应和满足这份寄托。任何一个环节不能满足,情感的链条就会断裂,人的情感就会无处落脚,情感的寂寞就会产生。

即便在婚前,娇蕊也没有遇到过这样一个人。于是,她要靠跟很多人谈很多恋爱,达成很多新鲜又多变的联结,来满足这种外在的渴求。所以,她才会表现得那么滥情,用她自己的话说,"不过借着找人的名义在外面玩",以至于"玩了几年,名声渐渐不大好了,这才手忙脚乱地抓了个士洪"。

跟只是合适结婚但不够爱的人结婚,是一个巨大的冒险。因为如果不够爱一个人,就很难在对方身上实现感情的寄托;也因为不够爱对方,同样很难在对方给予的回应里得到满足。这就会发生我们前面所说的外在情感链条的断裂。

于是,婚内的寂寞和惆怅就会油然而生。

娇蕊说:"我的心是一所公寓房子。"

她自嘲她的心不为一个人开放,是为很多人开放的公寓房子,正是因为她始终没有找到一个能够让她愿意寄情且能满足她的寄情的人。她只能用公寓房子的热闹,来掩盖内心的落寞和惆怅。

她不爱王士洪,王士洪也时常到南洋做生意,一走就是很久。独自守在家中的她,因为没有能力独处,而只能不断地为自己心里的公寓房子"招人"。

她的丈夫王士洪是在意她的,但也没有特别在意,至少不像在意钱那样在意她。家里有一个空房间,王士洪竟要把它租出去。一个丈夫把单身男人招到只有独居妻子的家中，只为了多赚一点房租，家里又不缺钱，只能说是爱财如命。也出过问题，这样的空房间自然只有单身的男人才会租，在振保租进这个房间以前，就有一个从美国留学回来的男人租住在这里，据说跟娇蕊搞得不清不楚。王士洪很生气，把那个房客赶走了。生气归生气，可是房子还是继续租。为了钱，王士洪愿意赌，赌下一个房客不会跟娇蕊不清不楚。

可是无关房客，娇蕊也会不清不楚。被王士洪赶走的前一个房客孙先生，就跟娇蕊藕断丝连。没有办法，娇蕊是那么寂寞，需要很多很多恋爱，才能填满那无底的心中的缺口。

越是寂寞，越是滥情；越是滥情，越是寂寞。娇蕊陷入的是这样的情感黑洞。

直到她遇到了振保。

振保跟娇蕊的丈夫王士洪一样，也是英国留学生，他们算是同学。但是对娇蕊而言，振保是跟丈夫王士洪不一样的人。

哪里不一样呢？也许跟这些家世富裕的人相比，振保多了一些矜持和沉重，少了一些任性和肆意。他是出身寒微的穷苦人家的子弟，不像娇蕊、王士洪这些含着金汤匙出生的人。按照他的原生点，他原本的命运不过是站在小商铺里当伙计，"一辈子死在一个愚昧无知的小圈子里"。

他用尽力气半工半读，靠着埋头苦学，拼出了优异的成绩，杀出了一条人生的血路，走到了他那个阶层的人原本无法抵达的高度：他这样的穷学生因为成绩好，得到了出洋的机会；还是靠着成绩好，留学还没毕业,就拿到了英商染织厂的聘书;又靠着真才实学、卖力苦干,赤手空拳站到了公司里很高的位置。

他是鸡窝里飞出的凤凰。正因为是鸡窝里飞出来的凤凰,他一路都活得很小心。他没有任性的条件,也没有肆意的资格,必须自律也必须步步为营,认真投入地工作,踏踏实实地做人;也因为出身寒微,在那个不属于自己的阶层里,要尽力讨人信任,只能循规蹈矩,做一个符合美德要求的人,他孝顺、友善、义气、爽快、诚恳,就像作者说的,"即使没有看准他的眼睛是诚恳的,就连他的眼镜也可以作为信物"。因为除了努力奋斗和博取信任,他也没有什么其他的力量可以依仗。

租住在王士洪家里的振保,表现更是跟其他人不同。他表现得很谨慎,回来就躲进自己的房间,就算娇蕊邀请他喝茶,他也只是"立在玻璃门口";坐下来吃点心,娇蕊用言语挑逗他,结果只是让他"添了几分戒心"。无论娇蕊给了振保怎样的诱惑,振保不停地跟自己作战,不断地提醒自己"绝对不能认真哪!那是自找麻烦"。振保甚至开始另找房子。为了避免见到娇蕊,他晚饭也在外面吃,混到很晚才溜回去,而且马上躲到自己房间里再不出来。

这是娇蕊第一次遇到了来自男人的抗拒。

振保面对女人的魅惑,所表现出来的自律、稳重和谨慎,是娇蕊此前没有见到过的。任性的娇蕊,此前遇到的都是同样任性的公子哥儿。见惯了纨绔子弟的轻飘,这份来自微寒身世的沉稳和成熟,落在娇蕊眼里,反倒让振保变得独特起来,显示出一种独特的无法抗拒的吸引力。

第一次，娇蕊感到她的心是满的，满满的都是苦涩。这跟以前的感觉自然不同，以前是恣意，是享乐，但这次为何满心都是望而不得的痛楚。

于是，娇蕊以为这就是真正爱一个人的感觉，她以为遇到了爱情。

很多时候，我们都会遭遇娇蕊的困惑——爱情，到底是什么感觉？

被簇拥的骄傲、调情的暧昧、游戏般的分分合合，这些是娇蕊经历过的，她知道那不是爱。可是真正的爱情是什么，娇蕊谈了那么多恋爱，拥有过那么多恋人，还是不知道。振保带给她的感觉与众不同，前所未有，所以她认定这就是爱情该有的感觉，这就是遇到了真爱的感觉。

是的，爱情常常带给人苦涩。真正爱一个人，才会渴望得到他的爱，渴望与他发生联结，得不到就会感到苦涩。但给人带来苦涩的，未必就是爱。

因为很多时候，我们分不清，那份渴望，到底来自那个人，还是来自因为无法接近而愈加浓烈的神秘。"距离产生美"，"得不到本身就会产生价值感"，这是人类逃不掉的认知陷阱。在我们讲过的故事里，很多人都曾经一头栽进这个陷阱，卑微的艾丝美拉达和盖茨比是如此，骄傲的斯嘉丽也是如此。在这个故事里，轮到了王娇蕊。

她对振保一无所知，知道的只是振保不是她熟悉的任何一种类型。甚至，振保根本不是来自她那个世界的人。当你对自己世界里的人熟悉到轻蔑，这个仿佛来自另外一个世界的人，就会带有一种未知的神秘。更何况这个陌生人是如此骄傲，竟让她的魅惑第一次碰了壁。振保在她的眼里焕发出所有男人都没有焕发过的无敌魅力。娇蕊一头栽进了对振保的单恋里。

振保总是躲着她。要看到他都难，可她就是爱他。所有唾手可得的男人对她都失去了吸引力，她心里想的只有振保。

得不到一个想得到的人，是多么苦涩和惆怅，无从寄托那份痴情。娇蕊只能趁振保不在家，把振保的大衣挂到墙上，坐在大衣旁边，让振保衣服上的味道围绕着自己；还不够，她又把振保的烟灰缸拿过来，一颗一颗地点燃他抽过的烟蒂，沉迷于振保抽过的烟草的味道。

振保偷偷见到了这一幕，受到了巨大的触动。其实振保也知道这不是爱。他清醒地感慨，娇蕊"真是个孩子，被惯坏了，一向要什么有什么，因此，遇见了一个略具抵抗力的，便觉得他是值得思念的"。娇蕊的这份迷恋到底是什么，振保比娇蕊清楚。

但这一幕让振保失去了继续抗拒的力量。毕竟这份爱如此唾手可得，放手实在有点舍不得。何况，对振保来说，一个女人逢场作戏的诱惑是危险的，但一个女人痴情的沉迷是安全的。为什么不接受一份安全的爱呢？于是振保伸开手臂，把这个朋友的妻子抱到了自己的怀里。

但娇蕊动了真情。娇蕊对振保说："我真爱上了你了。"从前她需要很多很多人、很多很多恋爱，才能让自己的心不那么空荡荡，现在只是一个振保就把她的心填得满满当当。她满心里只有振保，就连听到电梯的响动，心情也会被牵引，因为想到也许振保就是乘坐电梯的人。

第一次有这样的感觉，有了这个人，她什么都不想要了。抱着振保，她把手臂箍得紧一些再紧一些，想显示出与以往那些拥抱的区别。"现在这样的爱，在娇蕊还是生平第一次。"她深情地看他，也故意跟别的男人调情，让振保嫉妒。她开心是因为他，沉默是因为他，就连她的寂寞里也全是他。

娇蕊陷入对振保的爱里，不能自拔。她认真地筹划，筹划着如何离开自己的丈夫。她要嫁给振保，要做他名正言顺的妻子，与他厮守此生。虽然不知道为何会爱上他，但这样用力地爱，是她人生里的第一次。她爱得那么用力，从来没有想过这份情感对振保又意味着什么。

振保真的爱娇蕊吗？也许更准确地说，他爱的是一份遗憾。

振保在英国留学时，曾经喜欢过一个叫玫瑰的姑娘。玫瑰是个混血儿，父亲是英国商人，母亲是广东人。玫瑰顽皮又天真，单纯且真诚。玫瑰是真爱振保的，振保也是真的喜欢玫瑰。对于分别两个人都是不舍，紧紧拥抱，"是他哭了还是她哭了，两人都不明白"。

只要振保愿意，就能得到玫瑰，可是他不敢。混血的女孩子，接受的是西洋的教育，过于潇洒和自由，做不了中国大家庭里侍奉老人、操持家务、贤良安稳的主妇。

像振保这样底层穷苦出身的年轻人，全家的负担都在他身上，他的寡母、兄弟、妹妹们，都仰仗他；全家的骄傲也在他身上。暗淡底层家庭的尊严全靠他撑着，人前人后的面子也靠他撑着；全家的未来更在他身上，这样靠一个出息孩子撑起来的家庭，脆弱又易碎，一荣俱荣，一毁俱毁。这份责任让振保苦恼着，但从小担负这责任，也会让这责任和义务变成振保自我价值认知的一部分，他的价值感、存在感也是这沉重的负担给的。

所以，他爱玫瑰，但是不能娶玫瑰。不是他不能娶，是他的母亲不能娶，他的家庭不能娶，他的那些责任和义务不能娶。振保这样穷苦家庭的长子，自己早就不是自己的了。他做出的每一个判断、每一个选择，依据都不是只属于他自己的。他跟谁恋爱，是他自己的事情；但他跟谁结婚，就不是他自己的事情，而是全家的事情。所以，他能跟玫瑰恋爱，但不能跟玫瑰结婚。跟玫瑰这样的女孩结婚，对他的寡母和家庭来说，就是错误的。一个人爱一个人，娶她就是对的；但如果这个人并不完全属于自己，娶谁不娶谁，他自己说了不算。就算他的家人不在身边干涉，他心里的尺子也早就不属于他自己，他会从家人的角度看问题，也会用家人的标尺做选择。

所以，振保娶不了玫瑰。

振保对自己说："这样的女人，在外国或是很普通，到中国来就行不通了。把她娶来移植在家乡的社会里，那是劳神伤财，不上算的事。"

振保所想到的"不上算"，不只是会带来很多家庭矛盾和家庭关系调整的成本，还有实打实的金钱成本。

养一个玫瑰这样的妻子是需要财力的。玫瑰是商人家庭出身，过惯了上层的优越生活，酒会、舞会、汽车、洋房里长大的女孩子，穿惯了丝绒大衣，戴惯了水钻绢花。振保这样家庭出身的青年，虽然相信自己的努力，也了解自己的才华，但是在贫穷里长大，就是会对金钱带着那么几分畏惧。振保面对金钱总是不自信的，就算不缺钱，遇到问题最害怕的依然还是钱。穷人家的孩子，往往就会被养出一种对于金钱的过度敬畏。跟养一个中国传统的家庭主妇相比，养玫瑰这样的妻子显然需要更多的金钱成本。

当然，还有一种成本，振保秘而不宣。那就是给一个女人自由的成本。玫瑰这样的西式女子，是自由惯了的。连穿衣都自由，"她的短裙子在膝盖上面就完了，露出一双轻巧的腿……头发剪得极短，脑后剃出一个小小的尖子。没有头发护着脖子，没有袖子护着手臂，她是个口没遮拦的人，谁都可以在她身上捞一把"。娶这样的女子，要给她自由，穿衣要自由、交往要自由、生活要自由，这对于中国传统的男人来说，是很大的考验。允许一个女人拥有这么多的自由、可以不遵守那些女人该守的规矩，这超乎他们的经验，甚至能力，所以对他们而言，这不但是一种成本，而且是很大的成本。

振保骨子里是个传统的中国男人，他的女人必须守规矩——家里家外的规矩。不能"由着女人不规矩"，这会让男人没面子。可是娶了玫瑰这样的女人，让她守规矩，守那些古中国世世代代要女子遵守的规矩，实在很困难，或是吵架，或是要制得住，都不容易。这也是人生的成本。

所以，左算右算，振保才觉得娶玫瑰"不上算"。

那时，振保并不认为自己做的有什么不对，因为不认为自己有恣意人生的资本，像他这样背着重重家庭巨壳的蜗牛，赤手空拳走在人生的路上，每一步都要精准计算。我们常说，一个年轻人是可以试错的，做错了又怎样，走错了又怎样，人生哪有那么精确的。但是对有些年轻人来说，他就是不能错，就是没有错的资本。像振保，他的每一寸前途都是他努力打拼来的，拥有的每一样东西也都是辛苦挣来的，他挥霍不起。他必须步步精准，不能任性，也不能冒险。

正是出于这种精准的计算，振保放弃了玫瑰。虽然锥心地刺痛，但是他依然觉得这是他伟大自制力的表现，"他对他自己那晚上的操行充满了惊奇赞叹"。只有他自己知道，他心里是懊悔的。张爱玲说："背着他自己，他未尝不懊悔。"为什么要"背着他自己"呢？因为他的理性是不允许自己懊悔的。连懊悔都是不可以的，他必须承认自己的选择是对的。但玫瑰一直是他心中最大的遗憾，这个遗憾就像心中的深坑，他以为不存在，但始终未曾被填满。

娇蕊就像另一个玫瑰，一样的来自伦敦，一样的西式教养，一样的自由娇纵，一样的单纯天真……振保心里咚咚直跳，感觉娇蕊就像是玫瑰"借尸还魂，而且做了人家的妻"。就像他预测的，这样的女人果然不善于治家，行为举止也不守那些古中国的规矩。他好像是对的，但又好像是错的。王士洪不就做了他不敢做的事情吗？当然，他对自己说，这是因为王士洪老子有钱，"不像他全靠自己往前闯，这样的女人是个拖累"。

可是，无论他怎么劝说自己，看到娇蕊，那种他无力直面的痛楚和遗憾，又浮上了心头。

他能舍弃玫瑰，是因为玫瑰对他的威胁太大，跟玫瑰在一起那高昂的成本，让他望而却步。可是作为另一个玫瑰出现的娇蕊，不需要他付出那些高昂的成本，她已经是别人家的妻，不需要他负责任。他不用把她娶回家，也不用负担她的人生，跟已婚的娇蕊在一起，只得到快乐，不消耗成本。甚至，跟娇蕊在一起，他都不用负道德上的责任，娇蕊本来也有很多爱人，"多一个少一个，她也不在乎"，自己对她不过是"多一个"而已；甚至对娇蕊的丈夫，他也觉得不用负道德上的义务，因为"王士洪虽不能说是不在乎，也并不受到更大的委屈"，意思是他本来就戴了"绿帽子"，多一顶也无所谓。

振保一开始就是这样理解娇蕊，也是这样来算计娇蕊的，"振保一晚上翻来覆去地告诉自己这是不妨事的，娇蕊与玫瑰不同，一个任性的有夫之妇是最自由的妇人，他用不着对她负任何责任"。一个不用负责任的娇蕊，用来做曾经的玫瑰的替身，弥补人生最大的缺憾，这份诱惑很难抗拒。

振保爱娇蕊，并不比爱玫瑰多。但是他拒绝了玫瑰，接受了娇蕊，不过是娇蕊不用他负责任。娇蕊跟玫瑰方方面面都很像，但是跟玫瑰结婚是"不上算"的，跟娇蕊偷情是"上算"的。

这是振保自己内心深处的一笔账。

娇蕊却以为自己遇到了真爱。

为此，娇蕊非常大胆地给自己的丈夫写了航空信，要求丈夫给自己自由。她甚至没有告诉振保，因为她认为不需要振保给她勇气，自己就能解决这个问题。她要独立争取自由，为了自己的爱情，为了自己的爱人。对一个女人而言，要对自己的丈夫提出分手，是多么艰难的事情，但是娇蕊像一个战士一样，独自走上战场，为爱情和自由而战。

可是，振保的反应呢？

"振保在喉咙里'嘎'地叫了一声，立即往外跑，跑到街上，回头看那峨巍的公寓，灰赭色流线型的大屋，像大得不可想象的火车，正冲着他轰隆轰隆开过来。"他哪里有喜悦，只有愤怒和恐惧。他愤怒娇蕊不该这么做。在振保看来，他们之间现在这种状态就是最好的状态，就该这样爱下去。她依然是王士洪的妻，他是个来去自由的情人。可是娇蕊毁了这一切，他甚至觉得这可能就是娇蕊设下的一个圈套："他就疑心自己做了傻瓜，入了圈套。"说不定是娇蕊跟上一个房客孙先生藕断丝连，故意拿他当挡箭牌提出跟丈夫离婚，成全的是她和孙先生，毁的是自己的名声："故意地把湿布衫套在他头上，只说为了他和她丈夫闹离婚，如果社会不答应，毁的是他的前途。"

娇蕊搞错了。她以为振保爱的是她，要的是她这个人，实际上振保爱的只是拥有本身——拥有一份不用负责任但可以享受偷情快乐的关系；振保要的也不是娇蕊这个人，而是娇蕊带来的那份激情又刺激的体验。

归根结底，振保爱的是他自己的需求和渴望。

爱情看上去很浪漫，但本质上又很残酷。不只是振保，所有人都在爱情中寻求自己的需求和渴望。这本身并没有问题。没有无缘无故的爱，爱的发生，就是对方能够激活或是满足自己某种潜在的需求和渴望。振保爱娇蕊，是因为娇蕊弥补了他放弃玫瑰的遗憾，也因为娇蕊满足了他在现实环境中没有勇气去追逐的恣意要求；同样，娇蕊爱振保，是因为振保让她体验到了顺滑人生中从未体验到的相思之苦，也满足了她对"真爱"的单方面想象。

爱情的悲剧在于人们往往无法看清对方在需求和渴望什么。就像娇蕊，她并不了解振保在需求和渴望什么，以为振保跟她一样，需求和渴望在二人之间建立长久且合法的关系，于是急着终结偷情状态。但她不知道的是，振保要的不是长久和合法，而恰好是偷情才能带来的刺激、无须负责和自由。于是，当娇蕊试图终结婚姻，把二人的关系变成正常合法的关系时，这份关系对振保就失去了价值和意义。

听到娇蕊要离婚，振保才会感觉五雷轰顶，"他在马路上乱走，走了许多路，到一家小酒店去喝酒，要了两样菜，出来就觉肚子痛"。精神恐惧引发真实的生理疾病，他竟然被吓得住院了。娇蕊以为的为两人未来的奋斗，在振保那里却是破坏和威胁。

要领悟到这一点是艰难的。娇蕊看不懂，为什么自己勇敢地提出跟丈夫离婚，振保却病了。娇蕊到医院看他，忍受着振保母亲那阴阳怪气的话语里的尖刺，可是振保的表现让她困惑，她想知道答案："娇蕊走到床前，扶着白铁阑干，全身的姿势是痛苦的询问。"

可是不爱你的男人，不会在乎你的痛苦。他厌弃了你，不想再跟你在一起，但他绝对不会说，因为他要你自动离开。就算是分手，他也不想承担那份开口的责任。面对娇蕊的痛苦，振保只是"烦躁地翻过身去"，给娇蕊一个后背，让她自己去体会——这就是分手时刻最常见的冷暴力方式。

这种冷暴力分手最可恶的地方就是，会让对方误以为还有希望。就像娇蕊，因为振保什么也不说，她只能猜测。但人的本能总是要往有希望的地方去猜测，并做出徒劳的努力。娇蕊怎么会懂得什么是冷暴力呢？她在宠爱里长大，从来没有遭遇过恶意，更别提这种阴暗到地狱里的冷暴力。"她不走，留在那里做看护妇的工作，递茶递水，递溺盆。"这是冷暴力分手最残酷的阶段，从对方的冷漠和沉默里解读出希望，然后拼命对对方好，把心掏给对方，跪下来无声地乞求，眼巴巴地把自己化成灰烬献给对方，意图以此挽回对方的心，驱除那看不懂的冰冷的雾霭，让一切恢复过往的温度和甜度。

她不停地对振保许诺：

"你别怕……"她安慰他，她可以独自承担离婚带来的一切压力。

"我都改了……"她表白，早就不再跟任何男人来往，专心只爱他一个。

"我决不会连累你的……"她承诺，一切坏的后果都不会牵连到他。

"你离了我是不行的……"她高估了自己的重要性。

但无论哪句话，她都只能说半句，剩下的话根本说不下去，因为对方不想听。她一张口，振保就会变了脸色，或是烦躁转侧。

娇蕊的争取没有效果，对方冷漠又烦躁的沉默是她承受不了的折磨。娇蕊终于大哭起来，在没有亮灯的暮色里，伏在他身上大哭起来。

可是，一个一心只想离开的男人，不在意你的痛苦，又怎么会在意你的眼泪呢？娇蕊的眼泪打动不了这时的振保。

最终，看着执迷不悟的娇蕊，振保不得不说出了自己的想法。他要娇蕊替他着想，先说自己的无奈，"我不能叫我母亲伤心"；再说自己的原则，"士洪到底是我的朋友"；还要否定过往的一切，"我们的爱只能是朋友的爱"；最终拿出"洗脑"策略，一边说"我对不起你"，一边说造成这个局面"是你的错"。

振保在爱情里的表现，是彻头彻尾的利己主义。像振保这样只爱自己的人，要从一段关系里脱身，大概率都会有上面这套说辞，没什么新意，真诚的假面具后面，是老套的虚伪和狡诈。但娇蕊依然没有觉悟，直到振保试图游说娇蕊，"等他来了，你就说是同他闹着玩的，不过是哄他早点回来，他肯相信的，如果他愿意相信"。

娇蕊是听到了振保的这个建议，才终于明白了振保的想法。那一瞬间，她才看清了她以为的真爱，也看清了这个男人的真面目，他情感上的怯懦、自私以及猥琐，"娇蕊抬起红肿的脸来，定睛看着他，飞快的一下，她已经站直了身子，好像很诧异刚才怎么会弄到这步田地。她找到她的皮包，取出小镜子来，侧着头左右一照，草草把头发往后掠两下，用手帕擦眼睛，擤鼻子，正眼都不朝他看，就此走了"。这是娇蕊对振保的蔑视。

当然，要真正对一个人祛魅，并不是那么容易的事情。很多时候，这都是一个会不断回头和折返的过程——对对方的清醒认知与对过去的惯性依赖，会反复占领我们的情绪，让我们在离开和回头之间反复折返和徘徊。娇蕊在轻蔑地离开振保以后，也经历了这个反复的过程，明明看清了这个男人，要放下还是艰难。

她傲然地离去，又凄凉地在凌晨归来，趴在振保的身上哭泣。好在对娇蕊来说，这只是一个挣扎的过程，最终，她还是离开了，再也没有回头。

振保觉得自己做了一件了不起的事，就像当初放弃玫瑰一样，放弃娇蕊也是他"崇高的理智"的成功。他放弃了这两个被他认为不适合走进他真实人生的女人，把自己亲手放弃的这两个女人叫作"红玫瑰"。他一直向往她们，但又决绝地不许她们走进自己生活的大门。因为她们所具备的激情、天真、对情感的旺盛需求，都被他视为一种会消耗他生活成本的风险，"不上算"。

振保要四平八稳、没有风险也不必担心付出成本的婚姻。后来，他就娶了一个名叫烟鹂的女子，与他门当户对，而且绝对是个安静柔顺、循规蹈矩、低眉顺眼的传统女子。这样的女子，很适合他的家庭，母亲也不会反对。振保得到了他认为的十分上算的婚姻。

等到他们有了孩子，他才渐渐发现自己精心计算的生活并不幸福。他压抑自己的情感需求，压抑自己的热情，以换取人生的"安全"和"上算"，可是唯独没有预料到，这种违背自己的内心、只遵循利益和规则的、为所谓"安全"和"上算"而缔结的婚姻，会出现最大的问题，那就是乏味和无趣。

他所做出的每一个看似合乎理想的选择，原来都有代价。他选择了最符合家庭需求的柔顺听话的妻子，但代价是妻子不但迟钝无能，而且是一个极其乏味的人；他选择了门当户对，代价是双方之间别说热情，连基本的感情都没有；他选择了安全系数很高的婚姻，代价就是这个婚姻对他全无吸引力。他为了营造一个最符合标准的理想家庭，抛弃了真心爱他的两个女人，但最终这个无爱的家庭只能给他带来折磨和痛苦。

他只好常常不回家。他嫖妓，他胡闹。独守家中的妻子，虽然迟钝也并非没有情和欲的需求。他的妻子在寂寞中竟然跟一个裁缝偷情,那裁缝除了是个男性,看不出有任何出色之处,"有点伛偻着,脸色苍黄,脑后略有几个癞痢疤"。被关在家里的妻子能接触到的男人也只有裁缝。这样的家变成了地狱,是他的地狱,也是他妻子的地狱。可正是振保凭空制造了这样的家,而且是抛弃了那么多美好的感情制造了这个不堪的家。

那一刻,振保自以为是"高贵理智"的功利和实际,最终给了他沉重的惩罚。

后来,在生活的一地鸡毛和沮丧痛苦中,振保在电车上偶遇了娇蕊。这不是一对旧情人的相遇,这是两种人生选择态度的相遇。

振保从来不肯直面自己内心的热情和真实的愿望,只因为那种对情感的跟随与他所追求的"安全保险的人生"是不匹配的,所以他警惕热情,警惕别人的热情,也警惕自己的热情。他自私地捍卫着"安全保险的人生计划",一面向往爱的浪漫和激情,一面又将爱的浪漫和激情关在自我人生的门外。直到他发现这样"安全保险的人生"是另外一种痛苦。

娇蕊就完全不同。

娇蕊的人生里发生了振保一直在提防的事情,那就是因为爱情而毁了安逸的生活。她跟王士洪离婚了。很难想象,对于过惯了优越生活的娇蕊而言,那是怎样的一种动荡。

但那是娇蕊自愿的选择。看上去她是被动接受了振保的抛弃,实际上那是她主动的选择。因为结束这段关系是被动的,选择切断这段情感,却是她主动的。娇蕊最勇敢的地方,就是没有在关系结束后,还生活在那段关系的阴影里、生活在那段情感的束缚和控制里。关系被迫中断没关系，所有的情感关系既然会发生中断，就说明它已经出了问题。挽留出了问题的情感关系，就像船已触礁石，船底已经漏水，还死活要留在这注定沉没的船上，这是完全漠视自己的表现。

娇蕊选择在第一时间离开沉船。在情感断裂发生时，能够头也不回离开沉船的才是真正的勇者，因为既然是沉船，已然不值得留恋。

娇蕊是勇敢的，也是明智的。她具备的才是真正的理智：离开沉船，但要从这次沉没中学会真正的航行。感情的失败，没有让她妄自菲薄，也没有让她自怨自艾，更不会灰心丧气。即便是废墟，只要你有心成长，也能有所收获。娇蕊的收获，就是学会了怎样辨识真正的爱，也学会了如何去爱，更明白了什么是值得过的生活。

她跟王士洪离了婚，不是为了振保，而是为了她自己。虽然她不知道该爱谁，但是她知道不爱一个人，就不能在一起。以前她对自己的寂寞束手无策，随便抓些男人来填补空缺。经历了这次伤筋动骨的爱情，她知道爱的感觉是什么；经历了振保的离弃，她也知道了真正爱一个人，应该是怎样的。

所以，当振保遇到她，她对振保说："是从你起，我才学会了，怎样，爱，认真的……"正是情感的灾难，成为娇蕊成长的资源。她不再把露水情缘视为爱，知道了爱必须是认真的。她也知道了什么样的人才是值得爱的。

她再嫁了，但这次是因为爱。她的第二任丈夫没有出场，只知道他姓朱，但什么也不须交代，学会了如何去爱的娇蕊，嫁给了真正爱的人。他们也生了孩子。娇蕊也一样变老了，但她活得踏实、幸福又满足。她的幸福是不需要用言语表达的,真正幸福的人,会呈现出幸福的人才会有的安然、从容和平静。

振保看着娇蕊,并不知道自己当时的感觉是"难堪的妒忌"。他妒忌她是幸福的,妒忌她过着有爱的生活,跟所爱的人生了孩子。这一切,他都没有。面对娇蕊,他无声地滔滔泪下。那一刻,他知道他过的才是不值得的生活。可是,他已经没有办法改变了。

这是一个男人抛弃女人的故事,但最终他发现被抛弃的竟然是自己;这也是一个女人被抛弃的故事,但最终她在被抛弃中找回了自己。

从娇蕊斩断情丝的那一刻,她向深渊里伸手,救回了她自己。

曼桢的故事：
离而不伤，是从容的力量

> 张爱玲《十八春》
>
> "那时候一直想着有朝一日见到世钧，要把这些事情全告诉他，也曾经屡次在梦中告诉他过，做到那样的梦，每回都是哭醒了的，醒来还是呜呜咽咽地流眼泪。现在她真的在这儿讲给他听了，却是用最平淡的口吻，因为已经是那么些年前的事了。"

张爱玲笔下几乎没有纯爱故事，她笔下的男女之情，大多起于情感的渴望，止于生存的现实，甚至沦落为利益算计中的拉扯。张爱玲总是用一双冷眼，展示爱情关系背后潜在的利益博弈，翻看人性最无奈且暗淡的一角。张爱玲笔下的爱情看似浪漫，但大多不纯净。

不过《十八春》是个例外。它不但是张爱玲少有的小长篇，也是张爱玲少有的讲述纯真爱情的小说。

女主人公是一个叫顾曼桢的姑娘，她出身上海的平民人家，父亲本来是书局里的职员，从祖母、母亲到六个孩子，全靠他微薄的收入支撑着。不幸的是，孩子们都还没有成年，父亲突然去世了。那一年，排行老二的曼桢只有十四岁，就算老大曼璐也还没有读完高中。失去了顶梁柱，一家老小陷入要饿死的困顿。姐姐曼璐牺牲了自己，辍学去做了舞女。但是规规矩矩做舞女赚到的钱有限，没办法养活这样一大家子八口人，曼璐不得已做了妓女。

顾家本是本分的人家，可是沦为靠家里的女儿卖身活着，这是家里耻辱的秘密，更是曼桢内心无法驱除的悲伤和隐痛。在她的心目中，就算姐姐沦为娼妓也永远是"忠厚"的，姐姐是不幸的，姐姐是为家庭牺牲了的。曼桢感谢姐姐也同情姐姐，长大后就到工厂里做事，想把养家的担子接过来，让姐姐能够快些跳出泥沼，从良做个体面人。

就是在工厂里做工的时候，曼桢认识了同事沈世钧。世钧跟她的身世完全不同，他是南京人，家里是开皮草店的，很有钱。但是父亲娶了姨太太，冷落他的母亲，跟姨太太住在小公馆，生儿育女，用世钧的话说，"人丁比这边还要兴旺些"。世钧原来有个哥哥，已经娶妻生子，但是不幸去世了。老公馆这边就只剩下母亲和他，还有守寡的嫂子和侄子。没有父亲的家里，过年都不热闹。偶尔父亲返家，也只是激活一场夫妻间的吵闹。父亲愤而离去，母亲哭哭啼啼，家里这样的场景，世钧从小看到大。为了躲避这令人窒息的家庭，世钧选择离开南京，到上海工作。

世钧有个要好的同学，名叫叔惠，也是上海普通人家的孩子。叔惠介绍世钧到自己工作的工厂里做工程师。在叔惠工作的办公室里，有个女同事，就是曼桢。

世钧和曼桢因为叔惠而相识，之后慢慢走得很近。也许是因为他们都出自破碎的家庭，都携带着家庭的隐痛，在出身寒微但家庭和睦、性情灿烂明媚的叔惠面前，他们有一种天然的接近。世钧是个憨厚的人，与女性没有什么相处的经验，也说不出曼桢哪里好，但就是"笼统地觉得她很好"。

他们之间爱情的产生，没有戏剧性的情节和场面，连张爱玲笔下那些惯有的打情骂俏和彼此挑逗都没有。他们之间发生的所有细节，都很日常、很朴素。

当他们还只是同事，大冬天里和叔惠三个人一时兴起去郊外照相。回到城里，曼桢发现一只手套丢了。虽然为了一只手套再返回郊外不值得，但是世钧看出了曼桢的不舍。这样微小的表情，跟曼桢更熟一些的叔惠看不到，世钧看得到。如果爱一个人，哪怕自己都还没有意识到这份爱的存在，就是会注意到别人注意不到的、她微小的神色变化。被这小小的神色驱动着，世钧不由自主地在那天下班后，冒着夜雨，踏着泥泞的田垄，又去了郊外，照着手电筒，为曼桢找回了那只手套。

他们之间爱的萌芽，就是这么朴素地发生的。

在曼桢这边，这种爱的意识，体现在一种特殊的冲动。她想跟世钧说说自己家里的事。她认识叔惠那么久，就没有这种冲动，甚至面对别人，家里人和家里的情况永远都是她避之不及的话题。唯独对着世钧，连她自己也不明白，总是忍不住想谈谈自己家里人，包括那最隐秘的耻辱和伤痛："曼桢向来最怕提起她家里的这些事情。这一天她破例对世钧说上这么许多话。"

其实,曼桢也没意识到,这就是爱。

曼桢和世钧的爱,就是这样不由自主又不知不觉地在生活的细节里发生的。他们都不知道这算不算爱,但有了苦恼,总是第一时间想给对方说;有了喜事,也忍不住想跟对方分享。

曼桢接过了姐姐肩上养家的担子,她的姐姐曼璐准备从良嫁人了,这等于整个家庭都将从一份不能说的耻辱里解脱出来。姐姐空出来的房子,要租出去。曼桢忍不住告诉世钧,说是拜托帮忙出租,内心里是想让世钧跟她一起分享这份喜悦。曼桢为了养家,下班后还会继续工作两个小时,兼职打字或是做家教。世钧只觉得心疼,但也默默地帮她找工作。因为他懂她,只有这样工作着,她才是安心的。

他们都不需要对方为自己做多么轰轰烈烈的事情,曼桢会给世钧织一件毛衣,世钧会帮着曼桢家里找个靠谱的房客。世钧要带着叔惠一起回南京自己家玩,曼桢贴心地给他们送来路上吃的点心,默默地帮世钧整理行李箱。世钧坐在旁边扶着行李箱的盖子,曼桢一件衬衫一件衬衫地帮他理着箱子。世钧"看着他的衬衫领带和袜子一样一样经过她的手,他有一种异样的感觉"。

那种感觉,就是爱。

曼桢和世钧的爱,就是这样在日常生活中一点一点建立起来的互相的信任、偏爱、亲昵和彼此的怜悯,没有戏剧性的情节,没有轰轰烈烈的表白。细雨润无声,不知不觉,从生活的悲伤处、艰难处和向往处生长出来。

就连他们的彼此表白,也是那么日常和普通,没有浪漫的仪式,也没有什么甜言蜜语。只是在世钧和叔惠从南京回来,不过短短的几日,他们见面都感到一种奇怪的惊喜。世钧说:"曼桢,我有话跟你说。"曼桢回答:"你说呀。"世钧道:"我有好些话跟你说。"

但是世钧什么也没说。张爱玲说,虽然世钧什么也没说,"其实他等于已经说了。她也已经听见了"。真正的双向奔赴的爱,语言就是这样多余。

他们什么都没说。但是那一刻,他们感觉到一道光照进了彼此的生活:"这世界上忽然照耀着一种光,一切都可以看得特别清晰、确切。他有生以来从来没有像这样觉得心地清楚。好像考试的时候,坐下来一看题目,答案全是他知道的,心里是那样的兴奋,而又感到一种异样的平静。"

这就是双向奔赴的爱情的美好。

双向奔赴的爱,就是这样清澈,不需要猜测,不需要挑逗,就是那样信心满满地知道对方的心意。在彼此洞察心意的那一刻,这个世界都是透明而稳定的。

"这是他第一次对一个姑娘表示他爱她。他所爱的人刚巧也爱他,这也是第一次。他所爱的人也爱他,想必也是极普通的事情,但是对于身当其境的人,却好像是千载难逢的巧合。"

曼桢和世钧的爱情,就是这"千载难逢的巧合",人间最美好的这一种。

《十八春》曾经被改编成电视剧,电视剧里的世钧和曼桢在花海里腻歪,各种甜言蜜语。曼桢不停地换着各种漂亮的旗袍,烫着卷大花的发型。这样的改编让人看了生气，不只是因为不符合原著，拉低了原著的档次，还因为这暴露了电视剧制作者对于爱情的刻板印象、狭窄认知。

真正双向奔赴的爱情，根本不需要甜言蜜语。一个眼神、一个表情，对方就能接住。他们的爱情更不需要花哨的表白形式，甚至没有刻意安排的独处，世钧和曼桢总是跟别人一起在饭桌上：跟叔惠一起吃饭，跟曼桢家人一起吃饭，跟世钧家人一起吃饭。但是所谓双向奔赴的爱，就是在最混乱、最嘈杂、最拥挤的地方，我们隔着人群隔着锅碗瓢盆，那种心在一起跳动的感觉也能让这个平凡琐碎的人间闪闪发光。

只有双向奔赴的爱，才能带给人那样饱满又纯粹的快乐。曼桢去做兼职，世钧徜徉在街头等她。等一个自己爱也爱自己的人，是那样让人感动，"世钧在门外站着，觉得他在这样的心情下，不可能走到人丛里去。他太快乐了。太剧烈的快乐与太剧烈的悲哀是有相同之点的——同样地需要远离人群"，有了曼桢，似乎世界就完整了，连人群也可以远离，也是多余了。

如果爱一个人，会迫不及待地想让他走进自己私人的领地。曼桢忍不住要把世钧带回家，即便是一个贫寒、人口又多的家。同样，世钧也忍不住要把曼桢带回自己家，虽然是一个缺少父亲只有唠叨母亲的家。如果你爱一个人，你就是这样渴望他变成自己生活的一部分，也能接纳他生活的所有。

就像世钧满心欢喜地接纳着曼桢的一切。她拥挤的家，她那许多跑马似的打闹着的弟弟妹妹，"世钧向来不喜欢小孩子的，从前住在自己家里，虽然只有一个侄儿，他也常常觉得讨厌，曼桢的弟弟妹妹这样，他却对他们很有好感"。曼桢也同样欢喜地接受着世钧的一切。世钧跟父亲关系紧张，虽然父亲有钱，但是他立志要靠自己的能力吃饭，所以买不起昂贵的东西，不但送不起曼桢钻戒，连宝石戒指都送不起，只能送她宝石粉做的戒指，而曼桢听到世钧是用他自己挣的钱买的戒指，反而觉得安慰。世钧看到别人送女朋友都是钻石，很惭愧；曼桢笑着说："金刚钻这样东西我倒不怎么喜欢，只听见说那是世界上最硬的东西，我觉得连它那个光都硬，像钢针似的，简直扎眼睛。"世钧又问她喜不喜欢珍珠，曼桢说："珠子又好像太没有色彩了。我还是比较喜欢红宝石，尤其是宝石粉做的那一种。"对曼桢来说，戒指是什么做的一点也不重要，重要的是，送戒指的是谁；只要是世钧送给她的，就算不值钱，也是世上最宝贵的。

可是，就算这样心贴心双向奔赴的美好爱情，命运也要捉弄。因为爱情从来都不仅仅是两个人的事。再美好的爱情，也不能脱离日常生活的影响、双方家庭的纠葛和牵绊。或迟或晚，不属于爱情的部分，就会介入爱情关系之中。曼桢和世钧也不能幸免。

世钧希望可以和曼桢早些结婚，但是曼桢要他等一等，因为自己家里的经济还没有好转，最大的弟弟也还没有工作，自己还不能从支撑家庭的重担里解脱；她不想拖累世钧，但如果这时跟世钧结婚，一定会把世钧拖进来，让他跟自己分担这份重担，她觉得这对世钧不公平。

于是，他们的婚期拖延着，拖延中就生了变故。

世钧把曼桢带去见了自己的父母，没想到世钧的父亲见了曼桢觉得面熟，联想起当初在上海鬼混时认识的一个舞女。世钧的父母就对曼桢的家庭起了疑心，怀疑曼桢就是当初那个舞女的妹妹。因为这个联想，世钧的父母旁敲侧击地表达态度，认为曼桢不是好人家的女儿，不同意跟这样的人家结亲。

对于如何面对这个困难，世钧和曼桢发生了矛盾。世钧认为最好的办法就是否认有这么个姐姐，但是曼桢不想把姐姐曼璐排除在自己未来的生活之外。如果否认这个姐姐的存在，那么在未来的日子里，姐姐将永远在自己的婚姻中变成不合法的存在，曼桢不能允许这种事情发生。对曼桢来说，姐姐只是为家庭牺牲了，她并不认为自己的姐姐丢人。

为了应对姐姐曼璐的事情，就算世钧和曼桢如此深深相爱的情侣，也第一次发生了激烈的争吵。曼桢甚至脱下了手上的戒指，提出分手，两个人不欢而散。对于世钧和曼桢的爱情而言，这样一时的分歧、吵嘴和怄气，并不是不能应对的。他们也并非经不住这样的矛盾和冲突的考验。可是当爱情以外的因素介入进来，那些与爱情不相关但又绕不过的人、事和关系上场，命运的齿轮就开始罔顾爱情而转动。很多时候，不是当事者的爱情是否经得起考验，而是围绕着他们的那些人性是否经得起考验。

而悲哀的是，人性大概率都经不起考验。

曼璐是曼桢不惜牺牲爱情去维护的人，但她开始成为曼桢爱情的影响因素了。

曼璐是不幸的，为家庭牺牲了自己。她也曾过着干净安宁的人生，读着中学，还有一个名叫慕瑾的男友。可是父亲去世了，她必须撑起这个家。于是她流着眼泪告别了自己的学业，也告别了自己的初恋，一步步走向命运的深渊。等到曼桢长大可以工作赚钱，曼璐可以不用再卖身负担这个家时，她其实也没有什么选择了。可怕的命运把她磨砺得粗糙又俗气，她呈现出超过自己年龄的疲态。愿意娶她让她从良的人不多，她没有什么选择嫁给了一个没有钱的江湖混子祝鸿才。没想到，祝鸿才婚后玩股票突然发了大财，在虹桥买地皮建了大别墅。大家都说曼璐有帮夫运，没想到发了财的祝鸿才开始嫌弃自己这个妓女出身的妻子。祝鸿才看中了妹妹曼桢，无耻地要挟曼璐帮自己把曼桢搞到手，否则就抛弃她。

曼璐当然是不愿意的。

有一天曼璐回到娘家，意外地发现自己的初恋慕瑾到了上海，而且就住在她娘家。两人见了面，曼璐眼中的慕瑾还是当初的慕瑾，可残忍的是，慕瑾眼中的曼璐不再是当初的曼璐。混迹于社会的底层，跟那些渣滓一样的人周旋，曼璐当年的清秀、文雅早已荡然无存，她变成了一个悍然又俗艳的女人。慕瑾不敢直视曼璐。当曼璐想细诉衷情时，慕瑾却慌张地否定了那段被曼璐珍藏多年的记忆。

曼璐受到巨大的打击。与此同时，她的母亲和祖母却不满于世钧的迟迟不向曼桢求婚，盘算着把曼桢嫁给慕瑾。曼璐又恰好在慕瑾暂住的房间里看到了曼桢的书。曼璐疑心是曼桢在引诱慕瑾，导致慕瑾忘记了旧情，甚至疑心曼桢是为了让世钧吃醋，才故意引诱慕瑾的。这不由得让曼璐大为愤怒，"连这一点如梦的回忆都不能给她留下"。她懊悔地想："要不是为了他们，我早和慕瑾结婚了。我真傻。真傻。"

这就是人性的狭隘和局限。

其实，这看似误会，不过是因为自卑。她知道自己失去了别人的尊重，也失去了曾经拥有的斯文单纯的气质。在泥沼里打滚，她再也做不成那个气质清雅的姑娘了。面对慕瑾，她本就是卑怯的。正因为她是为了家庭而牺牲，这自卑又极容易演化为戾气和愤怒。

于是，曼璐把曼桢叫到了自己的大别墅，假装生病留住妹妹，然后无耻地、带着报复心地让丈夫祝鸿才强暴了曼桢，并且把曼桢幽禁起来。

曼璐不但幽禁了曼桢，而且游说自己的娘家人，让她的母亲同意她扣押曼桢，还安排全家人躲回老家六安，以免被寻找曼桢的世钧找到。后来世钧找不到顾家人，也曾寻到曼璐的门上，但是曼璐歹毒地撒谎，说自己的妹妹已经跟慕瑾结婚，并把曼桢的戒指还给了世钧。

世钧信以为真，心灰意冷地回到了南京。他不知道的是，就在他离开那座大别墅的时候，曼桢就被幽禁在那里，发着高烧，连呼救都做不到。曼桢被曼璐一直囚禁在家里，就算怀了孕，依然被他们扣在家里，连医院都不送。分娩那天，曼桢难产，他们才仓皇地把她送到了医院。在医院里，曼桢生下了一个男孩子。

那时，曼桢已经被囚禁了将近一年。

近乎一年的监禁生活，就像一场醒不过来的噩梦。一个被强暴的女子，生下了强暴者的孩子，被扣押在强暴者的家里，就算进了医院也被那对罪恶的夫妻监视着。

在这难以想象的巨大苦难里，曼桢坚强地熬着。她唯一的信念就是世钧。世钧是她的精神支柱，"她在苦痛中幸而有这样一个绝对可信赖的人，她可以放在脑子里常常去想他，那是她唯一的安慰"。她要活着逃出魔掌，她要去找世钧，她要扑到世钧的怀里号啕大哭。

凭着这仅有的希望，曼桢努力寻找逃脱的办法。幸运的是，因为是临时被送进医院，她得以住进多人产房，在那里她把自己的困境偷偷告诉给同病房的产妇。在那对善良夫妇的帮助下，她终于逃出了医院，摆脱了曼璐夫妇的掌控。

曼桢到处打听世钧的消息，让人帮助寻找世钧，她给世钧写信。可是，她不知道的是，分别已经一年，心灰意冷的世钧已经决定跟并不相爱的翠芝结婚。曼桢的信幸运地寄到了世钧家里，但又不幸地落到了世钧母亲的手里。因为担心这封信会破坏世钧的婚事——在这位母亲的心里，世钧跟翠芝才是门当户对的好婚姻，于是曼桢的信还没有到世钧手里，就被烧掉了。

曼桢等不来世钧的回信，把最后的希望放到了叔惠身上。等到曼桢把身体养到可以走路，做的第一件事就是去找叔惠，没想到从叔惠那里，她得到的竟是世钧已经结婚的消息。

直到那一刻，曼桢才肯相信，她的世界真的崩塌了。她永远地失去了世钧，也失去了她的爱情。那段美好的双向奔赴的爱情，已经注定了离散。她再也找不回世钧，也找不回过去的自己了。

这就是曼桢的遭遇。她遭遇了人生的重创——她曾经为之付出的家庭不管她的死活，她曾经不惜一切维护的姐姐毁掉了她的人生，而她心心念念作为生的寄托的世钧，已经跟别人结了婚。曼桢的世界彻底坍塌了，所有的希望都破灭了。

她精神恍惚地走在大街上，"走了许多路才想起来应当搭电车。但是又把电车乘错了，这电车不过桥，在外滩就停下了。她只能下来自己走"，她走到桥头上，看到"水面上一丝亮光也没有。这里的水不知道有多深？那平板的水面，简直像灰黄色的水门汀一样，跳下去也不知是摔死还是淹死"。

世钧结婚给她的打击，胜过了被母亲和家人背叛，胜过了被姐姐伤害……那痛楚像暗浪一样汹涌着扑来，"她只管背着身子站在桥边，呆呆地向水上望去"。

那一刻，曼桢是想到了死的。因为亲情、爱情全都失去了，她所有活着的意义都失去了。

这是"最惨烈的失去"。所谓"最惨烈的失去"，就是给你最好的，然后让你失去它。当人们遇到这样的"失去"，一般都很难活得下去。有些人会因为这样的失去而充满戾气和仇恨，比如《呼啸山庄》里的希斯克利夫，失去了和凯瑟琳的爱情，他变成复仇的恶魔；也有些人会因为这样的失去而变得卑微、焦虑，不惜代价要重新获得，比如《了不起的盖茨比》，为了找回初恋的恋人，盖茨比不但失去了自我，甚至失去了生命。

面对这样的人生重创，曼桢又是怎样表现的呢？

没有粉碎，没有仇恨，也没有卑微乞怜，曼桢熬过了最艰难的剧痛期，活下来了。面对那巨大的无法承受的"失去"，她没有充满戾气。虽然她已经跌落到深渊，但是依然要在深渊里重建生活。她重新找了一份工作，在一个学校里教书，待遇虽然不好，但是总算有地方住。她决定活下来，"人既然活着，也就这么一天天地活下去了"。

在得知世钧结婚后，她知道一切不可逆转，没有纠缠，也没有追问，接受了现实。她也没有从此沉沦，或是沉溺在悲伤中不能自拔，更没有从此妄自菲薄。

她重建了自己跟过往爱情的边界。什么是爱情的边界呢？那就是在爱情关系结束之后，虽然情感未变，但有能力把这份情感保留在现实生活之外。既不因为这份情感的存在，去影响和干扰现实生活中对方的生活，也不因为这份情感的存在，去影响和干扰现实生活中自己的生活。结束就是结束了，可以留在心里，但不再是现实人生中各项行为选择和生活安排的依据和因素。这就是边界。

我们在现实社会中，常常看到跟过往爱情没有边界的表现。比如，爱情关系结束了，依然去跟对方发生实际的联结，去影响对方的生活，甚至去干扰对方的选择。或是，爱情关系结束了，却依然让对方影响自己的生活，干扰自己的选择，甚至变成自己情绪潜在的主控点。这都是没有边界感的表现。

如果我们理解这一点，就能看到曼桢跟过往的爱情如何建立清晰的边界。这种边界既是对世钧现实生活的尊重，也是对自己尊严的保护。曼桢对世钧的爱十分深沉，世钧也是曼桢心里永久的痛，"许久没有想起他来了。她自己以为她的痛苦久已钝化了。但是那痛苦似乎是她身体里面唯一的有生命力的东西，永远是新鲜强烈的，一发作起来就不给她片刻的休息"，但是，想到"世钧呢，他的婚后生活是不是也一样的美满？"曼桢对世钧的爱也就永远止于现实的边界。即便在街上偶遇了世钧，她也背过身去。虽然这个背过身去，对她而言是那样一种剜心之痛。

要保持爱情中的边界感并不容易，这需要一个理念的基础，那就是不能把爱情看成生命中的唯一。如果把爱情看成生命中的唯一，一旦失去爱情，就会有一种自我粉碎的体验，自我的世界很难完整，自己的生活也很难继续。只有不把爱情看成生命中的唯一，才能无论情感存无，都能做到"自成一体"。

曼桢是"自成一体"的。她可以深深地爱世钧，但无论怎样爱世钧，她依然是她自己，是完整的个体，不依附，也不混同。所以，当世钧一再表示愿意为曼桢分担家庭重担时，曼桢拒绝了，再爱对方，对方也是对方，而不是自己，她把责任和义务区分得十分清晰。当遇到不可调和的利益冲突，她也有勇气提出分手，因为她把尊严和权利也区分得十分清楚。

这种"自成一体"的人，不会依附任何人，也不会因为失去任何人而失去自身的完整，更不会因为失去对方而自我粉碎。这种"自成一体"是张爱玲最欣赏的人格特质，有着一种翩然的清冷。她可以很深情，但再深情，她依然还是她自己，不会变成对方的附属品，更不会变成对方的一部分。一旦遭遇感情的绝路，她会痛苦，会绝望，会短暂地凝视死亡，但不会永久地沉沦，拍拍身上的土，带着隐痛，把自己的路继续走下去。

爱情之外，曼桢认真地重建自己的世界，甚至不怯于承担应尽的义务。

她的母亲和姐姐辜负了她，她不再妥协，也跟她们保持距离，但该尽的义务她勇敢地承担。最大的弟弟还没有成年，母亲和弟弟妹妹的生活没有着落，以往是曼璐接济他们，曼璐病死后，曼桢就把自己的收入寄回家里。她给他们寄钱，这是她的责任；但她搬了家，不再告知他们地址，这是边界。

曼桢也承担起了抚养孩子的责任，虽然这是无比艰难的事情。曼桢所生的孩子，在曼璐死后无人照顾。四五岁的小男孩，冬天没有袜子，拖着鼻涕，就连廉价的臭豆腐都是难得吃上的美食。孩子得了猩红热，躺在病床上奄奄一息，身边却只有不负责任的保姆在照顾，没有亲人。曼桢是那样一个"心软的神"，连辜负她的人都能怜悯，何况是自己亲生的孩子。曼桢勇敢地承担起了这份为母的责任。

当祝鸿才还有钱有势时，曼桢的母亲和姐姐曼璐都曾经试图劝说曼桢嫁给祝鸿才，把那份财产保在自己家里人的手中，不过都遭到曼桢愤怒无比的拒绝。但是，在曼璐死后，曼桢却自愿嫁给了祝鸿才。曼桢的这个选择常常令读者不解，但如果我们能知道曼桢那强大的怜悯和责任心，这个选择就是合乎她的性格的。祝鸿才死都不肯放弃对唯一亲生儿子的抚养权，曼桢拿不到抚养权，只能眼睁睁看着自己的孩子缺失母爱、缺失照顾、缺失教养。这不是曼桢能够无视的现实。作品里有一章细细写到曼桢见到自己的儿子荣宝的情景："那红赤赤的脚踝衬着那旧黑布棉鞋，看上去使人有一种奇异的凄惨的感觉。那男孩子头发长长的，一直覆到眉心上，脸上虽然脏，仿佛很俊秀似的。"特别是荣宝得了猩红热，陷入生死危机时，便有"一阵寒冷袭上她的心头，一种原始的恐惧使她许愿似的对自己说：'只要他好了，我永生永世也不离开他了。'虽然她明知道这是办不到的事"。

正因为曼桢是一个"自成一体"的人，她才有勇气在那些无法征服的残酷现实面前做出惨烈的妥协——为了照顾孩子不得不跟祝鸿才结婚。这妥协令她厌憎，但不会伤害她，因为这是她主动做出的妥协。用这份妥协换取她必须拿到的给予孩子母爱的机会，虽然惨烈，但她认为值得。但就算同处一个屋檐之下，曼桢也不再担心祝鸿才会伤害她。她的憎恨和坚强，已经让她筑起内心的壁垒，她不会让自己受到所憎恶的人的影响，虽然时时压制自己内心的憎恨，是一件艰难且痛苦的事情。

但世界总是那个不能尽如人意的世界。曼桢的世界并不完美，甚至是千疮百孔，处处都是断壁残垣，处处都是伤痕累累，满地废墟难以收拾；但一个独立的世界就算破破烂烂，也能长出属于自己的树木，为自己，也为自己想庇护的人遮风挡雨。

这是属于曼桢的坚强。

能够禁得住"失去"，是一个人非常重要的能力。曼桢用自己的行动，证明自己是一个禁得住"失去"的人。这跟她受过"失去"的训练有很大关系。她十四岁失去父亲，失去安逸的少年时期，"失去"对她而言，并非猝不及防的体验。"失去"是一种极大的痛苦，受过"失去"的苦，就能增长一些对于"失去"的免疫力。经历过重创的"失去"，潜意识中，对于"失去"会少一些恐惧。这就是为什么曼桢那么爱世钧，失去了世钧，依然能够坚强地活下去。

失去令人怅惘，就像曼桢常常想起世钧："想到他，就使她想起她自己年轻的时候。那时候她天天晚上出去教书，世钧送她去，也就是这样在马路上走着。那两个人仿佛离她这样近，只要伸出手去就可以碰到，有时候觉得那风吹着他们的衣角，就飘拂到她身上来。——仿佛就在她旁边，但是中间已经隔着一重山了。"

但是，怅惘归怅惘，怅惘过后的曼桢依然可以保持坚强。

经过了很多的困难，曼桢终于离了婚，争取到了荣宝的抚养权。她跟世钧也终于重逢了，虽然不能在一起，但他们终于消除了十八年的误会："这许多年来使他们觉得困惑与痛苦的那些事情，现在终于知道了内中的真相，但是到了现在这时候，知道与不知道也没有多大分别了。——不过——对于他们，还是有很大的分别，至少她现在知道，他那时候是一心一意爱着她的，他也知道她对他是一心一意的，就也感到一种凄凉的满足。"

作者刻意给了曼桢一个好结局，她跟世钧夫妇成了朋友；而慕瑾也重新出现在她的生活中，他们都是单身，也许他们之间也有某种值得期待的可能……

其实，坚强独立如曼桢，生命中出现不出现第二个男人，有什么重要的呢？她的人生依然完整。

凯蒂的故事：
放弃一段关系，是重生的起点

[英]毛姆《面纱》

"我希望是个女孩，我想把她养大，使她不会犯我曾经犯过的错误。当我回首我是个什么样的女孩时，我非常恨我自己，但是我无能为力。我要把女儿养大，让她成为一个自由的自立的人。我把她带到这个世界上来，爱她，养育她，不是为了让她将来和哪个男人睡觉，从此把这辈子依附于他。"

《面纱》讲的是一个女性觉醒的故事，虽然这条觉醒之路是如此漫长且艰难。

凯蒂的母亲是一个尖刻势利又庸俗的女人，望夫成龙失败之后，开始野心勃勃，要给女儿找一个杰出的丈夫。大女儿凯蒂到了二十五岁依然遇不到合适的人选，这位母亲就开始怒不可遏。她指责女儿白白消耗家里的钱，又攻击女儿嫁不出去是因为愚蠢。在母亲攻击性的语言之下，"凯蒂一气之下嫁给了瓦尔特·费恩"。

这就是凯蒂一生悲剧的起点。

凯蒂从来没有喜欢过瓦尔特·费恩。不喜欢一个人是没有办法的事情，哪怕在别人的眼里，瓦尔特·费恩是个细菌学家，性格沉静，有稳定的职业收入，跟那些轻浮的上流社会的青年很不相同。很多时候人们就会面对这种困难的处境：对方的确是个公认的好人，可不是自己喜欢的人。

凯蒂面对瓦尔特就是如此。"他根本不是她喜欢的类型。他个子不高，一点也不强壮，又小又瘦"，"才比她高那么一点"，这些都不符合她对爱人的想象；而且他性情沉闷，"太死气沉沉了"，他也不善言谈，"他的谈话依然令人难解地缺乏活力"。

不喜欢，但也不讨厌，是否可以结婚呢？

就像凯蒂，瓦尔特在他眼里毫无魅力，他们根本就是两类人。凯蒂喜欢交谈，可是瓦尔特连自己的事情都不喜欢谈论；凯蒂要不断地主动跟他谈话，两人的相处才不会陷入寂静。在社交场合，瓦尔特更是羞涩、拘谨，在凯特的眼里，他就是一个保守、冷漠又乏味的男人。但是，他又无疑是一个适合的结婚对象，有稳定的收入，有细菌学家的身份，看上去也很可靠。

能不能跟瓦尔特结婚，能不能跟瓦尔特建立婚姻关系呢？凯蒂的判断是"可以"。就像很多陷入这个局面的人一样，凯蒂觉得问题不大。凯蒂甚至在瓦尔特求婚时，也感受到了那么一点点激动，未知婚姻生活的新鲜感对她而言，也未尝没有吸引力。

但是靠着那一点陌生带来的新鲜感，是很难应对漫长的婚姻生活的。"婚姻生活刚过三个月，她就明白她犯了一个错误。"我们可以把这称为"凯蒂式的错误"。

"凯蒂式的错误"在于我们会主动追求"有毒的婚姻关系"。

什么是"有毒的婚姻关系"呢？就是真实需求和应答能力存在脱节隐患的婚姻关系。

婚姻关系不同于恋爱关系，它需要建立在更为务实的需求和应答关系之上。当我们决定跟一个人结婚时，幻想和浪漫都是毫无用处的，因为婚姻关系携带着沉重的现实关系：进入这个关系，我们必须接受法律和道德的严格约束；这组关系的缔结成本和解散成本都十分高昂；这组关系也是最能体现能量守恒的关系，得到多少就要付出多少，拥有一些就要牺牲另外一些。

仅凭幻想和浪漫，婚姻关系很难走远。

维系婚姻关系的两个关键词，就是需求和应答。

当我们决定跟一个人缔结婚姻关系，一定是因为我们有一些需求，并且判断对方有应答这些需求的能力。就像凯蒂，她的需求就是找到一个能够为她提供婚姻庇护的人，解决她因未嫁承受的外在压力；而瓦尔特具备应答她这种需求的能力，不但能给她庇护，且主动提出缔结婚姻的要求。

可是，凯蒂为什么婚后三个月就意识到犯了错误呢？

因为，需求存在"短时需求"和"长时需求"。而人们常犯的错误是，只按照"短时需求"来判断是否可以进入婚姻，但并不了解自己的"长时需求"。

我们只有了解了自己的需求，才能判断对方是否拥有应答自己需求的能力；如果我们不了解自己的需求，就无法判断，甚至不会去判断对方是否具备某种应答能力。

以凯蒂为例,她的"短时需求"是必须找到一个合适的男人结婚,而瓦尔特显然对这一点具备应答能力。如果凯蒂只有这个"短时需求",那么他们可以和平地相处很久。

问题是,凯蒂并不知道或者说下意识地忽略了自己的"长时需求"——她需要在婚姻中感到愉悦,需要爱一个能给她带来愉悦的男人,且被这个男人爱。这个需求一开始就存在于她身上,并且已经意识到瓦尔特应答不了她的这个需求,因为她并不喜欢他。他的性格、他的谈吐、他这种类型,都是她不喜欢的。

当凯蒂觉得"不喜欢但也不讨厌"就能走进婚姻时,就是忽略了这种"长时需求"的重要性。

"短时需求",常常是一种具体的实在的需求,会被我们明确地感知到,是一种明确的需求;而"长时需求",常常是一种精神层面的需求,常常是一种潜在的需求。

当人们急于满足"短时需求"时,会避免去探索和深究自己的"长时需求";因为物质的具体的压力和急需,会让我们削弱对"长时需求"的要求,甚至下意识忽略它的重要性。特别是当"短时需求"跟"长时需求"不能兼得,甚至发生冲突时,我们会认同"短时需求"的重要性,而漠视"长时需求"的必要性。

从凯蒂嫁给瓦尔特的那刻起,她的"短时需求"就被瓦尔特应答且满足了。可是这个需求一旦被满足,这个应答也就失去了价值。"长时需求"就会展现在凯蒂面前,而瓦尔特应答不了她的这个"长时需求",于是,一个常见的难题就会出现:结婚时,她明明觉得还可以,为何婚后却感到不满呢?

因为,"长时需求"没有被满足。于是,相看生厌的问题就会发生。

没有被满足的凯蒂,会在婚姻中有一种"获益不足"感。当这种感觉产生时,人们一般会要求对方改变,要求对方应答自己的需求。而瓦尔特本就不具备应答这种需求的能力和特点,于是"放弃关系"就会发生。

假如凯蒂能用正确的方式放弃关系,也许后面的悲剧也不会发生。什么是正确的放弃关系?就是终结一段关系,离开一段关系。恋爱中表现为分手,婚姻中表现为离婚。无论恋爱关系还是婚姻关系,当一段关系出现了问题且无法通过改变来解决时,其实正确的方法有且仅有一种,就是放弃。

缔结一段关系是一种能力,放弃一段关系是更为重要的能力。

可是,凯蒂虽然意识到自己缔结的关系是错误的,但是并没有放弃这段关系的能力——原因很简单,她没有独立生存的能力。

凯蒂没有职业,还是那个年代女性最普遍的生存问题,她得靠男人养活,某个男人的"太太"是她唯一的社会身份。在这种情况下,离开瓦尔特的婚姻庇护所,她其实无处可去。

于是,凯蒂选择了最不可取的一种放弃方式——不放弃跟瓦尔特的婚姻关系,但也不放弃自己情感需求的满足,到别处去实现这种满足。

凯蒂发生了婚外情。

她用在婚姻关系中缔结另一段关系的方式，来实现对于自己和瓦尔特关系的放弃，这一开始就是畸形的，这是凯蒂无力放弃关系的表现而已。

婚后三个月，她遇到了一个名叫查理·唐生的已婚男人，就不可自已地爱上了他。因为查理能够应答的，就是被她压制和忽略却无力去抵抗的"长时需求"：彼此吸引、两情相悦、激情体验。

查理在她眼中闪闪发光，她以为这就是真正的爱情。于是在爱情的体验中，她这个临近枯萎的人，感受到了自我的奇迹，"一夜之间这朵玫瑰花盛开了"。

这注定是一场悲剧。

凯蒂和查理的婚外关系一开始就是错误的，正是因为这段关系一开始就不是为了生长，而只是为了补偿。

凯蒂用这段关系补偿自己在婚姻中无法满足的需求。这决定了她在查理身上看到的并不是查理这个人的真实魅力，而是她在婚姻中无以弥补的缺失。她看到的查理是真实的吗？真实的查理跟凯蒂十分相像，他选择走进这段婚外关系，同样不是为了生长这段关系，同样是对自己乏味婚姻的补偿，他自私，他游戏感情。但是凯蒂看不到这些真相，那么凯蒂眼中的查理是怎样的呢？高大潇洒、健谈优雅、爱出风头、热爱社交。

某种程度上，当我们试图在一个人身上找到人生某种缺憾的补偿时，会不可遏制地陷入误区：我们不是去发现这个人，而是发现这个人身上可用以代偿的部分。所以凯蒂眼中的查理，是完全按照对瓦尔特的失望而拼凑起来的：查理的高大潇洒对应瓦尔特的矮小拘谨，查理的健谈优雅对应瓦尔特的木讷寡言，查理的爱出风头对应瓦尔特的平凡笨拙，查理的热爱社交对应瓦尔特的孤僻自守……

与其说凯蒂在发现查理，不如说凯蒂在查理身上发现瓦尔特不具备的一切。这就是典型的补偿心理。在补偿心理下，凯蒂能够看到的依然是自己的缺失，而不是查理本身。所以，她热恋查理，却对他一无所知。

凯蒂对查理的爱，不可避免是一种单方面的狂想："他全心全意地爱我，他爱我像我爱他一样深。"

但是，补偿式的关系永远不具备独立生长的可能。这一点瓦尔特比凯蒂清楚。所以，瓦尔特冷笑着开出了条件：如果查理肯跟妻子离婚，并在离婚后一周内娶你，"我会欣然同意"。

结果，凯蒂刚一宣布要离婚，就把查理给吓坏了。于是查理说出一句"金句"："一个男人深深地爱一个女人，并非意味着他就希望下半辈子和她共同度过。"他拒绝离婚，更拒绝跟凯蒂结婚。为了甩掉凯蒂，他甚至鼓励她跟自己的丈夫去疫区，甚至说："你只要处处加点小心，一定会平安无事。"

他连她的死活都不在意，怎么会为了她舍弃自己的婚姻、自己的老婆孩子？凯蒂不会看到，当她失望又气愤地夺门而出后，查理的反应是"长长地出了一口气，现在他最想要的是白兰地和苏打水"。

很荒诞，但是补偿式的婚外恋，还能有第二种结局吗？

然而，就像凯蒂没有能力终结她和瓦尔特无爱的婚姻关系一样，她也没能力终结她和查理之间明知是补偿的婚外关系。

归根结底，当我们无力终结一段关系时，也无非就这两个原因：要么没有独立的生存能力，要么没有独立的情感能力。没有独立的生存能力，会让人离开婚姻就失去基本的生存保障；没有独立的情感能力，会让人永远渴求在两性关系中获得情感的满足，没有所谓的"爱情"就不能活。

很可悲，凯蒂两种原因都具备。

物质层面，她没有独立谋生的能力；精神层面，她没有独立营造人生快乐的能力，她就像包法利夫人，快乐源泉是那么狭隘，仿佛这世上除了跟一个男人恋爱，再也没有其他快乐。

因为不能独立生存，她不得不跟随她一点也不爱的丈夫瓦尔特，听从他惩罚式的安排，去到名叫湄潭府的疫区，忍受他漫长的冷暴力。因为情感的浅薄认知，她也摆脱不了对查理的眷恋，哪怕他已经辜负她，可她还是忍不住地思念他。她做梦梦到他，在梦里紧紧拥抱他。那样自私猥琐的男人，在她的心里依然发光。如果没有能力放弃，就只能让自己沉浸在泡沫般的情感惯性里。

其实，也许连她自己都不敢承认，她思念他，不是因为他值得思念，而是没有其他人可以供她思念。而不思念一个男人，生活是那么暗淡无色。

这就是凯蒂那狭小精神世界带给她的苦难。

其实，这看似一个女人挣扎在两个男人之间的故事，本质上却是一个女性艰难走出狭小精神世界的故事。

凯蒂被迫跟着瓦尔特来到湄潭府疫区后的故事，很多读者会以为，是在描述凯蒂逐渐爱上瓦尔特。但这并不正确。事实上，直到故事结束，凯蒂也没有爱上自己的丈夫。

凯蒂真正学会的是如何正确看待一个人的价值，如何理解自己的价值。

那个一直被她鄙视的丈夫，被她认为一无是处的丈夫，在疫区竟然是一个直面瘟疫的英雄，是一个慈悲博爱的拯救者。她真正的收获是知道人的真正价值该是什么。

她发现人的价值不是穿体面的衣服，跳华丽的舞，梳漂亮的发型，或是玩高贵的运动……而是呈现专注职业才能散发的那种魅力，拯救他人的那种力量，被人尊重的那些光彩。

她没有因为这些发现爱上瓦尔特，不过因为这些发现，终于怀疑了自己的爱："查理·唐生究竟哪里值得她爱呢？"他只不过是个自私庸俗的凡夫俗子，浅薄卑劣的"二流货色"。

她更重新发现了自己的局限和不足，发现了自己的愚蠢、轻佻、虚荣，甚至发现了自己之所以如此的根源，"我就是这样被教养大的，我身边所有的女孩都是如此"，人们甚至把这样的教养称为上层社会的高贵。

在有能力发现自己的不足和局限之后，凯蒂终于成长了。

来到湄潭府之后，瓦尔特冰冷地对待凯蒂，每天出去忘我地工作，把凯蒂扔在一边不管不问。但也是在这种异乡的孤独和丈夫的无视中，凯蒂意外地获得了独立生活的机会。

她开始靠自己的能力重新启动生活，重新发现人生的乐趣和意义。在瓦尔特不在的日子里，她开始投入修道院的工作，"每天早晨太阳刚刚升起，她就风风火火地赶到修道院"。在修道院里，她教女孩子们裁剪和缝纫，也教她们学习法语，她甚至开始照料那些无助的婴儿。

就这样，凯蒂"感觉自己在不断地成长。没完没了的工作占据了她的心思，在和别人的交往中，她接触到了新的生活、新的观念，这启发了她的思维。她的活力又回来了，她感觉比以前更健康，身体更结实"。

她不再是那个无所事事、唯有长吁短叹的伤感女人，她风风火火，开怀大笑。

凯蒂终于明白了另一种快乐：营造真正属于自己的生活，在其中找到价值和意义。当凯蒂终于明白了人生的快乐可以靠自己独立地赢得时，她突然发现已经一个礼拜没有想起查理，也没有梦到过查理了。

她感受到了一种全新的自由——不再为情所困的自由，不再为情所伤的自由，"她自由了，终于自由了，自由了！她都要忍不住高声欢叫起来"。为情所困、为情所伤，就像画地为牢的自我囚禁，能够拯救自己的终究只是自己。

凯蒂做到了。

这才是她在湄潭府的真正收获。

在湄潭府的这段历练，没有让凯蒂爱上瓦尔特。虽然她学会了尊重他、欣赏他，但尊重和欣赏并不是爱情。她也终于认清了查理的卑劣，但认清查理的卑劣，也并不意味着就能爱上瓦尔特。这是两码事。

事实上，凯蒂始终没有爱上瓦尔特。她发自内心尊重他，但是不爱他，"虽然他医术高明，大公无私，广受称赞，同时又聪明睿智，体贴周到，她却始终不能爱他"，"她知道这辈子也不会爱他"。很多时候，爱就是这么麻烦的一件事，就算站在对面的人令人肃然起敬，也不一定就能发生爱情。

但凯蒂已经不太在意这件事情了。她第一次感觉到，其实一个人，不爱谁，也不被谁爱，并不是一件糟糕的事情。

她发现自己怀孕了，这本来是一个很好的机会。如果她还是以前的那个凯蒂，一定会毫不犹豫地谎称这个孩子是瓦尔特的，以便得到瓦尔特的谅解，从他的冷暴力里脱身，让自己和孩子得到瓦尔特的照顾。

但是现在的凯蒂不是过去的凯蒂了。不知道从什么时候起，她不再那么害怕独自生活，也不害怕独自迎接人生未知的挑战了。于是，她用莫大的勇气拒绝撒谎，告诉瓦尔特，她不知道孩子的父亲是谁。

她不害怕瓦尔特的愤怒和报复了。

凯蒂终于从跟一切男人的纠葛中脱身。

她不再依赖从一个男人那里得到的物质的庇护和照拂。面对瓦尔特，她如释重负，轻松地微笑说："为什么我们不能吻一下对方，从此化干戈为玉帛呢？我们没有相互爱过对方，但这并不妨碍我们成为朋友。"

她也终于摆脱了情感惯性的束缚,不再受到记忆的困扰。她甚至连查理的样子都记不起来了。她这才发现,遗忘才是对一个男人最大的蔑视。她和查理共同度过的日子,"已经失去了往日的光彩,变成了一堆尘灰粪土"。

对于所谓的爱情,她终于祛魅了。

凯蒂不渴望一个男人的接纳,更不屑于去思念另一个男人了,"凯蒂重新回到她乐此不疲的工作上去了"。

在这个异国他乡,凯蒂终于找到了自己。

《面纱》是属于凯蒂的重生赞歌。

从狭小到宽广,她一步步走出了属于自己的人生。

相比之下,两个男人查理和瓦尔特比她要暗淡得多。查理始终躲在他狭小猥琐的世界里,从未醒悟。而瓦尔特像凯蒂一样为情所困,却没能像凯蒂一样走出困局。凯蒂终于走出了对查理的爱,瓦尔特却迷失在对凯蒂的爱里。他因爱生恨,把凯蒂带到疫区以惩罚她。只是他没想到凯蒂可以在失去爱情之后破茧重生,而自己在无法得到爱情之后走向枯萎。他试图用忙碌的生活麻醉自己,但得不到爱情的他,还是失去了活着的动力。

瓦尔特是被病菌感染而死的,还是如别人所言,故意拿自己做实验呢?瓦尔特最终说的那句话很有深意:死的却是狗。

这句话来自一首诗。那首诗说一个人和一只狗闹了矛盾,狗疯了一样要报复,要咬死那个人。但那个人活下来了,死的是想报复的那条狗。

瓦尔特才是那个真正无力放弃一段关系的人。因为无力放弃一段关系,他搭上了性命。

凯蒂活下来了。

她终于拥有了放弃所有有毒关系的能力。虽然放弃依然艰难,就像她明知道查理的卑劣,再相逢,她还是忍不住投入他的怀抱。

但是凯蒂毕竟不是过去的凯蒂,她最终决定告别这一切。

当查理问她,是否怀着自己的孩子,她回答,是瓦尔特的。虽然她更相信,这孩子大概率是查理的。可是不重要,对现在的凯蒂而言,这孩子只是她自己的。

凯蒂最终选择告别一切过去——她放弃了伦敦唾手可得的舒适生活,选择跟父亲远走他乡。远方似乎什么都没有,但远方又有凯蒂最渴望得到的东西——真正的自己和真正的自由。

勇敢地放弃过去,一切都还来得及。

[全书完]

允许爱情消失

作者_杜素娟

编辑_聂文　装帧设计_张一一　主管_周延
技术编辑_丁占旭　责任印制_刘淼　出品人_曹俊然

营销团队_杨喆　李滢泽

果麦
www.goldmye.com

以微小的力量推动文明

图书在版编目（CIP）数据

允许爱情消失 / 杜素娟著. -- 西安：太白文艺出版社, 2025. 6. -- ISBN 978-7-5513-3013-8

Ⅰ. I106

中国国家版本馆CIP数据核字第2025F1T010号

允许爱情消失
YUNXU AIQING XIAOSHI

作　　者	杜素娟
责任编辑	张　曦　睢华阳
装帧设计	张一一
出版发行	太白文艺出版社
经　　销	新华书店
印　　刷	北京盛通印刷股份有限公司
开　　本	880mm×1230mm　1/32
字　　数	182千字
印　　张	8.25
版　　次	2025年6月第1版
印　　次	2025年6月第1次印刷
印　　数	1—10,000
书　　号	ISBN 978-7-5513-3013-8
定　　价	49.80元

版权所有 翻印必究
如有印装质量问题，可寄出版社印制部调换
联系电话：029-81206800
出版社地址：西安市曲江新区登高路1388号（邮编：710061）
营销中心电话：029-87277748　029-87217872